百年乡愁

中国乡土小说经典大系 8

张丽军 主编

土地的儿子

——解放区乡土小说

山东城市出版传媒集团·济南出版社

图书在版编目（CIP）数据

土地的儿子：解放区乡土小说 / 张丽军主编．--
济南：济南出版社，2023.6
（百年乡愁：中国乡土小说经典大系）
ISBN 978-7-5488-5724-2

Ⅰ．①土… Ⅱ．①张… Ⅲ．①乡土小说－小说集－中国－现代 Ⅳ．①I246.7

中国国家版本馆 CIP 数据核字（2023）第 107347 号

土地的儿子——解放区乡土小说
TUDI DE ERZI
张丽军 / 主编

出 版 人　田俊林
责任编辑　林小溪　李文展
装帧设计　郝雨笙　张　倩

出版发行　济南出版社
地　　址　山东省济南市二环南路 1 号（250002）
编辑热线　0531-86131722
发行热线　0531-86116641　87036959　67817923

印　　刷　济南龙玺印刷有限公司
版　　次　2023 年6月第1版
印　　次　2023 年7月第1次印刷
成品尺寸　145 毫米 × 210 毫米　32开
印　　张　11.75
字　　数　232千
定　　价　58.00元

编委会

总 序

记录百年中国乡愁 传承千年根性文化

面对急剧迅猛的乡土中国城市化、现代化、高科技化浪潮，我们惊讶地发现，曾被认为千年不变、“帝力于我何有哉”的中国乡村根性文化正面临着从根源深处的整体性危机。“谁人故乡不沦陷？”千百年来，孕育和滋养乡土中国文化、文明的乡村及其根性文化正以某种加速度的方式消逝，甚至被连根拔起。这不仅是乡土中国城市化、现代化的问题，而且是一个全球化、人类性的整体危机。早在20世纪60年代，法国社会学家孟德拉斯就提出，在工业文明入口处，数十亿农民向何处去的问题。而在1948年，中国学者费孝通就在《乡土重建》中提出传统的乡土社会所面临的现代性失血危机，进而提出了“乡土重建”的深邃思考。显然，在21世纪的今天，思考乡村、乡土、农业、农民乃至整体性人类向何处去的问题，显得无比重要而迫切。

作为一个从事乡土文学研究二十多年的研究者，我在苦苦思考：中国乡土文学向何处去？乡土中国社会向何处去？乡土中国农民向何处去？新时代乡村如何振兴？……苦苦思考之后，我突然意识到，既然看不清去处，何不回顾自己的来路？未来的道路，并不是冥思苦想来的，而是从过去的来路而来。历史的来路，决定了我们未来的去处，即未来的去处正蕴藏在历史来路之中。这让我重新思考百年中国乡土文学，重新回顾晚清以来中国仁人志士的文化选择和文学审美思考，乃至从更远的历史、文学中寻找智慧和启示。正是在这样一种文化思考中，我与济南出版社不谋而合，立志从众多乡土中国文学中选编一套“中国乡土小说经典大系”，来为 21 世纪的新一代中国青年提供一个关于百年乡土中国心灵史的文学路线图，慰藉那些因完整意义的乡土中国乡村消逝而无从获得纯粹乡土中国体验的 21 世纪中国读者。此外，从中汲取智慧和灵感推进新时代中国乡村振兴，也是本套丛书的应有之义。简单归纳之，《百年乡愁：中国乡土小说经典大系》（以下简称“大系”）具有以下特点：

一是强烈的经典意识。文学、文化的传承与经典的建构是由一个个经典化的环节与步骤完成的。从古代文学的“选本”，到 20 世纪中国新文学大系，在中国文学经典化中，“选本”文化起到了某种极为重要的，乃至核心的作用，为经典化提供了不同时代不断接续的核心动力源。本套“大系”选编了现当代文学史中具有重要影响的作家作品，力图使“大系”具有乡土中国现代化思想史的重要功能，展现中华民族的百年心灵史。

二是浓郁的地方气息。乡土文学是最接地气的文学，是“土气息、泥滋味”的文学，是由不同地域文化包孕、滋养的文学，又是最能显现和表达乡土中国各个地方独特文化的审美形态的文学。本套“大系”就是百年中国各地民俗文化最大、最美、最迷人的表达。齐鲁、燕赵、三秦、三晋、江南、东北、西北、岭南等不同地域的文化，在本套“大系”中得到了较完整的展现。从这个意义上而言，本套“大系”既是一部百年中国民俗文化史，也是一部最精彩的地方文化志。

三是典雅的审美意识。文学是审美的艺术。言之无文，行而不远。文学性、审美性是文学的自然属性。文学应该是美的，是诗，是生命舒展的自由吟唱。正是在这个审美维度上，我们来选编百年乡土中国小说，让读者、研究者在美的文字诗意流动中获得对千年中国乡村根性文化之美的感悟，从而思考人与自然、人与大地、人与世界的精神建构问题。因此，本套“大系”是“乡土中国最后的抒情诗”，是千年乡土中国根性文化的当代吟唱，是具有深厚乡土生命体验的文化乡愁。

乡愁是感伤的，是一种甜蜜优美的感伤。不是每个人都有乡愁的。乡愁是一种深厚的文化情怀，是对大地、故乡、世界的一种深刻的生命眷恋。而《百年乡愁：中国乡土小说经典大系》就是让我们这些具有乡土中国完整经验的最后一代人，以文化传承的方式，把这种纯粹、完整、具有审美意义的文化乡愁，传递给21世纪中国青年，乃至未来的中国青年。我们曾有过这样一种乡土生活，这样一种乡土中国乡村根性文化——这就是我们的文化根基、我们的精神基因，它蕴含未来的路径和种种可能性。

我们常言，越是民族的，就越是世界的。而我想说的是，越是地方的，越是中国的，也越是世界的。中华文化是一个整体，是由一个个具有地方文化特性的地域文化组成的，是千百年来文化交融凝聚而成的。地方性文化的丰富和多样，恰恰是中华文化的活力与魅力所在。《百年乡愁：中国乡土小说经典大系》就具有鲜明的、浓郁的地方性文化特征，不同地域的读者不仅可以从中读到自己家乡的影子，而且可以由一个个乡土文化而建立起丰富、感性、美美与共的中华文化世界。

本套“大系”适合研究乡土文学文化的学者、学生阅读，也适合对中华文化、地域文化感兴趣的读者阅读。事实上，这套“大系”对于世界各国读者而言，是理解和思考千年中国根性文化、百年中国社会变迁的最佳读本，是具有世界性意义、最接中国地气、最具中国民俗文化气息的文学读本。

是为序。

张丽军

2023 年 7 月 1 日凌晨于暨南园

导　读

解放区乡土小说是中国现代文学史上的重要存在，具有不可替代的价值。本卷共计收录了14位现代作家的18篇具有代表性的解放区乡土小说作品。在主题方面，大多数作品对帝国主义侵略者进行了控诉，同时也表现出中国人民不断觉醒，进行抗争的艰辛。辛辣的讽刺和批判、温柔的同情与悲悯共同构成了本卷作品的整体风格。

赵树理的代表作《李有才板话》用最平凡的话语，深刻地揭露了根据地阎家山尖锐复杂的政治斗争生活面目；在表现农村阶级矛盾方面，深刻而又准确。孔厥的代表作《一个女人翻身的故事》，真实地表现了农民折聚英为摆脱封建残存思想的束缚，为追求自由新生活而做出的努力和斗争。康濯的作品《我的两家房东》以青年男女的恋爱故事为主线，书写解放区男女对自由生活的向往与追求，以及老一代农民摆脱传统意识桎梏的艰难，揭示出人的解放与社会解放之间的关系，呈现出淳朴、清新的艺术风格。除以上作品之外，本卷还收录了《土地的儿子》《土地和枪》《李秀兰》《母子》《喜事》《网和地和鱼》《纠纷》等解放区乡土小说作品，这些作品中朴素的话语无不揭示出彼时农村、农民的现实问题，在一定程度上，它们不仅是解放区作家们个人的声音，更是时代的声音。

在当代，中国的土地仍然以广阔的乡村为主，中国文学面对的更应是农村和农民。解放区作家以独特而深邃的审美理念和审美形式为中国社会的变革和文学民族化的发展，做出重要历史贡献。解放区乡土小说表现出的乡村精神以及与之相联系的民族品格，更值得在新的层次上被探讨。从这个层面上看，解放区乡土小说所蕴含的精神品格是不可多得的宝贵财富，对新世纪中国文学具有重要的启示意义。

目录

百年乡愁：中国乡土小说经典大系

李有才板话

/// 赵树理

一　书名的来源

阎家山有个李有才，外号叫“气不死”。

这人现在有五十多岁，没有地，给村里人放牛，夏秋两季捎带看守村里的庄稼。他只是一身一口，没有家眷。他常好说两句开心话，说是“吃饱了一家不饥，锁住门也不怕饿死小板凳”。村东头的老槐树底有一孔土窑还有三亩地，是他爹给留下的，后来把地押给阎恒元，土窑就成了他的全部产业。

阎家山这地方有点古怪：村西头是砖楼房，中间是平房，东头的老槐树下是一排二三十孔土窑。地势看来也还平，可是从房顶上看起来，从西到东却是一道斜坡。西头住的都是姓阎的；中间也有姓阎的也有杂姓，不过都是些在地户；只有东头特别，外来的开荒的占一半，日子过倒霉了的杂姓，也差不多占一半，姓阎的只有三家，也是破了产卖了房子才搬来的。

李有才常说："老槐树底的人只有两辈——一个'老'字辈，一个'小'字辈。"这话也只是取笑：他说的"老"字辈，就是说外来的开荒的，因为这些人的名字除了闾长派差派款在条子上开一下以外，别的人很少留意，人叫起来只是把他们的姓上边加个"老"字，像老陈、老秦、老常等；他说的"小"字辈，就是其余的本地人，因为这地方人起乳名，常把前边加个"小"字，像小顺、小保等。可是西头那些大户人家，都用的是官名，有乳名别人也不敢叫——比方老村长阎恒元乳名叫"小囤"，别人对上人家不只不敢叫"小囤"，就是该说"谷囤"也只得说成"谷仓"，谁还好意思说出"囤"字来？一到了老槐树底，风俗大变，活八十岁也只能叫小什么，小什么，你就起上个官名也使不出去——比方陈小元前几年请柿子洼老先生给起了个官名叫"陈万昌"，回来虽然请闾长在闾账上改过了，可是老村长看账时候想不起这"陈万昌"是谁，问了一下闾长，仍然提起笔来给他改成陈小元。因为有这种关系，老槐树底的本地人，终于还都是"小"字辈。李有才自己，也只能算"小"字辈人，不过他父母是大名府人，起乳名不用"小"字，所以从小就把他叫成"有才"。

在老槐树底，李有才是大家欢迎的人物，每天晚上吃饭时候，没有他就不热闹。他会说开心话，虽是几句平常话，从他口里说出来就能引得大家笑个不休。他还有个特别本领是编歌子，不论村里发生件什么事，有个什么特别人，他都能编一大套，念起来特别顺口。这种歌，在阎家山一带叫“圪溜嘴”，官话叫“快板”。

比方说：西头老户主阎恒元，在抗战以前年年连任村长，有一年改选时候，李有才给他编了一段快板道：

村长阎恒元，一手遮住天，
自从有村长，一当十几年。
年年要投票，嘴说是改选，
选来又选去，还是阎恒元。
不如弄块板，刻个大名片，
每逢该投票，大家按一按，
人人省得写，年年不用换，
用他百把年，管保用不烂。

恒元的孩子是本村的小学教员，名叫家祥，民国十九年（1930年）在县里的简易师范毕业。这人的相貌不大好看，脸像个葫芦瓢子，说一句话眏十来次眼皮。不过人不可以貌取，你不要以为他没出息，其实一肚肮脏计，谁跟他共事也得吃他的亏。李有才也给他编过一段快板道：

鬼眏眼，阎家祥，
眼睫毛，二寸长，

大腮蛋，塌鼻梁，
说句话儿眼皮忙。
两眼一忽闪，
肚里有主张，
强占三分理，
总要沾些光。
便宜占不足，
气得脸皮黄，
眼一挤，嘴一张，
好像母猪打哼哼！

像这些快板，李有才差不多每天要编，一方面是他编惯了觉着口顺，另一方面是老槐树底的年轻人吃饭时候常要他念些新的，因此他就越编越多。他的新快板一念出来，东头的年轻人不用一天就都传遍了，可是想传到西头就不十分容易。西头的人不论老少，没事总不到老槐树底来闲坐，小孩们偶尔去老槐树底玩一玩，大人知道了往往骂道："下流东西！明天就要叫你到老槐树底去住啦！"有这层隔阂，有才的快板就很不容易传到西头。

抗战以来，阎家山有许多变化，李有才也就跟着这些变化作了些新快板，又因为作快板遭过难。我想把这些变化谈一谈，把他在这些变化中作的快板也抄他几段，给大家看看解个闷，结果就写成这本小书。

作诗的人，叫“诗人”；说作诗的话，叫“诗话”。李有才作出来的歌，不是“诗”，明明叫作“快板”，因此不能算“诗人”，只能算“板人”。这本小书既然是说他作快板的话，所以叫作《李有才板话》。

二　有才窑里的晚会

李有才住的一孔土窑，说也好笑，三面看来有三变，门朝南开，靠西墙正中有个炕，炕的两头还都留着五尺长短的地面。前边靠门这一头，盘了个小灶，还摆着些水缸、菜瓮、锅、匙、碗、碟；靠后墙摆着些筐子、箩头，里面装的是村里人送给他的核桃、柿子（因为他是看庄稼的，大家才给他送这些）；正炕后墙上，就炕那么高，打了个半截套窑，可以铺半条席子：因此你要一进门看正面，好像个小山果店；扭转头看西边，好像石菩萨的神龛；回头来看窗下，又好像小村子里的小饭铺。

到了冷冻天气，有才好像一炉火——只要他一回来，爱取笑的人们就围到他这土窑里来闲谈，谈起话来也没有什么题目，扯到哪里算哪里。这年正月二十五，有才吃罢晚饭，邻家的青年后生小福领着他的表兄就开开门走进来。有才见有人来了，就点起墙上挂的麻油灯。小福先向他表兄介绍道：“这就是我们这里的有才叔！”有才在套窑里坐着，先让他们坐到炕上，就向小福道：“这是哪里的客？”小福道：“是我表兄！柿子洼的！”他表兄虽然年轻，却很精干，就谦虚道：“不算客，不算客！我是十六晚上在这里看戏，见你老叔唱焦光普唱得那样好，想来领领教！”有才笑了一笑又问道：“你村的戏今年怎么不唱了？”小福的表兄道：“早了赁不下箱，明天才能唱！”有才见他说起唱戏，劲上来了，就不客气地讲起来。他讲：“这焦光普，虽说是个丑，可是个大角色，唱就得唱出劲来！”说着就举起他的旱烟袋算马鞭子，下边虽然坐着，上边就抡打起来，一边抡着一边道：“一出场，当当当当当令 × 令当令 × 令……当令 × 各位打打当！”他煞住第一段家伙，正预备接着打，门“啪”一声开了，走进来个小顺，拿着两个软米糕道：“慢着老叔！防备着把锣打破了！”说着走到炕边把胳膊往套窑里一展道：“老叔！我爹请你尝尝我们的糕！”（阴历正月二十五，此地有个节叫“添仓”，吃黍米糕。）有才一边接着一边谦让道：“你们自己吃吧！今天煮得都不多！”说着接过去，随便让了让大家，就吃起来。小顺坐到炕上道：“不多吧总不能像启昌老婆，过个添仓，派给人家小旦两个糕！”小福道：“雇不起长工不雇吧，雇得起管不起吃？”有才道：“启昌也还罢了，老婆不是东西！”小福的表兄问道：“哪个小旦？就是唱国舅爷那个？”小福道：“对！老得贵的孩子给启昌住长工。”小顺道：“那么可比他爹那人强一百二十分！”有才道：“那还用说？”小福的表兄悄悄问小福道：“老得贵怎么？”他虽说得很低，却被小顺听见了，小顺道：“那是有歌的！”接着就念道：

张得贵，真好汉，
跟着恒元舌头转：
恒元说个“长”，
得贵说“不短”；
恒元说个“方”，
得贵说“不圆”；
恒元说“砂锅能捣蒜”，
得贵就说“打不烂”；
恒元说“公鸡能下蛋”，
得贵就说“亲眼见”。
要干啥，就能干，
只要恒元嘴动弹！

他把这段快板念完，小福听惯了，不很笑。他表兄却嘻嘻哈哈笑个不了。

小顺道：“你笑什么？得贵的好事多着哩！那是我们村里有名的吃烙饼干部。”小福的表兄道：“还是干部啦？”小顺道：“农会主席！官也不小。”小福的表兄道：“怎么说是吃烙饼干部？”小顺说：“这村跟别处不同：谁有个事到公所说说，先得十几斤面五斤猪肉，在场的每人一斤面烙饼、一大碗菜吃了才说理。得贵领一份烙饼，总得把每一张烙饼都挑过。”小福的表兄道：“我们村里早二三年前说事就不兴吃喝了。”小顺道：“人家哪一村也不兴了，就这村怪！这都是老恒元的古规。老恒元今天得个病死了，明天管保就吃不成了。”

正说着，又来了几个人：老秦[①]、小元、小明、小保。一进门，小元喊道：“大事情！大事情！”有才忙道：“什么？什么？”小明答道：“老哥！喜富的村长撤差了！”小顺从炕上往地下一跳道：“真的？再唱三天戏！”小福道：“我也算数！”有才道：“还有今天？我当他这饭碗是铁箍箍住了！谁说的？”小元道：“真的！章工作员来了，带着公事！”小福的表兄问小福道：“你村人跟喜富的仇气就这么大？”小顺道：“那也是有歌的：

一只虎，阎喜富，
吃吃喝喝有来路；
当过兵，卖过土，
又偷牲口又放赌，
当牙行，卖寡妇……
什么事情都敢做。
惹下他，防不住，
人人见了满招呼！

你看仇恨大不大？”小福的表兄听罢才笑了一声，小明又拦

① 老秦：小福的爹。

住告诉他道："柿子洼客你是不知道！他念的那还是说从前，抗战以后这东西趁着兵荒马乱抢了个村长，就更了不得了，有恒元那老不死给他撑腰，就没有他干不出来的事，屁大点事弄到公所，也是桌面上吃饭，袖筒里过钱，钱淹不住心，说捆就捆，说打就打，说叫谁倾家败产谁就没法治。逼得人家破了产，老恒元管'贱钱二百'买房买地。老槐树底这些人，进了村公所，谁也不敢走到桌边。三天两头出款，谁敢问问人家派的是什么钱；人家姓阎的一年四季也不见走一回差，有差事都派到老槐树底，谁不是荒着地给人家支？……你是不知道，坏透了坏透了！"有才低声问道："为什么事撤了的？"小保道："这可还不知道，大概是县里调查出来的吧？"有才道："光撤了差放在村里还是大害，什么时候毁了他才能算干净，可不知道县里还办他不办？"小保道："只要把他弄下台，攻他的人可多啦！"

远远有人喊道："明天到庙里选村长啦，十八岁以上的人都得去！"一连声叫喊，声音越来越近，小福听出来了，便向大家道："是得贵！还听不懂他那贱嗓？"进来了，就是得贵。他一进来，除了有才是主人，随便打了个招呼，其余的人都没有说话，小福、小顺彼此挤了挤眼。得贵道："这里倒热闹！省得我跑！明天选村长了，凡年满十八岁者都去！"又把嗓子放得低低的："老村长的意思叫选广聚！谁不在这里，你们碰上告诉给他们一声！"说着抽身就走了。他才一出门，小顺抢着道："吃烙饼去吧！"小元道："吃屁吧！章工作员还在这里住着啦，饼恐怕烙不成！"

老秦埋怨道："人家听见了！"小元道："怕什么？就是故意叫他听了。"小保道："他也学会打官腔了：'凡年满十八岁者'……"小顺道："还有'老村长的意思'。"小福道："假大头这回要变真大头啦呀！"小福的表兄问小福道："谁是假大头？"小顺抢着道："这也有歌：

刘广聚，假大头：
一心要当人物头，
抱粗腿，借势头，
拜认恒元干老头。
大小事，强出头，
说起话来歪着头。
从西头，到东头，
放不下广聚这颗头。

一念歌你就清楚了。"小福的表兄觉着很奇怪，也没有顾上笑，又问道："怎么你村有这么多的歌？"小顺道："提起西头的人来，没有一个没歌的，连哪一个女人脸上有麻子都有歌。不只是人，每出一件新事，隔不了一天就有歌出来了。"又指着有才道："有我们这位老叔，你想听歌很容易！要多少有多少！"

小元道："我看咱们也不用管他'老村长的意思'不意思，明天偏给他放个冷炮，揽上一伙人选别人，偏不选广聚！"老秦道："不妥不妥，指望咱老槐树底人谁得罪得起老恒元？他说选广聚就选广聚，瞎惹那些气有什么好处？"小元道："你这老汉真见不得事！只怕柿叶掉下来碰破你的头，你不敢得罪人家，也还不是照样替人家支差出款？"老秦这人有点古怪，只要年轻人一发脾气，他就不说话了。小保向小元道："你说得对，这一回真是该扭扭劲！要是再选上个广聚还不是仍出不了恒元老家伙的手吗？依我说咱们老槐树底的人这回就出出头，就是办不好也比搓在他们脚板底强得多！"小保这么一说，大家都同意，只是决定不了该选谁好。依小元说，小保就可以办；老陈觉得要是选小明，票数会更多一些；小明却说在大场面上说个话还是小元有两下子。李有才道："我说个公道话吧！要是选小明老弟，保管票数最多，可是他老弟恐怕不能办：他这人太好，太直，跟人家老恒元那伙人斗个什么事恐怕没有人家的心眼多。小保领过几年羊[①]，在外边走的地方也不少，又能写能算，办倒没有什么办不了，只是他一家五六口子全靠他一个人吃饭，真也有点顾不上。依我说，小元可以办，小保可以帮他记一记账，写个什么公事……"这个意见大家赞成了。小保向大家道："要那样咱们出去给他活动活动！"小顺道："对！宣传宣传！"说着就都往外走。老秦着了急，叫住小福道："小福！你跟人家逞什么能？给我回去！"小顺拉着小福道："走吧走吧！"又回头向老秦道："不怕！丢

① 领羊就是当羊经理。

了你小福我包赔！”说了就把小福拉上走了。老秦赶紧追出来连声喊叫，也没有叫住，只好领上外甥[1]回去睡觉。

窑里丢下有才一个人，也就睡了。

三　打虎

第二天吃过早饭，李有才放出牛来预备往山坡上送，小顺拦住他道："老叔你不要走了！多一票算一票！今天还许弄成，已经给小元弄到四十多票了。"有才道："误不了！我把牛送到椒洼就回来。这时候又不怕吃了谁的庄稼！章工作员开会，一讲话还不是一大晌？误不了！"小顺道："这一回是选举会，又不是讲话会。"有才道："知道！不论什么会，他在开头总要讲几句'重要性'啦，'什么的意义及其价值'啦，光他讲讲这些我就回来了！"小顺道："那你去吧！可不要叫误了！"说着就往庙里去了。

庙里还跟平常开会一样，章工作员、各干部坐在拜厅上，群众站在院里，不同的只是因为喜富撤了差，大家要看看他还威风不威风，所以人来得特别多。

不大一会儿，人到齐了，喜富这次当最后一回主席。他虽然沉着气，可是嗓子究竟有点不自然，说了几句客气话，就请章工作员讲话。章工作员这次也跟从前说话不同了，也没有讲什么"意

① 外甥：小福的表兄。

义”与“重要性”，直截了当说道：“这里的村长，犯了一些错误，上级有命令叫另选。在未选举以前，大家对旧村长有什么意见，可以提一提。”大家对喜富的意见，提一千条也有，可是一来没有准备，二来碍于老恒元的面子，三来差不多都怕喜富将来记仇，因此没有人敢马上出头来提，只是交头接耳商量。有的说“趁此机会不治他，将来是村上的大害”，有的说“能送死他自然是好事，送不死，一旦放虎归山必然要伤人”……议论纷纷，都没有主意。有个马凤鸣，当年在安徽卖过茶叶，是张启昌的姐夫，在阎家山下了户。这人走过大地方，开通一点，不像阎家山人那么小心小胆。喜富当村长的第一年，随便欺压村民，有一次压迫到他头上，当时惹不过，只好忍过去。这次喜富已经下了台，他想趁势算一下旧账，便悄悄向几个人道：“只要你们大家有意见愿意提，我可以打头一炮！”马凤鸣说愿意打头一炮，小元先给他鼓励道：“提吧！你提我接住就提，说开头多着哩！”他们正商量着，章工作员在台上等急了，便催道：“有没有？再限一分钟！”马凤鸣站起来道：“我有个意见：我的地上边是阎五的坟地，坟地堰上的荆条、酸枣树，一直长到我的地后，遮住半块地不长庄稼。前年冬天我去砍了一砍，阎五说出话来，报告到村公所，村长阎喜富给我说的，叫我杀了一口猪给阎五祭祖，又出了二百斤面叫所有的阎家人大吃一顿，罚了我五百块钱，永远不准我在地后砍荆条和酸枣树。猪跟面大家算吃了，钱算我出了，我都能忍过去不追究，只是我种地出着负担永远叫给人家长荆条和酸枣树，我觉着不合理。现在要换村长，我请以后开放这个禁令！”章工作员好像有点吃惊，问大家道：“真有这事？”除了姓阎的，别人差不多齐声答道：“有！”有才也早回来了，听见是说这事，也在中间发冷话道：“比那更气人的事还多得多！”小元抢着道：“我也有个意见！”接着说了一件派差事。两个人发言以后，意见就多起来，你一款我一款，无论是花黑钱、请吃饭、打板子、罚苦工……只要是喜富出头做的坏事，差不多都说出来了，可是与恒元有关系的事差不多还没人敢提，直到晌午，意见似乎没人提了，章工作员气得大瞪眼，因为他常在这里工作，从来也不会想到有这么多的问题。他向大家发命令道：“这个好村长！把他捆起来！”一说捆喜富，当然大家很有劲，也不知道上来多少人，七手八脚把他捆成了个倒缚兔。他们问送到哪里，章工作员道：“且捆到下面的小屋里，拨两个人看守着，大家先回去吃饭，吃了饭选过村长，我把他带回区上去！”小顺、小福还有七八个人抢着道：“我看守！我看守！”小顺道：“迟吃一会儿饭有什么要紧？”章工作员又道：“找个人把上午大家提的意见写成个单子作为报告，我带回去！”马凤鸣道：“我写！”小保道：“我帮你！”章工作员见有了人，就宣布散了会。

这天晌午，最着急的是恒元父子，因为有好多案件虽是喜富出头，却还是与他们有关的。恒元很想吩咐喜富一下，叫他到县里不要乱说，无奈那么许多人看守着，没有空子，也只好罢了。吃过午饭，老恒元说身体有点不舒服，只打发儿子家祥去照应选举的事，自己却没有去。

会又开了，章工作员宣布新的选举办法道：“按正规的选法，应该先选村代表，然后由代表会里产生村长，可是现在来不及了。现在我想了个变通办法：大家先提出三个候选人，然后用投票的法子从三个人中选一个。投票的办法，因为不识字的人很多，可以用三个碗，上边画上记号，放到人看不见的地方，每人发一颗豆，愿意选谁，就把豆放到谁的碗里去；这个办法好不好？”大家齐声道：“好！”这又出了家祥意料之外：他仗着一大部分人离不了他写票，谁知章工作员又用了这个办法。办法既然改了，他借着自己是个教育委员，献了个殷勤，去准备了三个碗，顺路想在这碗上想点办法。大家把三个候选人提出来了：刘广聚是经过老恒元的运动的，自然在数，一个是马凤鸣，一个就是陈小元。家祥把一个红碗两个黑碗上贴了名字向大家声明道：“注意！一会儿把这三个碗放到里边殿里。次序是这样：从东往西，第一个，红碗，是刘广聚！第二个是马凤鸣，第三个是陈小元。再说一遍：从东往西，第一个，红碗，是刘广聚！第二个是马凤鸣，第三个是陈小元。”说了把碗放到殿里的供桌上，然后站东过西每人发了一颗豆，发完了就投起来。一会儿，票投完了，结果是马凤鸣五十二票，刘广聚八十八票当选，陈小元八十六票，跟刘广聚只差两票。

选举完了，章工作员道：“我还要回区上去。派两个人跟我相跟上把喜富送去！”家祥道：“我派我派！”下边有几个人齐声道："不用你派，我去！我去！"说着走出十几个人来，章工作员道："有两个就行！"小元道："多去几个保险！"结果有五个去。章工作员又叫人取来了马凤鸣跟小保写的报告，就带着喜富走了。

刘广聚当了村长，送走章工作员之后，歪着个头，到恒元家里去，一方面是谢恩，一方面是领教。老恒元听了家祥的报告，知道章工作员把喜富带走，又知道小元跟广聚只差两票，心里着实有点不安，少气无力向广聚道："孩子，以后要小心点！情况变得有点不妙了！马凤鸣，一个外来户，也要翻眼；老槐树底人也起了反了！"说着伸出两个指头来道："你看危险不危险？两票！只差两票！"又吩咐他道："孩子，以后要买一买马凤鸣的账，拣那不重要的委员给他当一个——就叫他当个建设委员也好！像小元那些没天没地的东西，以后要找个机会重重治他一下，要不就压不住东头那些东西。不过现在还不敢冒失，等喜富的事有个头尾再说！回去吧孩子！我今天有点不得劲，想早点歇歇！"广聚受完了这番训，也就辞出。

这天晚上，李有才的土窑里自然也是特别热闹，不必细说。第二天便有两段新歌传出来，一段是：

正月二十五，打倒一只虎；
到了二十六，老虎更吃苦，
大家提意见，尾巴藏不住，

咕咚按倒地，打个背绑兔。
家祥干眏眼，恒元屙一裤。
大家哈哈笑，心里满舒服。

还有一段是：

老恒元，真混账，
抱住村长死不放。
说选举，是假样，
侄儿下来干儿上[1]。

四　丈地

自从把喜富带走以后，老恒元总是放心不下，生怕把他与自己有关的事攀扯出来。可是现在的新政府不比旧衙门，有钱也花不进去，打发家祥去了几次也打听不着，只好算了。过了三个月，县里召集各村村长去开会，老恒元托广聚到县里顺便打听喜富的下落。

隔了两天，广聚回来了，饭也没有吃，歪着个头，先到恒元那里报告。恒元躺着，他坐在床头毕恭毕敬地报告道："喜富的事，

① 喜富是恒元的本家侄儿，广聚是干儿。

因为案件过多，喜富不愿攀出人来，直拖累了好几个月才算结束。所有麻烦，喜富一个人都承认起来了，县政府特别宽大，准他呈递悔过书赔偿大众损失，就算完事。”恒元长长吐了口气道：“也算！能不多牵连别人就好！”又问道：“这次开会商议了些什么？”广聚道：“一共三件事：第一是确实执行减租，发了个表格，叫填出佃户姓名，地主姓名，租地亩数，原租额多少，减去多少；第二是清丈土地，办法是除了政权、各团体干部参加外，每二十户选个代表共同丈量；第三是成立武委会发动民兵，办法是先选派一个人，在阳历六月十五号以前到县受训。”老恒元听说喜富的案件已了，才放心了一点，及至听到这些事，眉头又打起皱来。

他等广聚走了，便跟儿子家祥道：“这派人受训没有什么难办，依我看还是巧招兵，跟阎锡山要的在乡军人一样，随便派上个谁就行了。减租和丈地两件事，在阎家山说来，只是对咱不利。不过第一件还好办，只要到各窝铺上说给佃户们一声，就叫他们对外人说是已经减过租了，他们怕夺地，自然不敢不照咱的话说；回头村公所要造表，自然还要经你的手，也不愁造不合适。只有这第二件不好办，丈地时候参加那么多的人，如何瞒得过去？”家祥瞅着眼道：“我看也好应付！说各干部吧！村长广聚是自己人。民事委员教育委员是咱父子俩，工会主席老范是咱的领工，咱一家就出三个人。农会主席得贵还不是跟着咱转？财政委员启昌，平常打的是不利不害主义，只要不叫他吃亏，他也不说什么。他孩子小林虽然算个青救干部，啥也不懂。只有马凤鸣不好对付，他最精明，又是个外来户，跟咱都不一心，遇事又敢说话，他老婆桂英又是个妇救干部，一家也出着两个人……”老恒元道：“马凤鸣好对付：他们做过生意的人最爱占便宜，叫他占上些便宜他就不说什么了。我觉得最难对付的是每二十户选的那一个代表，人数既多，意见又不一致。”家祥道：“我看不选代表也行。”恒元道：“不妥！章工作员那小子腿勤，到丈地时候他要来了怎么办？我看代表还是要，不过可以由村长指派，派那些最穷、最爱打小算盘的人，像老槐树底老秦那些人。”家祥道：“这我就不懂了，越是穷人，越出不起负担，越要细丈别人的地……”恒元道：“你们年轻人自然想不通：咱们丈地时候，先拣那最零碎的地方丈起——比方咱‘椒洼’地，一亩就有七八块，算的时候你执算盘，慢慢细算。这么着丈量，一个椒洼不上十五亩地就得丈两天。他们那些爱打小算盘的穷户，哪里误得起闲工？跟着咱们丈过两三天，自然就都走开了。等把他们熬败了，咱们一方面说他们不积极不热心，一方面还不是由咱自己丈吗？只要做个样子，说多少是多少，谁知道？”家祥道：“可是我见人家丈过的地还插牌子。”恒元道：“山野地，块子很不规矩，每一处只要把牌子上写个总数目——比方‘自此以下至崖根共几亩几分’，谁知道对不对。要是再用点小艺道买一买小户，小户也就不说话了——比方你看他一块有三亩，你就说：‘小户人家，用不着细盘量了，算成二亩吧！’这样一来，他有点小虚数，也怕多量出来，因此也就不想再去量别人的！”

恒元对着家祥训了这一番话，又打发他去请来马凤鸣。马凤鸣的地都是近二十年来新买的，不过因为买得刁巧一点，都是些大亩数——往往完一亩粮的地就有二三亩大。老恒元说：“你的地既然都是新买的，可以不必丈量，就按原契插牌子。”马凤鸣自然很高兴。恒元又叫家祥叫来了广聚，把自己的计划宣布了一番。广聚一来自己地多，二来当村长就靠的是恒元，当然没有别的话说。

第二天便依着计划先派定了丈地代表，第三天便开始丈地。果不出恒元所料，章工作员来了，也跟着去参观。恒元说：“先丈我的！”村长广聚领头，民事委员阎恒元、教育委员阎家祥、财政委员张启昌、建设委员马凤鸣、农会主席张得贵、工会主席老范、妇救主席桂英、青救主席小林，还有十余个新派的代表们，带着丈地的弓、算盘、木牌、笔砚等，章工作员也跟在后边，往椒洼去了。

广聚管指画，得贵执弓，家祥打算盘。每块地不够二分，可是东伸一个角西打一个弯，还得分成四五块来算。每丈量完了一块，休息一会儿，广聚给大家讲方的该怎样算，斜的该怎样折，家祥给大家讲“飞归得亩”之算法。大家原来不是来学习算地亩，也都听不起劲来，只是觉着丈量得太慢。章工作员却觉着这办法很细致，说是“丈地的模范”，说了便往柿子洼编村去了。

果不出恒元所料，两天之后，椒洼地没有丈完，就有许多人不来了。到了第五天，临出发只集合了七个人：恒元父子连领工老范是三个，广聚一个，得贵一个，还有桂英跟小林—— 一个没经过事的女人，一个小孩子。恒元摇着芭蕉扇，广聚端着水烟袋，领工老范捎着一张镢，小林捎着个镰预备割柴，桂英肚里怀着孕，想拔些新鲜野菜，也捎着个篮子，只有得贵这几天在恒元家里吃饭，自然要多拿几件东西——丈地弓、算盘、笔砚、木牌，都是他一个人抱着。丈量地点是椒洼后沟，也是恒元的地，出发时候，恒元故意发脾气道："又都不来了！那么多的委员，只说话不办事，好像都成了咱们七八个人的事了！"说着就出发了。这条沟没有别人的地，连样子也不用装，一进了沟就各干各的：桂英吃了几颗青杏，就走了岔道拔菜去了，小林也吃了几颗，跟桂英一道割柴去了，家祥见堰上塌了个小壑，指挥着老范去垒，得贵也放下那些家什去帮忙，恒元跟广聚，到麦地边的核桃树底乘凉快说闲话去。

这天有才恰在这山顶上看麦子，见进沟来七八个人，起先还以为是偷麦子的，后来各干其事了。虽然离得远了认不清人，可是做的事也都看得很清楚，只有到核桃树底去的那两个人不知是干什么的。他又往前凑了一凑，能听见说说笑笑，却听不见说什么。他自言自语道："这是两个什么鬼东西，我总要等你们出来！"说着就坐在林边等着。直到天快晌午，见有个从核桃树下钻出来喊道："家祥！写牌来吧！"这一下听出来了，是恒元。垒堰那三个人也过来了两个，一个是家祥，一个是老范。家祥写了两个木牌，给了老范一块，自己拿着一块：老范那块插在东圪嘴上，家祥那块插在麦地边。牌子插好，就叫来了桂英、小林，七个人相跟着回去了，有才见得贵拿着弓，才想起来人家是丈地，暗自寻思道："这地原是这样丈的？我总要看看牌上写的是什么！"一边想，一边绕着路到沟底看牌。两块牌都看了，麦地边那块写的是："自此至沟掌，大小十五块，共七亩二分二厘。"东圪嘴上那块写的是："圪嘴上至崖根，共三亩二分八厘。"他看完了牌，觉着好笑，回来在路上编了这样一段歌：

丈地的，真奇怪，
七个人，不一块；
小林去割柴，桂英去拔菜，
老范得贵去垒堰，家祥一旁乱指派，
只有恒元和广聚，核桃树底乘凉快，
芭蕉扇，水烟袋，说说笑笑真不坏。
坐到小晌午，叫过家祥来，
三人一捏弄，家祥就写牌，
前后共算十亩半，木头牌子插两块。
这些鬼把戏，只能哄小孩；
从沟里到沟外，平地坡地都不坏，
一共算成三十亩，管保恒元他不卖！

五 好怕的“模范村”

过了几天，地丈完了，他们果然给小户人家送了些小便宜，有三亩只估二亩，有二亩估作亩半。丈完了地这一晚上，得贵想在小户们面前给恒元卖个好，也给自己卖个好，因此在恒元家吃过晚饭，跟家祥们攀谈了几句，就往老槐树底来。老槐树底人也都吃过了饭，在树下纳凉、谈闲话，说说笑笑，声音很高。他想听一听风头对不对，就远远在路口站住步侧耳细听，只听一个人道：“小旦！你不能劝劝你爹以后不要当恒元的尾巴？人家外边说多少闲话……”又听见小旦拦住那人的话抢着道：“哪天不劝他？可是他不听有什么法？为这事不知生过多少气！有时候他在老恒元那里拿一根葱、几头蒜，我娘也不吃他的，我也不吃他的，就那他也不改！”他听见是自己的孩子说自己，更不便走进场，可是也想再听听以下还说些什么，所以也舍不得走开。停了一会儿，听得有才问道：“地丈完了？老恒元的地丈了多少？”小旦道：“听说是一百一十多亩。”小元道：“哄鬼也哄不过！不用说他原来的祖业，光近十年来的押地也差不多有那么多！”小保道：“押地可好算，老槐树底的人差不多都是把地押给他才来的！”说着大家就七嘴八舌，三亩二亩给他算起来，算的结果，连老槐树底带村里人，押给恒元的地，一共就有八十四亩。小元道：“他通年雇着三个长工，山上还有六七家窝铺，要是细量起来，丈不够三百亩我不姓陈！”小顺道：“你不说人家是怎样丈的？你就没听有才老叔编的歌？‘丈地的，真奇怪，七个人，不一块……’”接着把那一段歌念了一遍，念得大家哈哈大笑。

老秦道：“我看人家丈得也公道，要宽都宽，像我那地明明是三亩，只算了二亩！”小元道：“那还不是哄小孩？只要把恒元的地丈公道了，咱们这些户，二亩也不出负担，三亩还不出负担；人家把三百亩丈成一百亩，轮到你名下，三亩也得出，二亩也得出！”①

得贵听到这里，知道大家已经猜透了恒元的心事，这个好已经卖不出去，就返回来想再到恒元这里把方才听到的话报告一下。他走到恒元家，恒元已经睡了，只有家祥点着灯造表，他便把方才听到的话和有才的歌报告给家祥，中间还加了一些骂恒元的话。家祥听了，沉不住气，两眼眏得飞快，骂了小元跟有才一顿，得贵很得意地回去睡了。

第二天，不等恒元起床，家祥就去报告昨天晚上的事。恒元听了，倒不在乎骂不骂，只恨他们不该把自己的心事猜得那么透彻，想了一会儿道：“非重办他几个不行！”吃过了饭，叫来了广聚，数说了小元跟有才一顿罪状，末了吩咐道：“把小元选成什么武委会送到县里受训去，把有才撵走，永远不准他回阎家山来！”广聚领了命，即刻召开了个选人受训的会，仿照章工作员的办法推了三个候选人，把小元选在三人里边，然后投豆子，可

① 当时行的是累进税制。

是得贵跟家祥两个人，每人暗暗抓了一把豆子都投在小元的碗里，结果把小元选住了。

村里人，连恒元、广聚都算上，都只说这是拔壮丁当兵。小元家里只有一个老娘，又没有吃的，全仗小元养活，一见说把小元选住了，哭着去哀求广聚。广聚奉的是恒元的命令，哀求也没有效，得贵很得意，背地里卖俏说："谁叫他评论丈地的事？"这话传到老槐树底，大家才知道原来是这么一回事。

小明见邻居们有点事，最能热心帮助。他见小元他娘哀求也无效，就去找小保、小顺等一干人来想办法。小保道："我看人家既是有计划的，说好话也无用，依我说就真当了兵也不是坏事，大家在一处都不错，谁还不能帮一把忙？咱们大家可以招呼他老娘几天。"小明向小元道："你放心吧！也没有多余的事！烧柴吃水，一个人能费多少，你那三亩地，到了忙时候一个人抽一晌工夫就给你捎带了！"小元的叔父老陈为人很痛快，他向大家谢道："事到头上讲不起，既然不能不去，以后自然免不了麻烦大家照应，我先替小元谢谢。"小元也跟着说了许多道谢的话。

在村公所这方面，减租跟丈地的两份表也造成了，受训的人也选定了，做了一份报告，吃过午饭，拨了个差，连小元一同送往区上。把这三件工作交代过，广聚打发人把李有才叫到村公所，歪着个头，拍着桌子大大发了一顿脾气，说他"造谣生事"，又说"简直像汉奸"，最后下命令道："即刻给我滚蛋！永远不许回阎家山来！不听我的话我当汉奸送你！"有才无法，只好跟各牛东算了算账，搬到柿子洼编村去住。

隔了两天，章工作员来了，带着县里来的一张公事，上写道：“据第六区公所报告，阎家山编村各干部工作积极细致，完成任务甚为迅速，堪称各村模范，特传令嘉奖以资鼓励……”自此以后，阎家山就被称为“模范村”了。

六　小元的变化

两礼拜过后，小元受训回来了，一到老槐树底，大家就都来问询，在地里做活的，虽然没到晌午，听到小元回来的消息也都赶回来问长问短。小元很得意地道：“依他们看来这一回可算把我害了，他们哪里想得到又给咱们弄了个合适？县里叫咱回来成立武委会，发动民兵，还允许给咱们发枪，发手榴弹。县里说：‘以后武委会主任跟村长是一文一武，是独立系统，不是附属在村公所。’并且给村长下的公事叫他给武委会准备一切应用物件。从今以后，村里的事也有咱老槐树底的份了。”小顺道：“试试！看他老恒元还能独霸乾坤不能？”小明道：“你的苗也给你锄出来了。老人家也没有饿了肚，这家送个干粮，那家送碗汤，就够他老人家吃了。”小元自是感谢不提。

吃过午饭，小元到了村公所，把县里的公事取出来给广聚看。广聚一看公事，知道小元有权了，就拿上公事去找恒元。

恒元看了十分后悔道：“想不到给他做了个小合适。”又皱着眉头想了一会道：“既然错了，就以错上来——以后把他团弄住，叫他也变成咱的人！”广聚道：“那家伙有那么一股拗劲，恐怕团弄不住吧！”恒元道：“你不懂！这只能慢慢来！咱们都捧他的场，叫他多占点小便宜，‘习惯成自然’，不上几个月工夫，老槐树底的日子他就过不惯了。”

广聚领了恒元的命，把一座庙院分成四部分：东社房上三间是村公所，下三间是学校，西社房上三间是武委会主任室，下三间留作集体训练民兵之用。

民兵动员起来了，差不多是老槐树底那一伙子，常和广聚闹小意见，广聚觉得很难对付。后来广聚常到恒元那里领教去，慢慢就生出法子来。比方广聚有制服，家祥有制服，小元没有，住在一个庙里觉着有点比配不上，广聚便道：“当主任不可以没制服，回头做一套才行！”隔了不几天，用公款做的新制服给小元拿来了。广聚有水笔，家祥有水笔，小元没有，觉着小口袋上空空的，家祥道：“我还有一支回头送你！”第二天水笔也插起来了。广聚不割柴，家祥不割柴，小元穿着制服去割了一回柴，觉着不好意思，广聚道：“能烧多少？派个民兵去割一点就够了！”

从此以后，小元果然变了：割柴派民兵，担水派民兵，自己架起胳膊当主任。他叔父老陈，见他的地也荒了，一日就骂他道：“小元你看！近一两月来像个什么东西！出来进去架两条胳膊，连水也不能担了，柴也不能割了！你去受训，人家大家给你把苗锄出来，如今秀了一半穗了，你也不锄二遍，草比苗还高，看你秋天吃什么！”小元近来连看也没有到地里看过，经老陈这一骂，也觉得应该到地里看看去。吃过早饭，扛了一把锄，正预备往地里走，走到村里，正碰上家祥吃过饭往学校去。家祥含笑道："锄地去啦？"小元脸红了，觉着不像个主任身份，便喃喃地道："我到地里看看去！"家祥道："歇歇谈一会儿闲话再去吧！"小元也不反对，跟着家祥走到庙门口，把锄放在门外，就走进去跟家祥、广聚闲谈起来，直谈到晌午才回去吃饭去。吃过饭，总觉着不可以去锄地，结果仍是第二天派了两个民兵去锄。

这次派的是小顺跟小福，这两个青年虽然也不敢不去，可是总觉着不大痛快，走到小元地里，无精打采慢慢锄起来。他两个一边锄一边谈。小顺道："多一位菩萨多一炉香！成天盼望主任给咱们抵些事，谁知道主任一上了台，就跟人家混得很热，除了多派咱几回差，一点什么好处都没有！"小福道："头一遍是咱给他锄，第二遍还叫咱给他锄！"小顺道："那可不一样：头一遍是人家把他送走了，咱们大家情愿帮忙；第二遍是人家升了官，不能锄地了，派咱给人家当差。早知道落这个结果，帮忙？省点气力不能睡觉？"小福道："可惜把个有才老汉也撵走了，老汉要在，一定要给他编个好歌！"小顺道："咱不能给他编个试试？"小福道："可以！我帮你！"给小元锄地，他们既然有点不痛快，所以也不管锄到了没有，留下草了没有，只是随手锄过就是，两个人都把心用在编歌子上。小顺编了几句，小福也给他改了一两句，又添了两句，结果编成了这么一段短歌：

陈小元，坏得快，
当了主任耍气派，
改了穿，换了戴，
坐在庙上不下来，
不担水，不割柴，
蹄蹄爪爪不想抬，
锄个地，也派差，
逼着邻居当奴才。

小福晚上悄悄把这个歌念给两三个青年听，第二天传出去，大家都念得烂熟，小元在庙里坐着自然不得知道。

这还都是些小事，最叫人可恨的是把喜富赔偿群众损失这笔款，移到武委会用了。本来喜富早两个月就递了悔过书出来了，只是县政府把他应赔偿群众的款算了一下，就该着三千四百余元，还有几百斤面、几石小米。这些东西有一半是恒元用了，恒元就着人告喜富暂且不要回来，有了机会再说。

恰巧“八一”节要检阅民兵，小元跟广聚说，要做些挂包、子弹袋、炒面袋，还要准备七八个人三天的吃喝。广聚跟恒元一说，恒元觉着机会来了，开了个干部会，说公所没款，就把喜富这笔款移用了。大家虽然听说喜富要赔偿损失，可是谁也没听说赔多少数目。因为马凤鸣的损失也很大，遇了事又能说两句，就有些人怂恿着他去质问村长。马凤鸣跟恒元混熟了，不想得罪人，可是也想得赔偿，因此借着大家的推举也就答应了。但是他知道村长不过是个假样子，所以先去找恒元。他用自己人报告消息的口气说："大家对这事情很不满意，将来恐怕还要讨这笔款！"老恒元就猜透他的心事，便向他道："这事怕不好弄，公所真正没款，也没有日子了，四五天就要用，所以干部会上才那么决定，你不是也参加过了吗？不过咱们内里人好商量；你前年那一场事，一共破费了多少，回头叫他另外照数赔偿你！"马凤鸣道："我也不是说那个啦，不过他们……"恒元拦他的话道："不不不！他不赔我就不愿意他！不信我可以垫出来！咱们都是个干部，不分个里外如何能行？"马凤鸣见自己落不了空，也就不说什么了；别人再怂恿也怂恿不动他了。

事过之后，第二天喜富就回来了。赔马凤鸣的东西恒元担承了一半，其余应赔全村民众，那么大的数目，做了几条炒面袋、几个挂包、几条子弹袋，又给民兵拿了二十多斤小米就算完事。

"八一"检阅民兵，阎家山的民兵服装最整齐，又是模范，主任得了奖。

七　恒元、广聚把戏露底

过了阴历八月十五，正是收秋时候，县农会主席老杨同志，被分配到第六区来检查督促"秋收工作"。老杨同志叫区农会给他介绍一个比较进步的村，区农会常听章工作员说阎家山是模范村，就把他介绍到阎家山去。

老杨同志吃了早饭起程，天不晌午就到了阎家山。他一进公所，正遇着广聚跟小元下棋。他两个因为一步棋争起来，就没有看见老杨同志进去。老杨同志等了一会儿，还没有人跟他搭话，他就在这争吵中问道：“哪一位是村长？”广聚跟小元抬头一看，见他头上箍着块白手巾，白小布衫深蓝裤，脚上穿着半旧的硬鞋至少也有二斤半重。从这服装上看，村长广聚以为他是哪村派来的送信的，就懒洋洋地问道：“哪村来的？”老杨同志答道：“县里！”广聚仍问道：“到这里干什么？”小元棋快输了，在一边催道：“快走棋嘛！”老杨同志有些不耐烦，便道：“你们忙得很！等一会儿闲了再说吧！”说了把背包往阶台上一丢，坐在上面休息。广聚见他的话头有点不对，也就停住了棋，凑过来搭话。老杨同志也看出他是村长，却又故意问了一句：“村长哪里去了？”他红着脸答过话，老杨同志才把介绍信给他，信上写的是：兹有县农会杨主席，前往阎家山检查督促秋收工作，请予接洽是荷……

广聚看过了信，把老杨同志让到公所，说了几句客气话，便要请老杨同志到自己家里吃饭。老杨同志道：“还是兑些米到老百姓家里吃吧！”广聚还要讲俗套，老杨同志道：“这是制度，不能随便破坏！”广聚见他土眉土眼，说话却又那么不随和，一时想不出该怎么对付，便道：“好吧！你且歇歇，我给你出去看看！”说了就出了公所来找恒元。他先把介绍信给恒元看了，然后便说这人是怎样怎样一身土气，恒元道：“前几天听喜富说有这么个人。这人你可小看不得！听喜富说，有些事情县长还得跟他商量着办。”广聚道：“是是是！你一说我想起来了！那一次在县里开会，讨论丈地问题那一天，县干部先开了个会，仿佛有他，穿的是蓝衣服，眉眼就是那样。”恒元道：“去吧！好好应酬，不要冲撞着他！”广聚走出门来又返回去问道：“我请他到家吃饭，他不肯，他叫给他找个老百姓家去吃，怎么办？”恒元不耐烦了，发话道：“这么大一点事也问我？那有什么难办？他要那么执拗，就把他派到个最穷的家——像老槐树底老秦家，两顿糠吃过来，你怕他不再找你想办法啦？”广聚道：“老槐树底那些人跟咱们都不对，不怕他说坏话？”恒元道：“你就不看人？老秦见了生人敢放个屁？每次吃了饭你就把他招待回公所，有什么事？”

广聚碰了一顿钉子讨了这么一点小主意，回去就把饭派到老秦家。这样一来，给老秦找下麻烦了！阎家山没有行过这种制度，老秦一来不懂这种管饭只是替做一做，将来还要领米，还以为跟派差派款一样；二来也不知道家常饭就行，还以为衙门来的人一定得吃好的。他既是这样想，就把事情弄大了，到东家借盐，到西家借面，老两口忙了一大会儿，才算做了两三碗汤面条。

晌午，老杨同志到老秦家去吃饭，见小砂锅里是面条，大锅里的饭还没有揭开，一看就知道是把自己当客人待。老秦舀了一碗汤面条，毕恭毕敬双手捧给老杨同志道：“吃吧先生！到咱这穷人家吃不上什么好的，喝口汤吧！”他越客气，老杨同志越觉着不舒服，一边接一边道：“我自己舀！唉！老人家！咱们吃一锅饭就对了，为什么还要另做饭？”老秦老婆道：“好先生！啥也没有！只是一口汤！要是前几年这饭就端不出来！这几年把地押了，啥也讲不起了！”老杨同志听她说押了地，正要问她押给谁，老秦先向老婆喝道：“你这老不死，不知道你那一张疯嘴该说什么！可憋不死你！你还记得啥？还记得啥！”老杨同志猜着老秦是怕她说得有妨碍，也就不再追问，随便劝了老秦几句。老秦见老婆不说话了，因为怕再引起话来，也就不再说了。

小福也回来了，见家里有个人，便问道：“爹！这是哪村的客？”老秦道：“县里的先生！”老杨同志道：“不要这样称呼吧！哪里是什么‘先生’？我姓杨！是农救会的！你们叫我个‘杨同志’或者‘老杨’都好！”又问小福“叫什么名字”，“多大了”，小福一一答应。老秦老婆见孩子也回来了，便揭开大锅开了饭。老秦、老秦老婆，还有个五岁的女孩，连小福，四个人都吃起饭来。老杨同志第一碗饭吃完，不等老秦看见，就走到大锅边，一边舀饭一边说：“我也吃吃这饭，这饭好吃！”老两口赶紧一齐放下碗来招待，老杨同志已把山药蛋南瓜舀到碗里。老秦客气了一会儿，也就罢了。

小顺来找小福割谷，一进门碰上老杨同志，彼此问询了一下，就向老秦道：“老叔！人家别人的谷都打了，我爹病着，连谷也割不起来，后晌叫你小福给俺割吧？”老秦道：“吃了饭还要打谷！”小顺道：“那我也能帮忙，打下你的来，迟一点去割我的也可以！”老杨同志问道：“你们这里收秋还是各顾各？农救会也没有组织过互助小组？”小顺道：“收秋可不就是各顾各吧？

老农会还管这些事啦？”老杨同志道：“那么你们这里的农会都管些什么事？”小顺道：“咱不知道。”老杨同志自语道：“模范村！这算什么模范？”五岁的小女孩，听见“模范”二字，就想起小顺教她的几句歌来，便顺口念道：

模范不模范，从西往东看；
西头吃烙饼，东头喝稀饭。

小孩子虽然是顺口念着玩，老杨同志却听着很有意思，就逗她道：“念得好呀！再念一遍看！”老秦又怕闯祸，瞪了小女孩一眼。老杨同志没有看见老秦的眼色，仍问小女孩道：“谁教给你的？”小女孩指着小顺道：“他！”老秦觉着这一下不只惹了祸，又连累了邻居。他以为自古“官官相卫”，老杨同志要是回到村公所一说，马上就不得了。他气极了，劈头打了小女孩一掌骂道：“可哑不了你！”小顺赶紧一把拉开道：“你这老叔！小孩们念个那，有什么危险？我编的，我还不怕，就把你怕成那样？那是真的吧是假的？人家吃烙饼有过你的份？你喝的不是稀饭？”老秦就有这样一种习惯，只要年轻人说他几句，他就不说话了。

吃过了饭，老秦跟小福去场里打谷子。老杨同志本来预备吃过饭去找村农会主任，可是听小顺一说，已知道工作不实在，因此又想先在群众里调查一下，便向老秦道：“我给你帮忙去。”老秦虽说“不敢不敢”，老杨同志却扛起木锨、扫帚跟他们往场里去。

场子就在窑顶上，是好几家公用的。各家的谷子都不多，这天一场共摊了四家的谷子，中间用谷草隔开了界。

老杨同志到场子里什么都通，拿起什么家什来都会用，特别是好扬家，不只给老秦扬，也给那几家扬了一会儿，大家都说："真是一张好木锨。"[①] 一场谷打罢了，打谷的人都坐在老槐树底休息，喝水，吃干粮，蹲成一圈围着老杨同志问长问短，只有老秦仍是毕恭毕敬站着，不敢随便说话。小顺道："杨同志！你真是个好把式！家里一定种地很多吧？"老杨同志道："地不多，可是做得不少！整整给人家住过十年长工！"老秦一听老杨同志说是个住长工出身，马上就看不起他了，一屁股坐在墙根下道："小福！不去场里担糠还等什么？"小福正想听老杨同志谈些新鲜事，不想半路走开，便推托道："不给人家小顺哥割谷？"老秦道："担糠回来误得了？小孩子听起闲话来就不想动了！"小福无法，只好去担糠。他才从家里挑起篓来往场里走，老秦也不顾别人谈话，又喊道："细细扫起来！不要只扫个场心！"他这样子，大家都觉着他不顺眼，小保便向他发话道："你这老汉真讨厌！人家说个话你偏要乱吵！想听就悄悄听，不想听你不能回去歇歇？"老秦受了年轻人的气自然没有话说，起来回去了。小顺向老杨同志道："这老汉真讨厌！吃亏，怕事，受了一辈子穷，可瞧不起穷人。

---

① 就是说他用木锨用得好。

你一说你住过长工，他马上就变了个样子。”老杨同志笑了笑道：“是的！我也看出来了。”

广聚依着恒元的吩咐，一吃过饭就来招呼老杨同志，可是哪里也找不着，虽然有人说在场子里，远远看了一下，又不见一个闲人（他想不到县农会主席还能做起活来）；从东头找到西头，西头又找回东头来，才算找到。他一走过来，大家什么都不说了。他向老杨同志道：“杨同志！咱们回村公所去吧！”老杨同志道：“好，你且回去，我还要跟他们谈谈。”广聚道：“跟他们这些人能谈个什么？咱们还是回公所去歇歇吧！”老杨同志见他瞧不起大家，又想碰他几句，便半软半硬地发话道：“跟他们谈话就是我的工作，你要有什么话等我闲了再谈吧！”广聚见他的话头又不对了，也不敢强叫，可是又想听听他们谈什么，因此也不愿走开，就站在圈外。大家见他不走，谁也不开口，好像庙里十八罗汉像，一个个都成了哑子。老杨同志见他不走开大家不敢说话，已猜着大家是被他压迫怕了，想赶他走开，便问他道：“你还等谁？”他吣吣唧唧道：“不等谁了！”说着就溜走了。老杨同志等他走了十几步远，故意向大家道：“没有见过这种村长！农救会的人到村里，不跟农民谈话，难道跟你村长去谈？”大家亲眼看见自己惹不起的厉害人受了碰，觉着老杨同志真是自己人。

天气不早了，小顺喊叫小福去割谷，老杨同志见小顺说话很痛快，想多跟他打听一些村里的事，便向他道：“多借个镰，我也给你割去！”小明、小保也想多跟老杨同志谈谈，齐声道：“我也去！”小顺本来只问了个小福，连自己一共两个人，这会儿却成了五个。这五个人说说话话，一同往地里去了。

八 “老”“小”字辈准备翻身

五个人到了地，一边割谷一边谈话。小顺果然说话痛快，什么也不忌讳。老杨同志提到晌午听的那四句歌，很夸奖小顺编得好。小保道：“他还是徒弟，他师父比他编得更好。”老杨同志笑道：“这还是有师父的？”向小顺道：“把你师父编出来的给咱念几段听一听吧？”小顺道：“可以！你要是想听，管保听到天黑也听不完！”说着便念起来。他每念一段，先把事实讲清楚了然后才念，这样便把村里近几年来的事情翻出来许多。老杨同志越听越觉着有意思，比自己一件一件打听出来的事情又重要又细致，因此想亲自访问他这师父一次，就问小顺道：“这歌编得果然好！我想见见这个人，吃了晚饭你能领上我去他家里闲坐一会儿吗？”小顺道：“可惜他不在村里了，叫人家广聚把他撵跑了！”接着就把丈地的故事从头至尾说了一遍，一直说到小元被送县受训，有才逃到柿子洼。老杨同志问道：“柿子洼离这里有多么远？”小顺往西南山洼里一指道：“那不是？不远！五里地！”老杨同志道：“我看这三亩谷也割不到黑！你们着个人去把他请回来，咱们晚上跟他谈谈！”小明道：“只要敢回来，叫一声他就回来了！我去！”老杨同志道："叫他放心回来！我保他无事！"小顺道："小明叔腿不快！小福你去吧！"小福很高兴地说了个"可以"，扔下镰就跑了。小福去后老杨同志仍然跟大家接着谈话，把近几年来村里的变化差不多都谈完了。最后老杨同志问道："这些事情，章工作员怎么不知道？"小保道："章工作员倒是个好人，可惜没有经过事，一来就叫人家团弄住了。"他们直谈到天快黑，谷也割完了，小福把有才也叫来了，大家仍然相跟着回去吃饭。

小顺家晚饭是谷子面干粮豆面条汤，给他割谷的都在他家吃。小顺硬要请老杨同志也在他家吃，老杨同志见他是一番实意，也就不再谦让，跟大家一齐吃起来。小顺又给有才端了碗汤拿了两个干粮，有才是自己人，当然也不客气，老秦听说老杨同志敢跟村长说硬话，自然又恭敬起来，把晌午剩下的汤面条热了一热，双手捧了一碗送给老杨同志。

晚饭吃过了，老杨同志问有才道："你住在哪个窑里？今天晚上大家都到你那里谈一会儿吧！"有才就坐在自己的门口，顺手指道："这就是我的窑！"老杨同志抬头一看，见上面还贴着封条，不由他不发怒。他跳起来一把把封条撕破了道："他妈的！真敢欺负穷人！"又向有才道："开开进去吧！"有才道："这锁也是村公所的！"老杨同志道："你去叫村公所人来给开！就说我把你叫来谈话啦！"有才去了。

有才找着了广聚，说道："县农会杨同志找我回来谈话，叫你去开门啦！"广聚看这事情越来越硬，弄得自己越得不着主意，有心去找恒元，又怕因为这点小事受恒元的碰。他想了一想，觉着农救会人还是叫农救会干部去应酬，主意一定，就向有才道：“你等等，我去取钥匙去！”他回家取上钥匙，又去把得贵叫来，暗暗嘱咐了一番话，然后把钥匙给了得贵，便向有才道：“叫他给你开去吧！”有才就同得贵一同回到老槐树底。

得贵跟着恒元吃了多年残剩茶饭，半通不通的浮言客套倒也学得了几句。他一见老杨同志，就满面赔笑道：“这位就是县农会主席吗，慢待慢待！我叫张得贵，就是这村的农会主席。晌午我就听说你老人家来了，去公所拜望了好几次也没有遇面……”说着又是开门又是点灯，客气话说得既叫别人掺不上嘴，小殷勤也做得叫别人帮不上手。老杨同志在地里已经听小顺念过有才给他编的歌，知道他的为人，也就不多接他的话。等他忙乱过后，大家坐定，老杨同志慢慢问他道：“这村共有多少会员？”他含糊答道：“唉！我这记性很坏，记不得了，有册子，回头查查看！”老杨同志道：“共分几小组？”他道：“这，这，这，我也记不，不清了。”老杨同志放大嗓子道：“连几个小组也记不得？有几个执行委员？”他更莫名其妙，赶紧推托道：“我，我是个大粗人，什么也不懂，请你老人家多多包涵！”老杨同志道：“你不懂只说你不懂，什么粗人不粗人？农救会根本就没有收过一个细人入会！连组织也不懂，不只不能当主席，也没有资格当会员，今天把你这主席资格、会员资格一同取消了吧！以后农救会的事不与你相干！”他听要取消他的资格，就转了个弯道：“我本来办不了，辞了几次也辞不退，村里只要有点事，想不管也不行！”老杨同志道：“你跟谁辞过？”他道：“村公所！”老杨同志道：“当时是谁叫你当的？”他道：“自然也是村公所！”老杨同志道：“不怨你不懂，原来你就不是由农救会来的！去吧！这一回不用辞就退了！”他还要啰唆，老杨同志挥着手道：“去吧去吧！我还有别的事啦！”这才算把他赶出去。

这天因为有才回来了，邻居们都去问候，因此人来得特别多，来了又碰上老杨同志取消得贵，大家也就站住看起来了。老杨同志把得贵赶走以后，顺便向大家道：“组织农救会是叫受压迫农民反对压迫自己的人。日本鬼子压迫我们，我们就反对日本鬼子；土豪恶霸压迫我们，我们就反对土豪恶霸。张得贵能领导你们反对鬼子吗？能领导你们反对土豪恶霸吗？他能当个什么主席？”老杨同志借着评论得贵，顺路给大家讲了讲“农救会是干什么的”，大家听得很起劲。

不过忙时候总是忙时候，大家听了一小会儿，大部分就都回去睡了，窑里只剩下小明、小保、小顺、有才四个人（小福没有来，因为后晌没有担完糠，吃过晚饭又去担去了）。老杨同志道：“请你们把恒元那一伙人做的无理无法的坏事拣大的细细说几件，我把它记下来。”说着取出钢笔和笔记簿子来道：“说吧！就先从喜富撤差说起！”小明道：“我先说吧？说漏了大家补！”接着便说起来。

他才说到喜富赔偿大家损失的事，小顺忽听窗外好像有人，便喊道："谁？"喊了一声，果然有个人咚咚咚跑了。大家停住了话，小保、小顺出来到门外一看，远远来了一个人，走近了才认得是小福。小顺道："是你？你不进来怎么跑了？"小福道："哪里是我跑？是老得贵！我担完糠一出门就见他跑过去了！"小保道："老家伙，又去报告去了！"小顺道："要防备这老家伙坏事！你们回去谈吧，我去站个岗！"小顺说罢往窑顶上的土堆上去了，大家仍旧接着谈。

老杨同志把材料记了一大堆，便向大家道："我看这些材料中，押地、不实行减租、喜富不赔款、村政权不民主，这四件事最大，因为在这四件事上吃亏的是大多数。咱们要斗争他们，就要叫恒元退出押地，退出多收的租米，叫喜富照县里判决的数目赔款，彻底改选了村政干部。其余各人吃亏的事，只要各个人提出，该怎么办就怎么办，只要这样一来他们就倒台了，受压迫的老百姓就抬起头来了。"

小明道："能弄成那样，那可真是又一番世界，可惜没有阎家——如今就想不出这么个可出头的人来。有几个能写能算、见过世面、干得了说话的，又差不多跟人家近，跟咱远。"老杨同志道："现在的事情，要靠大家，不只靠一两个人——这也跟打仗一样，要凭有队伍，不能只凭指挥的人。指挥的人自然也很要紧，可是要从队伍里提拔出来的人才能靠得住。你不要说没有人，我看这老槐树底的能人也不少，只要大家抬举，到个大场面上，也真能说他几句！"小保道："这道理是对的，只是说到真事上我就懵懂了。就像咱们要斗争恒元，可该怎样下手？咱又不是村里的什么干部，怎样去集合人？怎样跟人家去说？人家要说理咱怎么办？人家要翻了脸怎么办？……”

老杨同志道：“你想得很是路，咱们现在预备就是要预备这些。咱们这些人数目虽然不少，可是散着不能办事，还得组织一下。到人家进步的地方，早就有组织起来的工农妇青各救会，你们这里因为一切大权都在恶霸手里，什么组织也没有。依我说，咱们明天先把农救会组织起来，就用农救会出面跟他们说理。咱们只要按法令跟他们说，他们使的黑钱、押地、多收了人家的租子，就都得退出来。他要无理混赖，现在政府可不像从前的衙门，不论他是多么厉害的人，犯了法都敢治他的罪！”

小保道：“这农救会该怎么组织？”老杨同志就把《会员手册》取出来，给大家把会员的权利、义务、入会资格、组织章程等大概讲了一些，然后向大家道：“我看现在很好组织，只要说组织起来能打倒恒元那一派，再不受他们的压迫，管保愿意参加的人不少！”小保道：“那么明天你就叫村公所召开个大会，你把这道理先给大家宣传宣传，就叫大家报名参加，咱们就快快组织起来干！”老杨同志道：“那办法使不得！”小保道：“从前章工作员就是那么做的，不过后来没有等大家报名，不知道怎样老得贵就成了主席了！”老杨同志道：“所以我说那办法使不得。那办法还不只是没有人报名，一来在那种大会上讲话，只能笼统讲，不能讲得很透彻；二来既然叫大家来报名，像与恒元有关系的那些人想报上名给恒元打听消息，可该收呀不收？我说不用那样做：你们有两个人会编歌，就把‘入了农救会能怎样’编成个歌传出去，凡是真正受压迫的人听了，一定有许多人愿意入会，然后咱们出去几个人跟他们每个人背地谈谈，愿意入会的就介绍他入会。这样组织起来的会，一来没有恒元那一派的人，二来入会以后都知道会是做什么的。”大家齐声道：“这样好，这样好！”小保道：“那么就请有才老叔今天黑夜把歌编成，编成了只要念给小顺，不到明天晌午就能传遍。”老杨同志道：“这样倒很快，不过还得找几个人去跟愿意入会的人谈话，然后介绍他们入会。”小福道：“小明叔交人很宽，只要出去一转还不一大群？”老杨同志道：“我说老槐树底有能人你们看有没有？”

正说着，小顺跑进来道：“站了一会儿岗又调查出事情来了：广聚、小元、马凤鸣、启昌都往恒元家里去了，人家恐怕也有什么布置。我到他门口看看，门关了，什么也听不见！”老杨同志道：“听不见由他去吧！咱们谈咱们的。你们几个人算是由我介绍先入了会，明天你们就可以介绍别人，天气不早了，咱们散了吧！”说了就散了。

九　斗争大胜利

自从老杨同志这天后晌碰了广聚一顿，晚上又把有才叫回，又取消张得贵的农会主席，就有许多人十分得意，暗暗道：“试试！假大头也有不厉害的时候？”第二天早上，这些人都想看看老杨同志是怎么一个人，因此吃早饭时候，端着碗来老槐树底的特别多。有才应许下的新歌，夜里编成，一早起来就念给小顺了，小顺就把这歌传给大家。歌是这样念：

入了农救会，力量大几倍，
谁敢压迫咱，大家齐反对。
清算老恒元，从头算到尾；
黑钱要他赔，押地要他退；
减租要认真，一颗不许昧。
干部不是人，都叫他退位；
再不吃他亏，再不受他累。
办成这些事，痛快几百倍，
想要早成功，大家快入会！

提起反对老恒元，阎家山没有几个不赞成的，再说到能叫他赔黑款，退押地……大家的劲儿自然更大了，虽然也有许多怕得罪不起人家不敢出头的，可是仇恨太深，愿意干的究竟是多数。还有人说：“只要能打倒他，我情愿再贴上几亩地！”他们听了这入会歌，马上就有二三十个入会的，小保就给他们写上了名。

山窝铺的佃户们，无事不到村里来。老杨同志道：“谁可以去组织他们？”有才道：“这我可以去！我常在他们山上放牛，跟他们最熟。”打发有才上了山，小明就到村里去活动，不到晌午就介绍了五十五个会员。小明向老杨同志道：“依我看来，凡是敢说敢干的，差不多都收进来了；还有些胆子小的，虽然也跟咱是一气，可是自己又不想出头，暂且还不愿参加。”老杨同志道：“不少，不少！这么大个小村子，马上说话马上能组织起五十多个人来，在我做过工作的村子里，这还算第一次遇到。从这件事上看，可以看出一般人对他们仇恨太深，斗起来一定容易胜利！事情既然这么顺当，咱们晚上就可以开个成立大会，选举出干部，分开小组，明天就能干事。这村里这么多的问题，区上还不知道，我可以连夜回区上一次，请他们明天来参加群众大会。”

正说着，有才回来了，有几家佃户也跟着来了。佃户们见了老杨同志，先问：“要是生起气来，人家要夺地该怎么办？”老杨同志就把法令上的永佃权给他们讲了一遍，叫他们放心。小明道：“山上人也来了，我看就可以趁着晌午开个会。”老杨同志道：“这样更好！晌午开了会，赶天黑我还能回到区上。”小明道：“这会咱们到什么地方开？”老杨同志道：“介绍会员不叫他们知道，是怕那些坏家伙混进来；开成立大会可不跟他们偷偷摸摸，到大庙里成立去！”吃过了午饭，庙里的大会开了，选举的结果，小保、小明、小顺当了委员。三个人一分工，小保担任主席，小明担任组织，小顺担任宣传。选举完了，又分了小组，阎家山的农救会就算正式成立。老杨同志向新干部们道：“今天晚上，可以通知各小组，大家搜集老恒元的恶霸材料。”小顺道：“我看连广聚、马凤鸣、张启昌、陈小元的材料都可以收集。”老杨同志道：“这不大妥当；马凤鸣、张启昌不是真心顾老恒元的人，照你们昨天谈的，这两个人有时候也反对恒元。咱们着个跟他说得来的人去给他说明利害关系，至少斗起恒元来他两人能不说话。小元他原来是你们招呼起来的人，只要恒元一倒，还有法子叫他变过来。把这些人暂且除过，只把劲儿用在恒元跟广聚身上，成功要容易得多。”老杨同志把这道理说完，然后叫他们多布置几个能说会道的人，预备在第二天的大会上提意见。

安顿停当，老杨同志便回到区公所去。他到区上把阎家山发现的问题大致一谈，区救联会、武委会主任、区长，大家都莫名其妙，章工作员三番五次说不是事实，最后还是区长说：“咱们不敢主观主义，不要以为咱们没有发现问题就算没有问题。依我说咱们明天都可以去参加这个会去，要真有那么大问题，就是在事实上整了我们一次风。”

老恒元也生了些鬼办法，除了用家长资格拉了几户姓阎的，又打发得贵向农救会的个别会员们说：“你不要跟着他们胡闹！他们这些工作人员，三天调了，五天换了，老村长是永远不离阎家山的，等他们走了，你还出得了老村长的手心吗？”果然有几个人听了这话，去找小明要退出农救会，小明急了，跟小保小顺们商议。小顺道：“他会说咱也会说，咱们再请有才老叔编上个歌，多多写几张把村里贴满，吓他一吓！”有才编了个短歌，连编带写，小保也会写，小顺、小福管贴，不大一会儿就把事情办了，连老恒元门上也贴了几张。第二天早上，满街都有人在墙上念歌：

工作员，换不换，
农救会，永不散，
只要你恒元不说理，
几时也要跟你干！

这样才算把得贵的谣言压住。

吃过早饭，老杨同志跟区长、救联主任、武委会主任、章工作员一同来了，一来就先到老槐树底遛了一趟，这一着是老恒元、广聚们没有料到的，因此马上慌了手脚。

群众大会开了，恒元的违法事实，大家一天也没有提完。起先提意见的还只是农救会人，后来不是农救会人也提起意见来了。恒元最没法巧辩的是押地跟不实行减租，其余捆人、打人、罚钱、吃烙饼……他虽然想尽法子巧辩，只是证据太多，一条也辩不脱。

第二天仍然继续开会，直到晌午才算开完。斗争的结果，老恒元把八十四亩押地全部退回原主，退出多收了的租，退出有证据的黑钱。因为私自减了喜富的赔款，刘广聚由区公所撤职送县查办。喜富的赔款仍然如数赔出。在斗争的时候，自然不能十分痛快，像退押契、改租约……也费了很大周折，不过这种斗争，人们差不多都见过，不必细叙。

吃过午饭，又选村长。这次的村长选住了小保，因此农救会又补选了委员。因为斗争胜利，要求加入农救会的人更多起来，经过了审查，又扩充了四十一个新会员。其余村政委员，除了马凤鸣跟张启昌不动外，老恒元父子也被大家罢免了另行选过。

选举完了，天也黑了，区干部连老杨同志都住在村公所，因为村里这么大问题章工作员一点也不知道，还常说老恒元是开明士绅，大家就批评了他一次。老杨同志指出他不会接近群众，一来了就跟恒元们打热闹，群众有了问题自然不敢说。其余的同志，也有说是“思想意识”问题或“思想方法”问题的，叫章同志做一番比较长期的反省。

批评结束了，大家又说起闲话，老杨同志顺便把李有才这个人介绍了一下，大家觉着这个人很有趣，都说“明天早上去访一下”。

十　“板人”做总结

老杨同志跟区干部们因为晚上多谈了一会儿话，第二天醒得迟了一点。他们一醒来，听着村里地里到处喊叫，起先还以为出了什么事，仔细一听，才知道是唱不是喊。老杨同志是本地人，一听就懂，便向大家道：“你听老百姓今天这股高兴劲儿！‘干梆戏’[①] 唱得多么喧！”

① 干梆戏：这地方把不打乐器的清唱叫“干梆戏”。

正说着，小顺唱着进公所来。他跳跳跶跶向老杨同志跟区干部们道：“都起来了？昨天累了吧？”看神气十分得意。老杨同志问道：“这场斗争老百姓都觉着怎么样？”小顺道：“你就没听见‘干梆戏’？真是天大的高兴，比过大年高兴得多啦！地也回来了，钱也回来了，吃人虫再也不敢吃人了，什么事有这事大？”老杨同志道：“李有才还在家吗？”小顺道：“在！他这几天才回来没有什么事，叫他吗？”老杨同志道：“不用！我们一早起好到外边遛一下，顺路就遛到他家了！”小顺道：“那也好，走吧！”小顺领着路，大家就往老槐树底来。

才下了坡，忽然都听得有人吵架。区长问道：“这是谁吵架？”小顺道：“老陈骂小元啦！该骂！”区干部们问起底细，小顺道：“他本来是老槐树底人，自己认不得自己，当了个武委会主任，就跟人家老恒元打成一伙，在庙里不下来。这两天斗起老恒元来了，他没处去，仍然回到老槐树底。老陈是他的叔父，看不上他那样子，就骂起他来。”

区干部们听老杨同志说过这事，所以区武委会主任才也来了。区武委会主任道：“趁斗倒了恒元，批评他一下也是个机会。”大家本是出来闲找有才的，遇上了比较正经的事自然先办正经事，因此就先往小元家。老陈正骂得起劲，见他们来了，就停住了骂，把他们招呼进去。武委会主任也不说闲话，直截了当批评起小元来，大家也接着提出些意见，最后的结论分三条：第一是穿衣吃饭跟人家恒元们学样，人家就用这些小利来拉拢自己，自己上了当还不知道；第二是不生产，不劳动，把劳动当成丢人事，忘了自己的本分；第三是借着小势力就来压迫旧日的患难朋友。区武委会主任最后等小元承认了这些错误，就向他道："限你一个月把这些毛病完全改过，叫全村干部监视着你。一个月以后倘若还改不完，那就没有什么客气的了！"老陈听完他们的话，把膝盖一拍道："好老同志们！真说得对！把我要说他的话全说完了！"又回头向小元道："你也听清楚了，也都承认过了！看你做的那些事以后还能见人不能？"老杨同志道："这老人家也不要那样生气！一个人做了错，只要能真正改进，以后仍然是好人，我们仍然以好同志看他！从前的事情已经过去了，尽责备他也无益，我看以后不如好好帮助他改过，你常跟他在一处，他的行动你都可以知道，要是他犯了旧错，常常提醒他一下，也就是帮助了他了……"

谈了一会儿，已是吃早饭时候，老杨同志跟区干部们就从小元家里走出。他们路过老秦门口，冷不防见老秦出来拦住他们，跪在地上咕咚咕咚磕了几个头道："你们老先生们真是救命恩人呀！要不是你们诸位，我的地就算白白押死了……"老杨同志把他拉起来道："你这老人家真是不认得事！斗争老恒元是农救会发动的，说理时候是全村人跟他说的，我们不过是几个调解人。你的真恩人是农救会，是全村民众，哪里是我们？依我说你也不用找人谢恩，只要以后遇着大家的事靠前一点，大家是你的恩人，你也是大家的恩人……"老秦还要让他们到家里吃饭，他们推推让让走开。

李有才见小顺说老杨同志跟区干部们找他，所以一吃了饭，取起他的旱烟袋就往村公所来。从他走路的脚步上，可以看出比哪一天也有劲。

他一进庙门，见区村干部跟老杨同志都在，便道："找我吗？我来了。"小保道："这老叔今天也这么高兴？"有才道："十五年不见的老朋友，今天回来了，怎能不高兴？"小明想了一想问道："你说的是个谁？我怎么想不起来？"有才道："一说你就想起来了！我那三亩地不是押了十五年了吗？"他一说大家都想起来了，不由得大笑了一阵。

老杨同志向有才道："最好你也在村里担任点工作干，你很有才干，也很热心！"小明道："当个民众夜校教员还不是呱呱叫？"大家拍手道："对！对！最合适！"

老杨同志向有才道："大家想请你把这次斗争编个纪念歌好不好？"有才道："可以！"他想了一会儿，向大家道："成了成了！"接着念道：

阎家山，翻天地，
群众会，大胜利。
老恒元，泄了气，
退租退款又退地。
刘广聚，大舞弊，

犯了罪，没人替。
全村人，很得意，
再也不受冤枉气。
从村里，到野地，
到处唱起“干梆戏”。

大家听他念了，都说不错，老杨同志道：“这就算这事情的一个总结吧！”

谈了一小会儿，区干部回区上去了，老杨同志还暂留在这带突击秋收工作，同时在工作中健全各救会组织。

一九四三年十月写于太行

田寡妇看瓜

/// 赵树理

南坡庄上穷人多，地里的南瓜豆荚常常有人偷，雇着看庄稼的也不抵事，各人的东西还得各人操心。最爱偷的人叫秋生，因为自己没有地，孩子老婆五六口，全凭吃野菜过日子，偷南瓜摘豆荚不过是顺路捎带。最怕人偷的是田寡妇，因为她园地里的南瓜豆荚结得早——南坡庄不过三四十家人，有园地的只是王先生和田寡妇两家，王先生有十来亩，可是势头大，没人敢偷；田寡妇虽说只有半亩，可是既然没人敢偷王先生的，就该她一家倒霉，因此她每年夏秋两季总要到园里去看守。

一九四六年春天，南坡庄经过土地改革，王先生是地主，十来亩园地给穷人分了；田寡妇是中农，半亩园地自然仍是自己的。到了夏天园地里的南瓜豆荚又早早结了果，田寡妇仍然每天到地里看守。孩子们告她说："今年不用看了，大家都有了。"她不信，因为她只到过自己园里，王先生的园在哪里她都不知道。

也难怪她不信孩子们的话，她有她的经验：前几年秋生他们一伙人，好像专门跟她开玩笑——她一离开园子就能丢了东西。有一次，她回家去端了一碗饭，转来了，秋生正走到她的园地边，秋生向她哀求："嫂！你给我个小南瓜吧！孩子们饿得慌！"田寡妇没好气，故意说："哪里还有？都给贼偷走了！"秋生明知道是说自己，也还不得口，仍然哀求下去，田寡妇怕他偷，也不敢深得罪他；看看自己的嫩南瓜，哪一个也舍不得摘，挑了半天，给他摘了拳头大一个，嘴里还说："可惜了，正长哩。"她才把秋生打发走，王先生恰巧摇着扇子走过来。王先生远远指着秋生的脊背跟她说："大害大害！庄上出下了他们这一伙子，叫人一辈子也不得放心！"说着连步也没停就走过去了。这话正投了她的心事，她一辈子也忘不了，因此孩子们说"今年不用看了"，她总听不进去。不管她信不信，事实总是事实。有一天她中了暑，在家养了三天病，园子里没丢一点东西。后来病好了虽说还去看，可是家里忙了，隔三五天不去也没事，隔十来天不去也没事，最后她把留作种子的南瓜都刻了些十字作为记号，就决定不再去看守。

快收完秋的时候，有一天她到秋生院里去，见秋生院里放着十来个老南瓜，有两个上边刻着十字，跟她刻的那十字一样，她又犯了疑。她有心问一问，又没有确实把握，怕闹出事来，才又决定先到园里看看。她连家也没回就往园里跑，跑到半路恰巧碰上秋生赶着个牛车拉了一车南瓜。她问："秋生！这是谁的南瓜？怎么这么多？"秋生说："我的！种得太多了！""你为什么种那么多？""往年孩子们见了南瓜馋得很，今年分了半亩园地我说都把它种成南瓜吧！谁知道这种粗笨东西多了就多得没有样子，要这么多哪吃得了？种成粮食多合算！""吃不了不能卖？""卖？今年谁还缺这个？上哪里卖去？园里还有！你要吃就打发孩子们去担一些，光叫往年我吃你的啦！"他说着赶着车走了，田寡妇也无心再去看她的南瓜。

一九四九年五月十三日

一个女人翻身的故事

——记陕甘宁边区女参议员折聚英同志

/// 孔厥

一 逃荒

我去访问折聚英啦，可想不到她有这样一段历史！

她三岁上殁了大，就凭寡妇妈妈受苦过日子。妈能受苦吗？妈只是一猴猴（瘦小）的女人，就和现在的折聚英相似，她，该没大的力气；可是，她上有婆婆，下有儿女，几张口儿逼得她干，她干了，她也真能干！她揭地，她拾粪，她种庄稼，她每次由山里回来，还背好大几十斤柴。她不但白天受苦，她还黑里推磨。就这样，她变牛，又变驴。就这样，她家一面交租纳息，供养了财主，一面喝稀吃稠，也算养活了自己。真是，好容易咧，就这样地，居然也熬过了六年。在这六年里边，上头——他们的老家靖边（陕北地名）——地越发薄了，租越发重了，光景也就越发难过了，就是好日月，他们也得吃糠了；临后，那儿还结结实实地跌了一回年景，他们就连糠窝窝都吃不上了。一家人只好逃荒，寻吃，下南路来。只是奶奶（土音姐姐）还留在上头，三大家；再有的人，就连早已分开住了的大哥，也带着他那新殁了娘的小儿女，一起走。

那时候，小折聚英方九岁。计算起来，正当民国十七年。是冬里，天，灰溜溜的；地，冻了；山上，积着雪；河里，结着冰。荒凉的世界呵！小折穿着露肉的裤子，露肉的衣裳，两条小辫子没劲儿地歪倒着，两条小腿儿可更乏。天天，她得跟着妈和哥们赶路，不能停留。天天，妈和哥们肩儿背上都扛着细软的家当——破破烂烂的宝贝；还挑着篮筐，篮筐里哭着，哭着大哥的小儿女。大人们，可就没空背负小折呵。天天，她得跟着大人们，赶路，赶路，一股劲儿地赶。天天，这逃荒的一群，大家饿得眼发蓝，大家冻得直抖擞！小折实在撑不住的时候，胳膝儿一软就蹲下了，这样，善良的妈妈就要凶狠地骂道："这鬼崽子，再不快走，看咱不把你往崖下撂咧！"她一面这样骂，一面擦眼泪。妈妈是这样盘算：只有及早赶到延安府，才得有救。延安竟有这样好吗？是呀，延安有她扶育（土音乌衣）过的女子，嫁在比较有钱的人家，到了那边，靠山有柴烧呵；要是慢慢儿走呢，那么，一家人就非得饿死在路上不行啦！

二　换了两斗粗谷子

可是，有钱是有钱：妈扶育过的女子，小折的姊，在人家做个媳妇儿，却是没权也没势。难为她千方百计，把这遭难的一家，安顿在她家（在王庄）近边的一个破窑里，没门板，她给编了个草帘子。她知道他们不够穿，不够戴，不够铺，不够盖；她也知道他们没得吃，没得喝，冷灶冷锅儿，天天不放火。因此，她总是偷偷地，捎来些吃喝穿戴的东西。她个子大大的，圆疙瘩脸；她，常常忍不住，拉着小折的妈，抖声抖气要求："可别怪我呀！可别怪我呀！那边家业虽大，哥儿兄弟却还没分家；银子钱，满还在大掌柜肋骨上串着呢！咱给你们说说情吧，可是饱汉不知饿汉饥呀！你，跟我亲妈一样的，我跟你这样亲厚，怎奈我贴得了言儿，贴……贴不了钱呀！"说着，她把偷来的东西，带着眼泪塞在妈手里。这样，妈就呆了，这样小折听着听着，就会突然地号起来，很恸很恸的！

在那年头，可真没穷人活的份儿！延安也遭了年成，大户人家却还囤起粮食来，预备做最后的买卖，发更大的财！大多数人们挨饿受饥，灾荒呵！从北平，从天津，从好多别的地方，华洋义赈会募捐来米麦千万石，却都被军阀官僚们，地主豪绅们，私吞了。在陕、甘两省，有六百万个人饿死了！延安好一些，可是小折的大哥，一个年轻的后生，顶要吃的，顶饿坏了。小折眼看大哥皮肉松了皱了，眼睛凸出了迷糊了，他睡在炕上，起不来了！二哥才十九岁，却是比较灵动的人，他说好给姊姊家里揽工的，不过没活做，只挣来一些糠，碾了末，和着晒干压烂的榆树皮，一家人喝糠糊糊，几天就喝完了。二哥又天天出去寻活食。那时候，奶奶也已经被饥荒赶下来，这古时人，对媳妇压迫惯的，现在更饿凶了，一天到晚臭骂，骂她的媳妇害人！小折的妈，一贯是忍气吞声，不言语，为了养活娃娃，也曾想嫁人，奶奶可不依，说：“活不下，寻吃讨救去啊！”妈是饿惯的，有甚总给别人吃，可是她黄蜡蜡面颜，更瘦了，眼角上皱纹，更深了。她穿着烂脏衣裳，吊一片，荡一块的；她，左手抱着破砂锅，右手拿着打狗棍，背上一左一右背着孙儿女，四面八方，寻吃去。可恨总难养活窑里人呵！于是，就有这样的一天，正该一家老小团团圆圆过年的时候，一个高个子老汉，照约定，交来两斗粗谷子，来引折聚英。

折聚英记得很清楚的：那天，奶奶硬起心肠，说：“让她去！借粮不如减口！”妈顺从惯的，那天却和婆婆斗口说：“咱可不能鸡抱鸭子，枉操这番心！”奶奶说：“有什么枉不枉，养女总只一门亲！”可是，奶奶自己的心肠也硬不定，奶奶就骂人了！那么，小折肯走吗？妈说：“好女子呵，既是这样，你就去吧！一家人要饿得死呀！那人家，来钱路多，你去，你就吃上啦！听妈话，乖乖儿走吧！你走了，妈常去看你，咱女子还是妈的人呵！”小折，这女娃懂事，这女娃乖，这女娃背过脸，藏过眼泪，听由老汉引着，听由二哥送着，出门了。从王庄到朱家沟，天黑赶到。二哥怕她哭闹，第二天还没见亮，就洒一把眼泪，走掉了。在路上，她见妈趺趺撞撞撵（追）来。一晚上，妈没泪没水，却把眼睛哭肿了。今天，她要去撵回女子。二哥阻止妈，妈听话了，她咬紧牙关，就另找一条路，寻吃去了。家里两斗粮，妈一颗也不能吃呵！

三　童养媳妇儿

有谁做过童养媳妇吗？据折聚英说，从那天起，她做了童养媳妇，她就活人跳进滚水盆啦！

公公，那高个子老头，猴儿脸，生着黄黄的八字胡，脑门心剃得光溜光的，头上还盘着一根细辫子，短皮袄，白棉裤；是一个皮匠工人。可是，要没皮子揽，他就掏炭了。先头，他原也捎带种几把庄稼，可是年成不好，租又重，临后老年人就宁可腰酸背痛，做炭猫子了。只要吃上喝上穿上，他倒总是嘻嘻笑的；一有什么难处，可就不得了，连小媳妇眉眼不对他劲儿，也算不孝顺的，他就要吹胡子，瞪眼睛，责打嘶骂都来了，媳妇却不能反说一句的，总得悄悄儿忍受。虽然这样，比起小折的汉来，公公却还算好得多呢！

小折的汉，那会儿已经是个不小的男人了，瘦瘦的，也是高个儿；长条条脸，黑黄的。他，一满不务正，又带嗜好，简直是个流氓烟杆子；无论要赌博，嫖女人，什么坏事他都干！公公要是规劝他，他就不高兴了！“好大咧！”他说，“这世道，好人没活路啊！”说说，父子俩就要吵起来。吵过，儿子依旧赶明到黑吊荡在外面，一回窑躺下抽大烟。小折伺候他，他呢，汤来张口，饭来伸手；对小折呢，他可从来没有过好眉眼，更从来没有过好言语。他那长条脸上，一对一兀子（单眼皮）眼睛，老是冷冷地瞪着，把她瞪出瞪进，瞪得她抬不起头，直不起腰来。到后来，在他面前，她竟连气都不敢出了，难道小折聚英是软弱的吗？不呵，可是她挨打太多了，她常是眉黑青，眼黑烂的。只要公公不在家，男人就找个岔儿，把她压在窑里打得直号，有时候还打得她糊里八涂，死过去了。小折是他冤家吗？小折做过什么错事吗？这女娃，每天，锅锅灶灶，针针线线，都干了；这女娃，每天砍柴打水，推磨滚碾，都干了。可是，男人见她吃饭就讨厌，常说："谁叫喂这没尾巴的驴儿！"

在那家里，就连婆婆——一个三棒打不出响屁的人，也对她没好声气。旧社会的人们，私心那样重，虽然公婆媳妇，婆姨汉，也到底是驴下骡子，两张皮，不亲的呵！

在那家里，小折实在不安心！她天天想念着妈，想念着哥，想念着奶奶，想念着小侄儿、小侄女，他们该没饿死吧？这样想着，果然有一天，妈来了，而且妈胖了！妈胖了，小折多快乐呀！她快乐，妈那青光光的胖脸上，也很快乐，只是妈笑得有些模糊罢了。她一进窑门，屁股就落在地上，背上还背着那两个小娃娃，一边一个，好像睡着了，弯着细细的小颈子，倒着头儿。"妈呀！"小折叫；可是她一肚的话，说不出一句来。妈的气可不够使唤，妈却还问长问短，问小折。窑里没旁人，可是小折答："他们待我可好呀！""不打不骂吗？""没打没骂呀！"妈用手指摸她说："你这眉眼上可怎么啦？"小折特为笑着说："妈，碰青啦！你可是搭哪来？"原来是妈寻吃寻到延长去了，绕了一匝，刚回来；她烂布袋里好多死牛蹄子，死猪血……这些都要带回给奶奶吃的；还有些糠窝窝，糠末末……这些却是小娃娃的口食。妈自己呢？妈好久吃不上五谷了，妈吃了多时延长的枣，妈没力气了，妈说："妈这次不中用了，妈就只一次了，一次……来看看咱女子！"小折要留住妈，小折要跟住妈，可是，破鼓乱人捶呀，墙倒众人推呀，妈当夜就被小折家里人冷言冷语赶走了。

妈回去，就殁了；妈殁后，小侄女也饿死了！她们没有木头（棺材），没有坟。王庄前头，崖下有个旧陵坑儿，放了进去，合了口，也没做个圪堆堆儿。后来小折聚英去烧过纸的。

就在那年，奶奶和哥哥，在这儿也没活路，又一面寻吃，一面回上头去了。姊姊家也不晓为甚（想是遭了匪），家败人亡，她也跟着哥哥们同走了。临走，他们在朱家沟的沟子上坐了半天，商量了半天，结果没来看小折，就走了。他们，怕她伤心，没敢来；他们，更怕她家里人，没敢来！

四 正要成亲的一天

一九三五年，五月的一天。

小折已经十六岁了。她人虽猴猴的，可是，她这两条细辫子，早已编成一条粗辫子了；她那一对秀气的眼睛，明明儿的，也已经变成一对大人的眼睛了。她的日子却比早几年更难过！婆婆殁了，她就顶一个大人被使唤了；家景过得越苦，公公的脾气也变得越坏了！在她十三岁上，男人当兵去，在高双成队伍里吃粮，却又受不住压迫，开了小差，回来了。临走，男人跟公公赌过咒的，他说："咱出去，咱保险每年有三几十块响洋捎回来！"公公却骂道："你能那样，我拔根屌毛吊死给你看！"果然他一文钱没挣，偷偷跑回来了。队上撵他，没撵上，却把他三哥——在城根前做活的——抓去了，顶替了，他回来，公公不让他进门。这男人，就白儿黑里，全在外面，瞎胡混。就这样，直胡混了几年！他，当过兵油子，越发不像人了；穿着烂军衣，灰溜溜的；油气连疤，明苍苍的，好多补丁，好多挽疙瘩（缝住的破口），一副落拓相，就连寻吃的也要比他胜三分。可是，当过了兵油子，他的神通更大了！他不但吃喝嫖赌抽，他还坑蒙拐骗偷，天天狐朋狗友一大群，蜂拥来去；真是糊日头子乱刮风，闹得天昏地暗，只差没当土匪了！几年以来，小折总不敢出门，小折怕被他看见；可是，小折不能不出门，小折就常在他的眼里呵！

一九三五年，五月的一天。

他们已经搬在刘家沟住，可是，出嫁在乔塌的，男人的姊姊，不怕路远，跑来说情了："大，让他回家吧！"公公可不依。姊说："他在外面，天天把肚子饿成两片皮啦！"公公说："咦，他每年三几十块响洋呢？几年下来，该多少了？"姊说："唉，他白儿吃日头，黑里吃月亮，哪来钱咧！""没钱，那他回来干吗？""树高千丈，落叶总得归根呀！你好大……""好大是好大，只要交下几百块钱就行！""嗯，这可是！有人就有钱呵！古人说得好，'养儿防老，积谷防饥咧！'""哦，可不是，钱命相量。钱就是命，命就是钱呵！怎奈这鬼崽子不务正！""让他成了家，立了业，自然就务正啦！”“不！不！不！”公公很坚决；可是谈谈说说，公公却心活了！他俩你一言，我一语，一边拉话，一边瞅十六岁的折聚英，父女两个，末了竟同了意了！

折聚英好怕呀！远远地，她望着那姊，她真是哑子瞪眼睛，说不出心里的恨！她，眼看着可怕的虐待，又要来了。不，折聚英不能那样受虐待，公公给他的折磨已经够受了！可是，她有什么办法呢？她想起刘生云（就是后来当姚店区区长的刘生云）来了。那是一个白胖胖的小脚女人，个性可强的，婆姨汉不和，她就不害怕，那时候，她还结结实实跟汉斗了一次争，准备脱离家庭呢。她来拉拢过折聚英，叫她同走的，说是同去投红军。折聚英去吗？

红军，这可怕又可爱的名字呵！开头，小折怕红军，她听过宣传，红军是要杀人放火的。可是后来，小折就不怕红军了，她亲眼看见了红军，红军就是老百姓，真是一样样儿的，只不过武装了罢啦。他们穿着老百姓的衣，穿着老百姓的裤，头上戴顶黑军帽，帽上缀个五角星，五角星是红的，在太阳光里，在月亮光里，在油灯光里，红星都发亮的。他们都是老百姓的救星呵！他们要解放老百姓，不断地，跟白军，跟民团（跟地主官僚们的各式军队），在打仗。刘家沟不在火线上，可是也常常风吹草动的，谁还不清楚红军吗？

可是，刘生云先走了，没来引折聚英，这却不能怪刘生云的，那时候，小折还没决心呵！这天，小折坐在窑门前，正愁没办法，

（那姊姊已经去引那男人了！）恰巧红军里的女宣传，又来召集妇女开会了。已经好几次，妇女们不再怕。妇女们围了一圈，男子们也远远看。有两个赤卫军（那时还没正式红，赤卫军也还是秘密的），在山头上放哨。短毛盖子（短发）的女宣传讲话了，她又教大家唱歌了："人人来宣传，妇女听一番，宣传话儿好好听，放脚闹革命！……"女宣传号召妇女们起来革命，同时争取男女的平等。会场起了鼓掌声，那时还不习惯的，三三两两的，害羞的。这样，会就开完，女宣传就走了。

那时候，那姊姊已经去引了那男人来，男人还穿着新衣服，然而小折已经不见了。

五　革命就是解放

革命就是解放！

折聚英不再受公公的折磨了，折聚英不再受丈夫的虐待了。她跟着女宣传，来到陈家洼，苏维埃的区政府，扎在那儿的。那女宣传，名叫池莲花，小小个子，瘦瘦的，却是圆脸，大眼睛；脾气挺好，待她就像亲人，她给折聚英看了看脚，原就没好缠，不用再放了；她又给折聚英铰（剪）了发，也变成短毛盖子了。池莲花自己衣衫本不够。她却还把顶光烫的袄子脱给折聚英。折聚英是后来丈夫给她起的名字，那时候她只有个小名叫女子，池莲花却给她取了个官名，叫折兰英。

池莲花说："兰英呀！常言道，再好的女子锅台边转，女人在窑里是没好地位的。做做饭，生生蛋，挨打受骂，委屈一辈子。革命可就要把她们解放呀！”她又说：“可是，男人还受着地主豪绅的压迫呢；女人要解放，先要和男人一起闹革命！”她拍拍兰英，说：“你也工作吧，把千百万妇女都叫醒！”短毛盖子的折兰英，却不好意思地红了脸：“咱一满解不下，工作咱也不会做！”池莲花说：“那不怕！只要学习，学习，再学习呀！”

过了几天，池莲花就领着兰英到青化砭，去受训。那儿，几眼石窑里，好多农村来的妇女呵，大脚片的，小脚片的，一满铰了头发，整整齐齐的。上起课来，排排儿坐着，更整齐。教员是个海壳儿老李，精悍身材。秃头，黑苍苍脸上，长着颗颗儿。这人不识字，可真能讲话，吹吹打打，实在是个海壳儿。他教了她们很多革命的道理，他还教了她们很多工作的方法。还有一个教员是崔守功，又大又胖，宽宽的脸，戴着老花镜；白头布，蓝袄裤，灰大衣。他顶爱批评人，他说：“不批评，不纠正，就没法进步！”他说：“咱们的女农民干部，更要受大批评！”开头妇女们都被他批评得哭了，后来可又都被他批评得笑了！再后来，她们就毕业了；再后来，她们就要分配工作了。

可是兰英的公公，三天两次地捎信来，要她回。他说：“咱又不障碍你革命！咱能把你障碍定吗？咱可只是要你回窑看看呵，你就偏不回来看看吗？唉！你这小女子！你就是没吃过咱手心里奶，你也吃过咱手心里饭呵！”兰英心动了，她迟疑了一下，就决心请了假，真的回去了。路上她还用津贴——发的苏票——买了大西瓜，要请公公吃呢。虽然这样，她心里却也盘算："回去，可不会出乱子吗？"怎奈她虽强，却是好心肠，她不忍心不回去看看老年人呵。

然而，革命真是解放！

革命把公公也解放了！从蟠龙区，从乌阳区，一直红过来，红过来，把姚店区也红遍了。从此，住在刘家沟的公公，也免了租，免了税，分得了足够土地，还分得了足够的牛羊。这样一来，公公可就变了，他可变成好脾气的公公了。兰英回家的时候，就见她的公公眉欢眼笑的，恨不得供出七个碟子八个碗来，让媳妇子吃个美！一边，他嘴里连连说着："我说么，我说么，哪有胳膊儿往外弯的！你看你来了，你来了，你还捧个大西瓜！"他还安慰媳妇，说她男人还在外面，说她男人不敢来缠绕的。很明白，公公是站在革命的媳妇一边了。媳妇却记得，公公原是不赞成革命的，他说过："革命！提着脑袋要把戏！"他说过："革命！瞎子不怕虎！虎头上搔痒！"可是现在，他得了好处，他的舌头撩转了，他说："嗨！倒究，倒究，砖头瓦片儿，也有翻身日呵！嗨！好红军！啥事都给咱们百姓想到了！你看咱！咱过去是虚土打不起墙，咱而今可就有了底子了！咱从此就——哈哈——有苦能受，有福能享啦！"

在公公面前，兰英还是有点拘束，可也到底敢说敢笑了，她一面吃好的，一面笑着问："公公，你可赞成我工作吗？"公公用手放在额上，想了一会儿，却也笑了出来，说："这怎不赞成呢！革命是好事，革命是好事，咱怎能反它的对呢！不过，不过，顶好别远走，在本区就行了！"兰英反驳说："这区那区，革命不是一个样吗？"公公被说住了，望着媳妇好一会儿，望望就不觉嗤地笑出来，说："这小女子！倒说惯嘴，跑惯腿啦！"

兰英在家里住了两天，临走公公还很客气；可是临走那男人却来了，还来得气势汹汹的！然而兰英不再怕，她静静地瞅住男人，只见男人脸上，狠着一副复仇的神气，他，指着她说："好！你倒跳门踏户，有路走啦，咱可偏不让，不让你离婚！咱就要去当兵！就要当红军！红军的家属，看你离成离不成！"兰英很好笑！她还年轻，她还没想过要和谁结婚。她说："好极啦！你当红军，咱就是红军的婆姨！"

她男人倒真的去当红军了。

六　活捉折兰英

兰英的男人，回家啦！那是他当了红军一年以后，他参加了东征，受了些轻伤，他就请假回来，再也不归队！他还要求成亲！兰英看他是红军，多少有功劳的；兰英还想感化他，叫他再上队；因此，男人要成亲，兰英就答应了。幸喜：住到一搭以后，男人倒还好。自从当了红军，他烟也不吸了，赌也歇手了，女人也不串了，什么坏事他都不干了；他还识了些字，也可以讲讲道理；他婆姨到区乡农村去工作，他也不阻止。可是日子久了，不料他慢慢地，慢慢地，老脾气又发作了。结果，又是烟酒不分家，整天串门子，招赌博，偷东西；比起从前来，还是炕上翻到席子上，一个样儿。他的革命关系，是早已丢到老坟跟前去啦！只是对婆姨，他不敢再放肆罢了。可是婆姨说的话，他一句都不入耳的，譬如兰英劝他归队，他就一味敷衍。兰英说："咦，你这个人怎么望着山，跑死马，老不见走呢？"男人耐不住说："嗳！不要狗拿耗子，多管闲事吧！"兰英说到口里吐酸水，男人一气就又出门串去了。连旁边公公都看不惯，他就要长出一口气，说："唉！看他这块料！"

那年头，公公是红属，很受优待，特别还分到以前王家财主的两眼大石窑。满年四季，吃喝穿戴都有人照顾的。他常常要笑说："咱可是尼姑生的娃娃，众人扶持啦！"可是男人回来以后，特别男人变坏以后，优待就发生问题了。公公就常帮媳妇跟他斗争，可是儿子对他就不客气，他那长条子脸上，一对一兀子眼睛冷冷地瞪着公公，说："这老牛踩，又是哪里吃了干熬（烟管）油子，这里来啰唆！咱猫儿不上树，狗在后面撵着；可是，人家巴（拉）屎，却不用你尿动弹啊！"这样，公公的八字胡子都给气歪了；这样，两个高个儿就要打起来。再后来，男人对婆姨也不客气了，说她恶狗挡道，不让他老爷爷走自己的路，又想打，又想骂。兰英可不受！她脖子伸长，挺硬一点，看他敢怎么着！原先她想："强拉不如软商！"可是现在又有什么方法呢？一天，兰英回来，就领来一个县上的警卫队员，还有一个什么干事，一同来催劝男人归队，男人才走了。

可是，狗却改不了吃屎！那男人，旧社会多少年来，已经养成了狐脾狗肝、坏性子。红军放他个排长，走蟠龙，他却叛了变，去当民团了。民团是无恶不作，顶可恶的啦！有一次，兰英正在区政府（那时候，区政府设在胡家沟），她是妇女主任，在工作。那天，黑夜，区上人们都走了，都到东沟庄去公审奸细了；只撂下一个折兰英，她的男人却来了！他带了民团，来袭击区政府，要活捉折兰英！他们，把区政府团团围住，一路打进来，一路直呐喊："活捉呀！活捉呀！"折兰英好危险呀！亏得胡家沟村子，是两面庄，兰英却在另一面住，他们扑空了。闹开以后，他们还被附近的小小游击队，配合赤卫军，打得落花流水，那男人也差点没跑脱！

就在那年，延安，城开了；红白两军，商和了：要统一战线打日本！男人却从那边开小差，偷跑回家过一次，又溜开。这个人，现在可不晓得流落在哪里了。现在，折兰英谈起他，虽然他以前虐待过她，甚至打坏过她的身体，可是，那男人没有革命到底，她却还是很难过的！

七　和残废军人恋爱

这里可就要记下折聚英的恋爱故事啦。

一九三八年五月三十日，边区自卫军大检阅，男的自卫军，女的自卫军，整整齐齐地，一队、一队，在延安南郊场，操练着，演习着。在这许多自卫军里，出现了一支小小的队伍，只三十个人，都是女的。可是，看吧！这却是怎样的一支队伍呀！她们，走得那样齐整，操得那样熟练；而且，每个人，一律短毛盖子，大脚片；每个人，一律蓝布衫子，白布裤；每个人，肩头都扛着黄杆儿矛子，飘红缨的；每个人，背上都背着黑色木刀，吊红布的。看吧！这年轻的队伍，这妇女的队伍呀！她们，开步走，向左转，跪下，卧倒……三十个人是一个动作，三十个人是一个声音！可是，这三十个人的指挥员，却是一个小女人，穿着黑衫裤，绑着白裹腿，草鞋，军帽，两面短头发，衬着白面颜——在五月的太阳下，兴奋得发红了。

这一支特出的队伍，可马上使众人诧异啦。特别诧异的是延安县的保卫大队长，湖北人，张吉厚同志。他骑在马上，看着看着，他呆了，实在地，连他胯下的马，都呆了！他是一个长征老干部，住过红大，上过前方，由于受伤过多，出血过度，而敌人的子弹，又把他右腿打瘸，因此，他就奉命在后方，担负这轻工作，可也多时了，他认得那惊人的小队，是延安柳林区的，可是，她们没到县上训练过，她们却哪来这一套本事呀？他也认得那指挥的女人叫折兰英，是从姚店区调去的，她，一个妇女主任，曾经开辟了姚店区的妇女工作，把那区各乡各村的妇女都组织得好好的，可是，她却又哪来这一套本事呀？他想："啐，拐子上台，倒真有她的一套哩！"他心里可真佩服极啦。他也不晓为甚，他很想跟那女指挥握一握手，说一句话；可是他不惯那一套的！他是一个顶吃硬的革命军人，打过无数次仗，他却不惯在婆姨女子面前讲一句话！

那一天，全边区妇女自卫军的模范，最荣誉的红绸旗，就被延安柳林区那支小队获得了。那一天，检阅刚完毕，天却下了雨。很大的、很大的雨！可是，出发游行的队伍，却依旧那样齐整，那样兴奋。那一支妇女的小队，也跟着进南门，出北门，绕东门；水、泥到半腿巴子；鞋，湿了，全身淋得水鸡儿似的，她们可还喊口号，很清脆的！最后，她们得借住到一个学校里去，却必须渡过延水河。河水涨啦！雨发疯也似的下，河水发疯也似的奔腾，它们，合着山水，往南，又转往东，一股劲儿冲。女自卫军们只好三五个人一组，拉起手来，慢慢地过河。河水却齐了腰，波浪还用力地撞她们。她们，这年轻的一群，却全都嘻嘻哈哈笑开啦。可是，张吉厚同志远远望见了，说："这可不是好玩的。"于是，他同刘县长，还同旁的人，好几匹马，冲来了，叫她们退回，再在马屁股上把她们一个个带过去。第二回，大队长有些不好意思地，对兰英伸手说："来吧！"河水声音大，兰英听不清，兰英可是看清了，她笑着摇手，又指指旁的人；大队长就又把别人带过去了。（三十个人这忽儿变得好多呀！）兰英却号召几个顶强壮的伴儿，和她一个拉着一个，又在蹚水了。在河当中，兰英顶小，兰英发漂了，她紧握住大队长伸给她的锚杆子，她才稳稳地上岸了。兰英谢队长，队长很害羞，他那贫血的白脸通红了，他突然说："你们操得很好呀！”（他们那时站得很近）“哈哈！好什么咧！”“真好！可不知道你从哪里学来的？”“冒创造么！”哦！冒创造！很奇怪地，这三个字使大队长那样感动，心一收缩，面颜又白了，可是他面上发出了感谢的，为革命感谢的笑。

不久以后，他俩就结婚了（县政府很早就给她割过同以前男人的离婚证）。大队副是他俩的正式介绍人；他在婚礼举行以前，川口到柳林地跑来跑去，给男女双方传达互相提的条件，大队长的条件是：“我的脾气又刚，我的年纪又大，这必须预先声明，请她多原谅；不要以后她闹起离婚来，我就吃不开！”大队副又跑去问折兰英，兰英说：“咱没什么条件！咱就只一个条件！咱怕自家配符不上他，他往后提离婚！”听了这样的话，大队副就跳起来，说：“屎！大家怕对方离婚，还叫咱跑来跑去订什么条件！天这样热，真是！”

折兰英改作折聚英，就是她爱人的意见，她爱人说：“女子不该是花儿，给男子好玩！”据折聚英说，她爱人，张吉厚同志，比她大十岁，今年三十四。他不安于轻工作，现在又担任了 ××× 副团长，在 ×××。他浑身有很多枪伤、刀伤、弹片伤（炮弹片伤、榴弹片伤、炸弹片伤）。因为流血太多，他面颜常白，眼圈常红的。可是折聚英说，就是他身上带的这些花，这些革命的花，她爱呵！

八　在学习、生产的战线上

折聚英要求学习，组织上给她批准了。才结婚不久，这十九岁的陕北女子，就在边区党校出现啦。

编班以前，折聚英得经过一次考试。她从没有进学校正式学习过，怎考呢？在土地革命时代，她一面翻山过岭跑工作，一面念着上级散发的字条条，每天识上一个半个字，不多啊！以后统一战线打日本，她在区上工作，她参加了区级干部的学习小组，还经常到县上受政训，可是，她现在回想起来，那时候是放着河水不洗船，没怎么用功！因此，临考她急了。她想，现上轿现扎耳朵眼，可迟啦！那天，口试主要是政治，她倒一句句答上了；其次笔试，是文化，她得写些什么给他们看，她写些什么呢？她忸忸怩怩地写了："中国妇女折聚英。"考的人点了点头，叫她再在妇女上面加个"新"字。折聚英更忸怩了，她提起笔来，又加了个"新"字；可是她却把它加在中国上面，就变成"新中国妇女折聚英"了。主考的人笑起来，说："好，好，好！三班！三班！"

三班可不比四班，四班才完全是女子班，政治、文化的水平都低些。他们却干吗把她编在三班呢？折聚英又高兴，又担心；怕赶不上功课，她就硬用功，别人休息了，她不休息；别人游戏了，她不游戏；别人睡觉了，折聚英却还在自修呢。指导员说："不行啊！不行啊！你这是破坏集体生活啦！"折聚英服从了，改正了；可是不知不觉地，她又变成“破坏分子”了！她就要求说：“哎，由咱吧！咱农村妇女，一满没好学习过呀！说咱破坏，咱可在学习上建设哩！”实在，折聚英心里怪悲哀的。她做过了多年工作，却因为文化低，就像个瞪眼儿瞎！不能接受新知识，缺乏理论；做起工作来，有时候就像是老虎吃田螺，无从下手！不会留笔记，想要记住些什么，想要传达些什么，却就像端碗水，走上几里路，便要泼翻好多！因此，这时候，她已经知道学习的重要了。可是，这猴女子，从前冻过、饿过，又被男人毒打过，她的身体所以很坏。而脑筋却更坏！她觉得自己怪可怜，学不进去。只觉眼傻心傻，没转劲；党建啦，中国问题啦，地理啦，自然常识啦……课程可不少，里面却有好多问题她竟破哓不开；特别是算术，洋码码子，疙里疙瘩，一圪多，翻来覆去，弄不清楚！她真连饭也吃不下，觉也睡不稳了！她想，她的学习，就像秀才走路，就像老牛拉车！可是，她安慰自己说：“平处也走咧，上坡也上咧，上坡总要熬些，多熬些。”于是，她就加倍努力。于是，看吧，过了几个月，重新编班的时候，有些人退班了，她却还留在三班上；于是，看吧，再过了几个月，支书就找她谈话，说：“折聚英同志，你的学习很有前途，组织上已经决定送你进女子大学去，让你更长时期地学习，好更多地提高你自己！”折聚英就进女大了。

进女大，也还得经过考试，而且，这回是完全笔试了：“抗日战争的性质”“妇女解放的道路”等问题，她都笔答了。结果，她又考上了。一九四〇年春天，女大陕甘班正式开课，陕甘妇女的精华，好多集合到一搭啦。开头，折聚英还在乙组学习；不久，她却就跳到甲组。在乙组时，她当学习小组长；在甲组时，她更当了课代表，同时还兼分支的干事，后来还做总支的委员。在那年三八节，她还当了女大学习的模范，获得了奖状，成为“学习之光”，成为“学习战线上的英雄”。

同时，在生产战线上，她怎样呢？看样子，她是一个走路踩不死蚂蚁的人呵。当她在党校的时候，她们妇女小组，却自动要求参加男子们的集体开荒，一同上山了。折聚英并不比镢把长多少，她却使用镢头，那熟练就像她使用针！开头，男同学们笑她的努力将是瞎子点灯，白费的；她却瞪了他们一眼，兀自开着，一面对她的女伴们笑说：“哼！咱们拔根汗毛，可比他们腰还粗呢！”也许她妈妈受苦的血，同样在她身体里流吧，结果，这自小苦惯的女人，竟始终能赶上最强的男子们！在她的历史上，不管是在党校参加开荒，或是在女大参加秋收，她都做了劳动英雄。为了这，她还得过毛主席题词的奖状。实在的，折聚英是和边区其他的妇女英雄们一样，谁愿意掉在男子们的屁股后面哩！

九　一件意外事

一九四〇年的冬天，却发生了一件意外的事！

那时女大陕甘班和特别班，混合编制了。按程度，折聚英被编在十班。那班里，好多洋包子呵！最低是外面高小毕业生，一般都念过外面的初中和高中；本来是在陕甘班的土包子，进十班的只四五个；其余都编进低级班次里去了。在洋包子里头，折聚英怎么赶得上呢？她想，她肚里空空的，她要有好成绩，这不比叫公鸡儿下蛋还难吗？她却还当了学习小组长，她不能不跑在前里！折聚英是好胜而又坚强的。她更加用功了。新的课程，也真是旱地的甜瓜，另有个味儿，怪吸引她。特别是同学们的好多洋书，她好奇地，都翻一翻，想看一遍，要开开眼界。因此，她的学习，总是吃了碗里，还望在锅里，没个够了！她常常恨自己眼大肚子小，不吃怕饿了，吃又怕噎了！同班的白凤娥说："你真是！拉屎还想捡豆芽吃，可馋得要命！你得操心身体呀！"折聚英说："你看他们都是喝墨水长大的，肚子里货色那样多，咱们不双份儿用功，不行啦！"

那白凤娥，也是陕北人，也是从家里逃跑出来的，也是革命以后跟军人结婚的，也是女大的学习模范。长长儿脸，白白红红的，铰过的头发相当长，常露着一只坏牙齿嘻笑。（据说，她现在是绥德分区的妇联会主任。）其实，她自己也顶用功的，可是她怕折聚英身体不好，会害病，因此她常劝折聚英。这天又说："好妹子呵，可别慌！瘸子担水，总得一步一步来呀！"可是折聚英说："一步赶不上，就步步赶不上啦！"白凤娥指着她，笑着警告她："你要是老那样，看阎王爷就要来摸你的鼻子哩！"折聚英却不管！那时候，她爱人一度在教导营当军事教员，就住在女大附近杨家岭，折聚英可一个月还不定去一次。同学们打趣她："啊呀！

你不执行礼拜六吗？”折聚英笑着回答：“咱不忙执行礼拜六，咱忙着准备开洋荤哪！”白凤娥说：“唷！你想在茅板上睡觉，做闻粪人吗！”折聚英笑着想：“我可是就想做文化人呢！”

后来，折聚英就感觉常疲劳，常头昏，常筋儿麻，常骨殖缝里痛。她想“这该不要紧吧”？她在夫家时候常挨打，也常头昏，常筋儿麻，常骨殖缝里痛的，这些苦味儿，她都尝惯了。因此，她并没有把它放在心上。有一天夜里，她同窑的一个同学感冒，吐一圪多，折聚英不晓她什么病，急坏了，她去找医生，回窑来她突然脑子里一个呼卢（糊涂），跌倒了；身子抖得就跟打摆子一样，牙关子也直打；手脚还发冰，全身又僵又硬，口里还吐白沫子。一会儿她像好些了，可是她眼球瞪得那样出，而且那样白，她还乱抓心口，把棉衣服都抓得对穿了，她感觉心里怪难受呵；突然，她又痛哭起来，自己也不知道的。叫旁边的人们鼻子一酸，都忍不住流出眼泪了！医生断定说：“这女子，生理上心理上，一定都受过大打击，大摧残！”哦！可不是她以前那男人害的吗？然而折聚英平常不太恨那男人的，她觉得他被旧社会养成这样坏，多少有些可怜处，她常想想：“他可为甚不革命到底呢？旧社会不行啊！”

从那回起，折聚英的病常常发，她就学习不成了。她在女大医务所住了一个时期，就回到延安县做县妇联会主任（从副到正），依医生的吩咐，一半工作，一半修养。可是她并没安心休养，她的工作不断地进行着：她不断地组织妇女，教育妇女；为了充实抗战的力量，也为了提高妇女的地位，她还不断地动员她们到生产中间去；她经常在乡里，她研究了、解决了妇女们的好多好多问题。（旧根儿她自己也是痛苦的呵，而今她会不求大伙儿幸福吗？）同时，她的学习可就撂了吗？也没有撂！特别在后来整风的时期，她那样积极，曾经被刘县长在一次延安县党的扩大干部会上，把她当作全县最积极整风的模范，当众提出过。刘县长的话是这样的："工农干部在学习上可有远大的前途呢！只要看看咱们的折聚英同志！她本来是一个文盲，可是她现在能精通二十二个文件，还密密麻麻做了好大十几万字的笔记。她的反省也是最彻底的！她在工作上的进步也是顶快的！正像陈云同志所说：咱们的工农干部不学不得了，一学可就了不得啦！"全会场发疯也似的鼓掌了，折聚英那白白的面颜上微微笑着。

咦！她不是常发病吗？是呀！然而折聚英说："病可害不倒我！"

十　百万妇女的代表

好！欢乐吧，折聚英！歌唱吧，折聚英！更努力吧，折聚英！更进步吧，折聚英！你，过去的难民；你，过去的童养媳；你，过去的文盲；你，过去只值两斗粗谷子的女人呵！你，现在是学习的模范；你，现在是劳动的英雄；你，现在是抗日的战士；你，现在是妇女的先锋！不错，你又是边区的参议员，你是全边区百万妇女的代表之一呵！好极了，折聚英！当你昂着头，走进边区参议会的大会场，你，和各民族的人，你，和各阶级的人，你，和各党派的人，你，和国际的友人，一同，一同，商量着抗战和建设的大事！你，的确使外来人惊异呵！然而，你，一个熟悉边区的人，你却并不稀奇，你笑着，你想：在咱们边区嘛，有很多的英雄，有无数的英雄，有无数的男英雄，也有无数的女英雄！

一九四三年三八节

苦人儿

/// 孔厥

同志，跟你拉拉话我倒心宽了，我索性把底根子缘由尽对你说吧。交新年来我十六岁，你说年龄不够，可是我三岁起就是他的人啦！

我大[①]说的，是民国十八年（1929年）上，山北地荒旱，种下去庄稼出不来苗，后来饿死人不少，我们这儿好一点，许多“寻吃的”来了，他娘儿两个也是要饭吃，上了我们的主家门儿，粗做粗吃，主家就把他俩留下了。过后可不晓怎的，主家又把那女人“说”给我大，说是我妈殁了，我大光棍汉儿还带娃，没家没室，没照应，怪可怜的。主家对咱租户这样好，我大说，当场直把他感激得跪下去了！主家就给立了个文书，说是我家只要净还他十

① 大：爸爸。

年工，光做只吃，不分“颗子”[①]不使钱就行。那年头，娘儿俩自然“得饭便安身”，就住到我家来啦。许是主家怕以后麻烦吧，文书上还写明是“将老换小”的，你解开吗？那女人做我大的婆姨，我就顶她儿的婆姨啦！

初来这冤家就十七岁了，今年平三十，你看几个年头了？起先好几年我却甚也不解，只当他是我的哥。赶明到黑他跟大在地里受苦，回来总已经上灯了。我记得他早就是个大人啦，黑黑的瘦脸儿，两边挂下两条挺粗的辫子，不大说话，不大笑，可也常抱我，常亲我，实在，他疼我呢；自家人么，我自然也跟他很亲呵！

他可是个“半躄子”[②]，八岁上给人家拦羊从崖上跌到平地，又不小心喝过死沟水里“油花子”，筋骨坏了！来我家的第四年上，身体又吃了大亏，是那年后妈殁了，大也病得不能动弹，主家的庄稼又不能误，窑里山里就全凭这“半躄子”人，他可真是拼上命啦。主家却还天天来叫骂，一天他赶黑翻地，主家的牛儿瘸了腿，主家得讯冲来，一阵子“泡杆”好打呀，他就起不来了！人打坏，人也一股子气气坏了！大心里自然也是怪难过，口头却还劝他说：“端他碗，服他管，我们吃的他家饭，打死也还不是打死了！气他甚？”他可不舒气。那回他一病就七个月，真是死去活来！病好起，人可好不起了！同志，你没见他吗？至今他双手还直打抖，

---

① 颗子：粮食。

② 半躄子：跛子。

腿巴子不容易弯，走起路来直撅撅的，怪慢劲儿，死样子；你在他背后唤他，他还得全身转过来，他颈根子也不活啦！人真是怕呵，身体残废了，神也衰了！他的瘦脸儿从此就黑里带青了，他的颧骨一天比一天见得凸出了，他的黑眼睛也发黄发钝了，他的头发竟全秃光了——只长起一些稀毛！他简直不再说话，不再笑，他没老也像个老人了，他不憨也像是憨憨的了！好同志哩，他作过啥孽呀？却罚他这样子！

可是，就这么个人，便是我的汉！我听大家说，我懂啦。记得我娃娃脑筋开是在九岁上，那年穷人到底翻了身，我们已经种着自家的地，住着自家的窑了。主家的牛羊我们也分了一份。

这些年岁真是好日月！我大欢天喜地的，“丑相儿”也欢天喜地的，“丑相儿”是他名头。我呢，我，自然也好啰！咱们交了这号运，两三个年头儿一过，我看他黑脸上青光也褪了，眼睛也活了，口也常嘻开了，他手是还抖，腿是还直，可常常叫大闲在窑里，自己却不分明夜，拼命地下苦，我知道他心意的！他疼我，他疼大，他就不疼自己了！大可不肯闲的，他说：“给人做活还不歇，自家做活倒歇下？再呢，往后你们俩……”两个人还是一齐下苦，光景就一天天好起来。“丑相儿”回窑也不再老是不笑不说话了，有一回他还说：“大，”他的眼睛却是望着我，“往后日子可更美呢！”我十多岁的人了，我心里自然明亮的呵，我却越想越怕了，我不由得怕得厉害，我想我和他这样的人怎办？亏得我要求上了学，住了学；可是我一天回家看见，他竟抽空打下一眼新窑啦，我的同志！

后来的情形，你也有个眉目了吧？去年腊月底“上”的“头”，到今儿十一朝。可是发生的事，背后却另有一本账呢！同志，你见的那位女客，那是我妈，第三个妈，前年才从榆林逃荒下来的。你说啥“漂亮后生”，那是她儿，两个儿呢。这儿口子说了合住到一搭里来，两家并成一家子，倒也你快我活，大家好！要不是主家当年给造下的孽呵……

可是，大却把我逼住啦！他倒说得好容易：“两个自由，只要上起头就对了！”我们说“上起头”，就是把头发梳起，打成髻儿，就算婆姨了。不“上头”大还不许我上学。大这样逼我，自然是“丑相儿”在背地求哇！你想我，怎么好！不过，同志，你也是个女人，你该明亮的，一个小姑娘家，却能说个甚？我只好求求再过几年；可是大说：“好你哩！‘再过几年，再过几年！’他熬过了十几个年头还不够？”我也说给他听新社会法令，杨教员讲过的。大就叫起来：“天皇爷来判吧！他三十来岁人儿，四五十岁样子啦，等他死㞞下？”他将烟管儿指着我胸口说：“贵女儿！不讲废话！是不是你嫌他？是不是你心里不愿？你说！”我被问得气都透不过来，我说不出，我大说：“不能的呀，好女子！不管说上天，说下地，总是当年红口白牙说定的，脱口出了，不能翻悔。好人儿一言，好马儿一鞭！”还说：“咱们不要吃回头草！人仗面子树仗皮，眉眼要紧！他又是这样好的人，不能欺老好……”他还数说“丑相儿”十多年怎样疼我，我本来受不住了，听听我就哭了！不过我左思右想，可还是应不出口。我大就急得直瞪眼，气得说不出话，哪一回都是这样的结局。后妈不好说甚，只是劝。她两个儿更不好说甚，因为那些烂舌根的已经胡造开我们的谣言了！可是后来，妈对大实在不服气了，说：“拄棍儿还得拄个长的哩，伴伴儿总也要伴个强的呀！小姑娘家……他这样人儿……”我大说：“要没旧根儿关系，自然好哇！”“旧根儿！”妈说，“话说过，风吹过了！”大说：“白纸黑字写下的！”妈说：“村长讲的，那种屁文书，在新社会不作用了！”大说：“不作用！你们看他吧！”真的，天哪！“丑相儿”知道我不愿，一天天下去，他慢慢地竟失落人样子了！就是当年七个月病也没这样凶，他不过是一副死骨殖了，他不过是包着一张又黑又青的皮了！他却没有病，他却还是阴出阴进地受苦！他还常常用两个眼睛，两个死眼睛，远远地，望住我，望住我，那样怕人地望住我！是我害他的吗？是我心愿的吗？看着他，我心头就像有只铁钉子越钉越深了！去年开春我却因此病倒了！

同志，病里我就想不开！我想，旧社会卖女子的，童养媳的，小婆姨的，还有人在肚子里就被“问下”的……女的一辈子罪受不住，一到新社会就“撩活汉，寻活汉，跳门蹋户”，也不晓好多人，说是双方都“出罪”啦！可是男的要不看开，女的要是已经糟蹋了，那怎办！“丑相儿”他十多年疼我了，他是死心要我了，不是我受罪，还不他完蛋！旧根儿作下多大孽呵！可是我……唉，我能由他送了命吗？我思前想后，总没法，我只好“名誉上”

先上起头了！我想先救住了他，我再慢慢劝转他，劝转他不要我这小女子，另办个大婆姨；劝得转，我就好，劝不转，我就拼一世和他过光景就是！唉，反正遭遇了，有什么办法！可是，同志，你想不到的呵，我应承了，我大也没甚快活！一满年下来，冤家也没全复原！直到做新女婿了，他戴上黑缎子小帽，鲜红结儿，他可还是缩着面颊，凸着颧骨，一副猴相儿，瘦得成干，黑黑的，带青的！他穿上黑丝布袄裤，束上红腰带子，他也还是抖着手儿直着腿，慢来慢去。一副死样儿！不过，你没见他眼睛呵！不晓哪来的光彩！唉，他就是不看我，我也知道他是怎样地感激了！他就是不看别人，我也知道他是怎样地乐了！别人呢，自然，大也像是很快乐，妈也像是很快乐，我也像是很快乐，连弟兄俩，连邻居们，连亲戚友人，也都像是很快乐；本来不够年龄不行的，可是村长竟也没敢说甚，见了我们，他也像是很快乐。同志，快乐呵！

我把我和他过的十天从头到尾跟你说吧！腊月底上了头，赶明就新年，新年么，白天吃好的、穿好的，黑夜烧“旺火”、挂灯儿，……大家总要乐个十几天。我们呢，初一来人待客，没说的。初二三里闲下了，我还是新媳妇儿“坐炕角”，冤家却在门外蹲着，我知道他一定是常想回窑，却又怕羞！回窑了，他要不背对着我，他就肩对着我，我知道他一定常想看我，却又是怕羞！一定的！他一定是不晓怎样才好了！我看见的！他口儿几次发抖，好似笑着要跟我拉话，可终没出口！初四他才全身对我转过来，他说了什么话呀，他说：“贵儿——姊，大好人！大真好人！你……也……”他笑着，发抖的手儿向前抬起，更加发抖了，话没讲完。后来他掏出一个红布包儿，从里面又拿出一个红纸包儿来交给我藏起，还看我藏好在怀里了才走开。这里面，你道是什么宝贝呵，原来是俺两个当年的文书！这烂纸子，他竟随身带着十几年啦！同志，看着他这样子，我想劝他的话，想了一千遍，也不敢劝了！我怎么能说得出呀！

可是，初五夜里他睡不安，我就害怕起来。我穿是穿着三条裤子，我束是束着四根带子；我还是怕！呵！要来的事到底来了！深更半夜，我听见他爬起来胆小地叫我，我吓得没敢应。过了一会儿，黑里来了一只手，按在我胸口发抖，我气都透不过来了，我也不知道自己说了一句什么话，他的手越发抖得厉害了！我硬叫自己定了定神，才又对他说：“不要！”我不知道该怎么说！我说：“我还是个小女子呢，我还不能！”他好像不明白，问我：“甚？”我只好讲些什么，他约莫是呆了一会儿，后来他奇怪起来，说了一句话，我急了，我又跟他讲。过了一会儿，我才听见他说“好”，声音里还像含着笑，他又睡下去了，一忽儿我就听见他已经打“鼾息”了。早起他还像是含着笑，抖抖地穿了旧衣服，抖抖地拿了个斧子，又慢慢儿直撅撅地出门去了。那天他砍了一天柴，晚上把钱统交给我，还叫我积多了钱分一半儿给大。以后两天照旧的。记得初九他还说过这样的话，他自己一定要穿烂些，吃坏些，让我过好些。唉，同志呀，听了他的话我真想哭！

我要劝他的话我更加说不出口了，我心里反倒天天对自己说：“他这样！我还是拼一世和他过吧！”可是同志，我顶好是不见他，我一见他，我可不由得就害怕起来，害怕得心直发抖！

那些闲人儿却天天黑地在我们门缝口偷听，有的调皮捣蛋，还从上面烟囱里撒下辣子末来，惹得我喷嚏。那几夜他倒睡得挺好的，后来我也就安心睡过去了，其实我也乏得不由己了。可想不到昨儿黑里鸡叫三更他却又来缠我！我梦里惊跳起来，只听见他说：“能！能！”我一时吓怕了！他还说了一句明明白白的话，天哪！怎么好呢？我一时实在吓慌了，我自己也不晓怎的，我本来要说的话不由得一下子都脱出口了！

好同志呵，这真怕呵！他一大会儿没说话，黑里只听见他气得手儿索索发抖，我爬起来要点灯了，可是他开口了，他的上下牙子磕碰出声音，他说：“哦，贵女儿！你……你真话？十三年了……你嫌我？”我这时候不晓怎地也发抖了。我不接气地说：“我……好丑相儿！你疼我，我知道，我知道是，我，我自然也想对你好的呀！我，我，可不成……”说说我就忍不住哭了！他又好一会儿不作声，好像他被我哭的声音吓呆了！我说：“你还是另办一个大人吧！”他却说：“不……我不！十三年我……你！好贵女儿，尔个你已经正式啦，你已经‘过’过来啦？”我很怕这句话，我又发抖说：“不顶事不顶事的！”他又像是呆了一会儿说：“怎么不顶事？”一会儿后，他好像突然想起什么紧要事了，他突然着急地问我要文书，就是旧社会那张害人的烂纸子！他们是怕我年龄不够，没去政府里割结婚证哪！我也不晓那文书有多重要，他着急地要，我也就着急地不给他，可就听得出他慌了手脚，他一定是怕我藏掉没证据了！他立刻来揪住我要逼它出来，慌得我拼命挣扎，我就触到他那死骨殖了！那死骨殖呵，不晓他哪来眼光，哪来力气，黑地里竟把我怀里那红纸包儿抢到手了，我抓住不放，他拼命夺，纸包儿碎了，文书也全烂了！他一急，我就听见他去拿起那斧子来，我吓得歪在炕上大叫，他一定气疯了，就一斧子砍了我这里！他们冲开门来捉住他……好同志呵，我被砍死倒好了，我这不死的苦人儿，你叫我以后跟他怎么办呀！可是我不怨他的，我不怨他的！他也是够可怜了呵，够……可怜……的呵……

一九四二年五月

土地的儿子

/// 柳青

一

这一天，乡村里所有的人都忙着准备过年了。男子汉扫院、担水、贴对联、糊灯笼，以及按照旧习惯上坟去给祖宗烧香纸，和酬谢这一年内特别帮助过自己的人：譬如生病时人家用土法治好了，买地时人家当“说合”或“代书”，等等。婆姨们则只是准备除夕的夜饭和大年初一早晨的饺子馅。乡长一清早就提着他应得的那份区上分来的群众慰劳政府的猪肉，回他离乡政府三里路的家里去了。我也没有什么工作要做。慰劳驻军的物品三天以前已经送进城了，至于给本乡的抗属送“年茶饭”的事，今年因为一天的时间有限，人又特别忙，所以大家一致决议按照行政村各自进行去了。这样，我们住在乡政府里，也不过做东西、吃东西而已……

晌午过了一会儿，院子里忽然有人叫道：

“老刘？老刘？老刘在不在？”

我答应了一声，听见门外放下一根什么棍子的声音，那人就进窑来了。这是李家崄的李老三，他满面笑容使得两腮巴的胡子像鸟翅膀一样展开来。手里提着一个柳条小筐，筐里放了约莫有十几个白面馍馍。他进窑就把提的东西放在桌上，然后从他半旧的羊皮袄下边的怀里，掏出来一杆不足一尺长的寒碜的烟锅，慢慢地伸进一个十分肮脏的烟布袋里，装起旱烟来了。

“乡长回家了？”他笑着问。

“回家了，”我说，“你来做个甚？”

李老三一边含含糊糊地说他不做什么事，一边就从风箱上抽了一根高粱秆，从灶火里燃着，吃烟去了。我做出准备和他拉半天闲话的样子，等待他开言。

老汉噙着他的烟锅，不忙不迫地，点验似的依次察看着零乱地摆在锅台上和石床上的猪肉、豆腐、豆芽、粉条和白菜……他看着看着，就转过来，好像十分怀疑似的问道：

“过年用的，样样都有了？”

“有了，”我说，“一样也不短少……”

“我看还短一样。”老汉用玩笑的态度说，说着就把烟锅放在桌上，从小筐里把馍馍统统拿出来放在石床上。

我阻止着他，说我已经有了足够的馍馍，妻从竖柜里端出满满一木盘来给他证明，但这都不能使他停止。于是他从小筐里往出拿，我从石床上往进放，四只手搅成一团。他抢不过我，我把馍馍统统放进去了以后，他来不及再拿，就把小筐重新放在桌上了。

李老三好像认真地生气起来了，拿起烟锅，习惯地蹲在地上：

“我是和你逗笑哩么？”他在蓬乱的胡子中间喃喃地说，“老实是为你们没有！毛主席提倡得连咱这号人也有办法了，还能叫公家人短少下甚……这几个馍馍给你们，你是嫌寒碜哩？可是多少总是我的个心么！……”

我清楚这个老汉的一点情形，他的“办法”并不见得很大。旧社会他是一个手艺低劣的石匠，还专门偷人家的庄稼，就是说他是那种“无田地学手艺”的人们之一，手艺既不足以养家，就靠做贼过日子了。新社会转变了，这几年去南路做工，生活虽然好了许多，但在两月以前征粮的时候，还是一个免征户。讨论到他名下，评议会的意见说，他既然不偷庄稼，日子过得再好点，也不要他分担公粮，政府自然采纳这个意见。现在他所说的有办法，不过是比较着说而已。

我不能收他的东西。不错，乡政府驻地附近的农户给我们送来许多过年吃的东西，但像李老三这样的人，全乡群众都念他过去的可怜，不要他负担一点公粮，我们乡政府能收下他这许多馍馍吗？

“我们不能收你的东西，老三，你忙着，就早些回去。”我婉言劝他。

“又不是给你一个人的，这……”他坚持说，“这还有乡长的哩！”

“那你就送到乡长家里去，好吧？”我提议说，但是李老三却同我争辩起来了。

“我为什么要送到乡长家里？”他执拗地说，“这是给政府的么！”

“你为什么要给政府送呢？”

“你不要问为甚，老刘！”李老三眨着眼笑着。

我突然想起他送礼的唯一可能的原因了。

“假如是为了没叫你出公粮，李老三，”我郑重地说，“你不是送礼，而是破坏政府的名誉！人家会说：‘对了，给政府送点人情吧，送了可以不出公粮！’你说我们给人家怎么解释呢？你说！”

“老刘，”李老三也激动起来了，他站起来指着门外说，“外头太阳红火一样，我李老三不敢虚说，要是为了公粮，叫我全家不要过这个年就死干净，怎着哩？……”

他说着，神情十分紧张，眼睛圆瞪起来，好像那两颗眼珠子要迸跳出来一样。这倒使我莫名其妙了。

“那你是为了什么呢？”我问。

老汉蹲在地上，低垂下头去不作声了。他噙着烟锅，间忽从胡子中间放出一口一口的烟雾，沉思默想起来，像是有一种不被了解的苦衷沉重地压倒了他。半晌，他才抬起头来，忽然在满布皱纹的脸上露出一丝微笑，然后羞赧地、犹豫地、带点试探的口气，低声说：

“我今冬买了三垧地……”

“哈哈！”我禁不住笑了，“你买了地，政府又不是说合，也没写约，盖了个图记，就要吃你的酬劳？”

“老刘，”李老三站起来，眼睛湿涔涔的，声音也有点颤抖地说，“你是个明白人嘛，有说合有代书就能买起地吗？没咱的新政府，不说我手上吧，就是我孙子手上也买不起一鞋底大的一点地！”老汉说着，激动得全身都要痉挛起来了……

这样看来，我是不能不接受他这份情谊了。

二

我们吃着李老三的馍馍，便由不得想起他的过去来。

李老三弟兄三个。老大年轻时曾揽长工，三十岁上下的时候，婆姨和娃娃同时骤然死于伤寒以后，看见无力重新组织一个家庭，才跑到西路的宁夏一带谋生去了。老二原是一家地主的租户，还可以勉强过活，却被光绪二十六年的饥馑的大浪潮冲向东路的山西。他们都是一去不复返，而现在是否还在人世，就没有人能够说得上了。

李老三，同他的哥哥们一样，除了一个婆姨外，没有从他的父亲那得到任何东西，而这三个婆姨还是用三个姊妹的代价换娶的；各人住的仅有一个土窑，则是自己修整的。所以老汉在世时常常喟叹说：“‘卖鞋婆姨赤脚跑’，咱当了一辈子石匠，连咱住的一个石窑也没砌起……”也因为这点，他不叫老大和老二学石匠。“靠山的吃山，挨河的揽船，”他说，“还是种庄稼的好。”娶过媳妇就都分另出去。只有老三年纪小，同他住一块，跟他做活。但不到几年，老汉就咽气了。

父亲死后，李老三一天比一天深陷到苦难的深渊里。种地吧，没有土地；揽工吧，没有主家愿意雇用这个不会受苦的人；做石匠吧，谁用他这个半瓶醋的石匠呢？村里有一个公共石场，凡是李姓的居民，都有权利在那里打石头。李老三起先就在这个石场里打石板卖——锅台石、炕栏石、铺地石、窑檐石、房顶石、仓石、石床……生意不好，因为顾主不多，而且不经常。当时李老三一家人的生活可怜到这步田地，以至于在坡底下的垃圾堆里去翻拣别人丢掉的白菜叶子。冬天穿着单裤子太冷，就把破棉被齐腰裹上去，远看起来，好像他穿着棉袍。

李老三渐渐开始赌博了。当然他是完全没有本钱的，过年前后，他口袋里装着破碗片，自己用手去拍拍，说：“不要怕咱没钱，怕你们赢不了吧！”碗片发出铜子似的声音，迷惑了同村的赌徒。他也常去赶庙会，上大赌场。这时他的本钱是用红布包着萝卜片冒充的银圆了。他偶然赢了很多，就沾沾自喜地带回家去量米买布。可是输了就倒霉，让别人尽情尽意地臭骂一顿，甚至被那些流氓成性的赌棍们使劲地抓住他的领口，服服帖帖地挨一顿揍，或被拉了游庙示众，说：“这是石匠老李的坏种子，空手骗人！”这种冒险没有持久，他就在村里村外的任何赌场上都蹲不下去了，永远变成一个站在圈外伸长脖子的旁观者……

可是他又开始了另一种冒险。起先，他偷着本村或邻村的收割在地里的庄稼，这里一把，那里一捆，总不在一处偷得太多，避免物主的追究。但不久也就被人识破了，在这一次赃物被搜出之后，只要有人发现自己的庄稼失盗，就气势汹汹地第一个去找李老三。这以后他很少敢偷本村的庄稼。他开始远行，一夜的工夫，远至来回五六十里路程。但是有一次他又倒了霉。他在二十五里远处偷了一个诨名叫“砍刀”的富农的庄稼，砍刀率领他的几个“将门之子”坚决地、仔细地搜索踪迹，终于搜索到李家峪来了。砍刀就向村头交涉了一番，要求逐户搜检。结果李老三被检举出来了。凶残的砍刀和他的几个虎狼儿子，就把李老三吊在他自己的方口土窑门上，差一点没有打死。过了四个月后，村人看见他还是扶着棍子走路。

虽然如此，李老三还是过着这种冒险生活，一直到新社会。

一九四〇年的夏天，李老三的邻居李能贵家收割在场里的麦子，失盗了四捆。失主根据“贼要贼捉”的“论据”，硬问李老三要，逼得他不知如何是好，哭哭啼啼跑到新社会的乡政府来。

“人常说‘捉贼要赃啦，捉奸要双啦’。”李老三一把眼泪一把鼻涕地哭诉道，“咱多少年不拿本村的一根庄稼了呀！旧前吧，咱进场偷过谁的？这不是亏心事？乡长老人家……”

乡长使他放了心。他向他表明新社会实事求是的意思，说一切盗案虽然不许施刑拷打，但也有法子查得水落石出，而渐渐使新社会完全没有贼盗。因此希望他改邪归正，并且既往不咎。乡长甚至委婉曲折地告诉他，他过去三十年内所做的坏事，应该由旧社会负责，直说得李老三禁不住悲怆地回忆，老泪重新横流起来了。乡长转来安慰着他，向他建议以一个石匠的身份，到南路去做工。

“你晓得咱本领不强呀，乡长……”李老三用红肿的眼睛望着乡长。

“新社会有多大本领，使多大本领，”乡长说，“你到南路保管你上得了咱公家的工程就是了……”

李老三沉思起来了，好像受审的犯人一样。他谦恭地呆立在桌旁，弄着他那沾满了眼泪和鼻涕的肮脏的手指。半晌，他才重新抬起头来，胆怯地偷看着乡长的脸色，央求道：

“好乡长老人家，我不到南路去……”

“为甚？”乡长奇怪了，“还想待在家里偷……”

“乡长，你还不晓得吗？我大哥走西路，影无影，踪无踪；我二哥走东路，谁知道是怎个下场？！我爸三个儿，两个连骨衬也不知撂到哪里去了，而今我实在没胆量走南路……”说着扭住他的一条一绺的烂袖口，擦着眼泪。

乡长又要像安慰娃娃一样安慰这个老汉了。他告诉他那是旧社会的事情，新社会怎么还会有那样的悲惨呢？而且他的哥哥们是在怎样的不幸中离乡背井的，他现在又是怎样去做工……

“你回去打听一下南路的情形，”乡长最后说，“愿意去的话，朝农会借上几颗粮食，安家，做路费，我给你当保人……”

半月以后，李老三喜眉笑眼地到乡政府割路条来了。他说他打听得一清二楚：到南路去有办法。

七个月以后，也是过年的时候，李老三从南路回来了。他穿戴了一顶半旧的毡军帽和一件灰军裤。因为有人怀疑这两样东西的来源，他便说明这是一个机关的管理员在一天深夜里听了他的不幸的故事，受感动而送给他的。他的脸色肥润了许多，同走时几乎是两个李老三，而且他带回了一些钱，那回过年是他出生以来过得最好的一次。第二年他又去，第三年并且带着他的大儿子一起去。第四年以至第五年冬天回来以后，他就买了尚二财主的三垧地，恰好这地又是他父亲卖给尚老财主的。每垧地价一石四斗五升小米，合计是四石三斗五升。“烂皮袄里裹珍珠”——成为本乡轰动一时的事件了。

三

年初二早饭后，乡长和我就到李家崄去了。本乡的三个小学教员领导的秧歌队，这一天开始在李家崄演出。秧歌队有两个根据本乡的事实创作的节目，其一是《马家渠掏谷茬》，其二就是《李老三翻身》。

在通到李家崄的河沟里，我们恰巧碰到李老三本人，他的两个十六岁以下的儿子跟在他的后边。在他们中间夹杂着三只绵羊，沿途匆忙地伸出脖子，咬一两口可咽的枯草。老汉背上背着半毛口袋粪，胳膊上挂着一把镢头。背上的重负使这个年过五十的人腰弯如弓地走着，加之已经暖和起来的初春的阳光，他的脸上几乎是汗流成渠了。二儿子拿着一把小镢头，在中间赶着绵羊；大儿子在后边背着满满一篓子狗粪。看见我们迎面走来的时候，他们也休息下来了。

“你二位过年好？高升，高升！”李老三用布腰带的头子抹去了脸上的汗水，向我们贺年说。

“你好，发财，发财！”乡长用玩笑的口气回复他。

按照这里农村的习惯，在刚一过年的时候，很少有开始劳动的人。人们在这几天请客和赴宴，看亲戚和招待亲戚，看秧歌和斗纸牌……特别是对于娃娃们，这是他们一年之中最快活的时节。而李老三却带着他们上地了。

“连过年也不热闹热闹？”我疑惑地问他，“你老汉也许过时了，可是这两个娃娃听见锣鼓的声音，不着急吗？”

李老三略显不安地转脸来看看两个儿子的表情。

“咱能和人家比……”大儿子不自然地对我说。

“对着哩！”老汉对于儿子的表示十分满意地咧嘴笑着，分表道，“而今过上好日子了，老刘！这会儿沾毛主席的光，买了三垧地，有自己的一点摊子了。旧前想下点苦往哪里下呢？我盘算正好劳动了。不怕你二位嗤笑么，年初一早起还拾粪哩。正好拾，手不稠。粪是好东西，俗话说得好：‘人勤不如地近，地近不如上粪。’咱买得这两镢头地，一垧要顶旁人的两垧，才看过了日子过不了哩。

冬天从南路回来，我打定主意要买地，就买了三只绵羊，心里就是想积点粪。反正二小子大了，能放羊了……"

这个几代没有土地，不得不偷别人的庄稼的老汉，尽情地表露他对自己土地的热爱和对庄稼的醉心的布置。

"那么，"我停了一会儿问，"那三垧地用得着你父子两个吗？你就不走南路了？"

"三垧顶六垧，"乡长插言说，"你不看地价？普通地的两倍哩！听说崖崖畔畔也能修出一垧来……"

"哪里！"李老三坚决地否认道，"崖畔修出来，五垧地有。乡长你不要听村里那些人瞎宣传。南路，我等耕种完了还去哩。这个小子不去了……"他指着大儿子说，"十六了，学得种地去吧！我还是我爸的主意：有人要，我还当我的石匠，娃娃们在家里闹庄稼去吧。唔……大女儿定亲给人家了，财礼给大小子换得个媳妇。今年要是地里收得够吃，我想挣得就给他娶哩。"说着，好像后悔了一样，转来叮嘱道，"你们是咱政府的人，我想起甚说甚，可千万不要说出去呀，做不到人家不笑话吗？嘿嘿……"

幸福家庭的憧憬使这个老汉的脸上闪起光来，显示着父亲在旧社会一辈子没有达到的愿望他在新社会的几年中就达到了而引起的欣喜和满足。

顺沟传来了李家崄响起的锣鼓声，使我想起今天秧歌的一项节目就是李老三的故事。我问：

"你不去看看吗？有你的故事上场哩……"

“我听说来，”李老三带点不大自然的神情说，“那些年轻的先生们胡诌，有些硬是无中生有……”

我说：“编戏劝世人，有什么关系？”

“嘻嘻，没关系。走！”他给儿子们打着招呼，背起粪袋子就走了。

我们到李家崄时，秧歌已经开始了。他们在拥挤的人群中间，从村前头扭到村后头，最后在小学校的宽敞的院子里演出了秧歌剧。院子里拥挤得水泄不通，窑顶上和围墙上都七高八低地排满了人。人群中间闪烁着婆姨们和娃娃们花红柳绿的衣裳。有些年轻人甚至攀登在大门外边一株古槐的枝丫上。因为他们的重压和摇撼，一个喜鹊窠被拆散了，零乱地撒落在地上。看起来很少人愿意错过这个良机，连一些年迈的只能听到凑在耳朵上大声嚷叫的话的老汉，也扶着棍子转弯抹角地到小学校来了。

“你做甚来了？能听见吗？”我问一个七十多岁的拐老汉说。

“我听不见，可是站近一点，我能看见。”拐老汉没有牙齿的嘴里嘟哝着回答，“我听说把三娃的故事编成戏了。”他还叫着李老三的奶名。

《李老三翻身》是这天的最后一个节目。因为是群众自编、自唱的，并且是取材于当地的事实而编演的东西，所以特别富于吸引力。可惜有个缺点必须指出：就是扮李老三的兴旺儿素以滑稽著称，他太偏重于动作上的小趣味，致使故事的悲怆气氛被冲淡了一些，观众不时爆发的哄笑即是证明。为此，除了向教员们提出意见之外，在收场以后，我以乡文书的资格，站在冬天压葡萄的土堆上，讲了几句话。

“老乡们，”我尽嗓子地高声说，“你们看了这出戏，不要只管笑啊！我听了李老三提起他的旧事，就由不得淌眼泪。我看旧社会大家和李老三也差不多。他没地，你们有多少人家不租种旁人的地呢？你们交过租谷够吃不够？你们办红白事、过年，不朝财主借债行吗？新社会你们多少人买地了？多少人赎地了？你们过年还朝财主借债不借了？你们而今年过得怎样呢？你们算过没有？……”

“谁算哩？”我旁边的一个斜眼的老汉眯起他的斜眼，好像抱歉地笑了笑说，“我们一满瞎活着，不会写，不会算……”

“我算了一下。”

“报告一下，老刘！”窑顶上有一个沙嗓声的声音叫道。

“大家愿意听吗？”

“愿意，愿意……”乱七八糟的声音从四面八方朝我袭来。

我从口袋里掏出笔记本，报告道：

“你们李家崄九十六户人家，旧社会就有八十一户穷人——贫农、佃农、雇农和匠人。新社会刚刚五年的光景，你们这八十一户人家买了多少地呀？二百五十六垧半！赎了多少地呀？一百零三垧！其中有七户而今都成了中农了。有十五户旧前连一垧地都没有，而今有了三垧五垧不等，还有十垧的哩……”

“谁够十垧地了？”有一个人脖子一歪，惊奇地截断了我的话。

“李发成不是吗？”另一个人深表不满地说，“你不能等老刘说完吗？你——”

“你们合作社的主任告诉我的，”我翻到笔记本的另一页上，继续说，“过年光合作社就卖了五斤十二两胡椒，三斤四两茴香……城里集上卖的还不算！你们做什么用这么多的调和呀？”

“我们过年吃了，老刘！”人群中一个四十上下，戴羊皮帽子的农民伸出头来，郑重其事地声明道，“你刚才还报告我们买地，又不是不晓得？我们有办法了，过年吃肉不要调和吗？”

这最后一句话引起了一片哄笑声。但随即被从什么地方喊起的口号声压倒了。

“旧社会活不成，新社会救咱们！”

“共产党给咱们好日子过的！”

“学习李老三，务正生产吧！”

秧歌结束以后，只有对山的尖顶上还照着点通红的夕阳。这时恰巧李老三父子三人也回来了，每人背一背从山崖上砍来的柴，那些野生植物的枝条虽被绳子束着，还是蓬松得比他们高出几尺。他的二小子赶着那三只吃饱了的绵羊……

四

元宵节后三天，乡长和我在乡政府的办公窑里核算着全乡植棉的垧数，和需要向外购买棉籽的数量。刚刚计算完毕，就听见两个人吵嚷的声音，由远而近地传来。吵声到了乡政府院里，争执的双方就推开窑门进来了，后面跟了一大群看热闹的闲人，其中多数是娃娃。又是李老三！他带着他常带的好像是他身体的一部分似的镢头，脸孔上，衣服上和头巾上，盖满了一层灰尘。同他争执的是胡家洼的胡秃子，手里拿了送粪赶毛驴的鞭子，显出他的怒不可遏的样子。

“李老三！”胡秃子进门就暴叫起来了，“你要挣得多买两垧，才是个正经办法；指望边畔占人家的一点点，顶屎哩！”

“对！”李老三并不示弱，扯下他的头巾，抖擞了两下灰土，然后使劲地擦了擦脸说，“你说你的有理，我说我的没理！你要抢先说嘛，你就说完是……新社会又亏不住人的心哩。要是旧社会，啊呀！我怕我就是五十三的阳寿了！你们弟兄三个后生，我个死老汉，看我今儿在那地里爬起爬不起吧！”

“我们打过谁？啊？你点起名字，我们打过谁？”

“不敢打嘛！不想打？你老子好手残呀！旧社会没给人家杀过猪？……”

“点旧前的？点吧！顶不上你李老三还算人？”

“这是吵架的地方吗？你们！”乡长制止着吵嚷的双方，因为这种吵嚷是愈来离题愈远了。等他们停止了吵嚷，乡长才转来把那群麻雀子一样的娃娃们哄走了。

我们听取双方的控诉，综合起来，是这么回事——

原来李老三所买的那三垧地，和胡秃子的地毗连，一上一下，中间隔着约莫三丈高的一个山崖。不知在多少年以前，山洪在崖中间冲开了一个角落，按照陕北的土音，人们叫作“圪塄”。这个圪塄愈来愈加扩大，以至于变成一块可耕的土地；虽然像许多圪塄一样，陡削得站不住耕驴。根据年纪最长的老汉们的记忆，它在李老三的祖父时代，是属于崖下边土地的一部分；但在出卖给尚老财主以后，就弃耕了。一九四二年的春天，当生产运动蓬勃开展，在不许有一寸土地荒弃的口号下，胡秃子就把这个圪塄开了荒，到现在已经种过三年了。混名叫作“瘦人”的尚二财主，自从与其兄弟们分得这段土地一直至出卖了它为止，连一次也没有去过。伙子们不清楚底细，也没告诉他们的主家；当然胡秃子就把它当作自己的地一年二年种下去了。的确，单看地形，没有一个人可以肯定它是属于上边还是下边——上下都隔着不到一人高的一段崖壁；而几次流转的契约上，只写着沿用了世世代代的“崖高一丈，上下五尺”的公式，意思是均分山崖。上边的地主人拍畔和垒畔，下边的地主人溜崖和斩崖，都只能以半崖为限，并没有提及那个圪塄如何如何。李老三买到这段地以后，有人就告诉了他这个圪塄的故事。他在通过“瘦人”之后，就把圪塄下端的地畔斩倒，一劳永逸地使它和自己的土地连成一片。这引起一场激烈的争执，但狡猾的胡秃子没有赖得过去。李家崄的群众，特别是“瘦人”的两个伙子的有力的佐证，帮助了李老三，结果胡秃子在群众面前丢脸不浅，只好含糊其词地以听了父亲的话，来掩饰他的窘迫。糟糕的是李老三在这次纠纷以后不久，在一次溜崖的时候，上边的地畔塌下来一绺，这就发生了现在的问题。

胡秃子和他兄弟们这一天去送粪，一经发现，就大嚷特嚷，几乎是一路牵着李老三的破腰带，来到乡政府的……

“怪不得！”秃子气愤地说，“你一正月掮把镢头，在那三垧地里刨！你在斩我的地哩嘛！你？”

“谁家孙子斩你的地！”李老三赌神发咒地说，“我倒运。我不晓得冬里地冻开裂子，一溜，上头就塌下来了。你说我故意斩你的地？哎，乡长、文书，你二位上地看一看，看我是一道崖全溜了，还是光溜了塌下来的那一块？还有，乡长、文书，冬里冻开裂子，春起消得自己塌下来的少？……”

“会说！会说！”胡秃子鄙视地提着鼻子，“人家说你改邪归正哩，我也当你改邪归正哩。哎，好吃屎的常往茅坑里钻！你一年斩上一绺，过几年我那段地不全成你的了？”

“晓得我那个圪塄没让你，惹下了……”

“呸！呕心！”胡秃子气焰万丈地朝脚地唾了一口，说，“弄清白是人家的，三个圪塄也看不下！我们不指望偷人占人过日子！”

胡秃子这一下就把李老三顶得一声也不响了。李老三只好用眼睛向乡长和我求援。对手却开始盛气凌人地尽情揭短了。

“你乍来不是想点旧前的？”胡秃子奚落地笑了笑问，“你那年偷了我的南瓜，补赃了没？嗯？……”

“哪一年？”我有点看不过眼地插嘴问。

“我看，那是……”胡秃子看见我的脸色沉下来，气焰一下子消敛了，为了掩饰他的脸孔的惶惑，他仰起头来看着窑顶，装出回忆的样子，最后含糊地说，“那是一九三四年的事……”

“那么，我们这里是保甲办公处吗？还是乡政府呢？”

“嘿嘿……”胡秃子更加惶惑地佯笑着。

我清楚胡秃子这一套，为了占得一点小便宜，有时就有点不大顾惜面子。新社会的几年中，他表现了极难进步，还是一贯用旧脑筋想新问题，因此说话与做事常常和群众发生矛盾。

两三年来，我们解决了不下百件的地界纠纷，原因是土地在从地主手中租种的时候，佃户没有人愿意花工夫去修整土地；而当有了保障佃权的法令，特别是一经买到自己手里，都修整起来了。但现在这件事却有点麻烦——双方的理由都有些可能的真实，而李老三则处于劣势地位：第一，因为他有名誉不好的历史，很有可能使人相信他是蓄意斩倒别人的一绺土地；第二，即使他所说的是事实，就是说因为解冻而塌了下来，但这与斩了下来有什么不同的痕迹呢？我看上地查验也是徒然的。而且胡秃子只要自己是有理的一方，那就会像老牛一样固执。

“那么，你看怎么办呢？”乡长问胡秃子。

“我看……”胡秃子踌躇了一下，坚决地说，“他李老三既可以斩下去，就可以给我拍起来！看他以后再敢斩人家的地不敢了？”

“那要去检查！”乡长肯定地说，“检查以后，还要看应不应拍，能不能拍！”

“对对对……”

“对对对……”

双方都不弱，说着就做出要起身的样子。李老三刚拿起他的镢头，胡秃子已经跨出门限了。乡长却迟疑着，看着我。

“我去，”我说，“你到合作社去搞棉籽的事。”

乡长同意了。我们三个人一路不说一句话，一口气走到纠纷所在的地方——葫芦峁。

不错，李老三把一道崖齐半中腰溜得一干二净，有些地方，其整洁远非他那个被烟熏得顶黑的窑壁可比。看来他是用石匠的精心在修整他的这段十分有限的土地。地面上披满了一层从崖上溜下来的黄土，新土在阳光下放着金黄色的光彩。李老三向我解释：这样既可以扩大耕地面积，又可以肥土，几乎顶上粪。我在双方指点下，从崖下和畔上察看了一番。啊，真巧！在塌下去一绺地畔的上边约莫二尺的地方，还有一个裂缝，宽约一指的长度。我深深地弯下腰去，察看裂缝的痕迹新旧。真巧！裂缝里夹着去冬被风吹进去的积雪，因为照不进阳光，最深处的积雪至今尚未融消。这就足见李老三是个诚实的人，他没有撒谎。

李老三抱怨着自己，使劲在自己头上打了一巴掌，说：“连看一下裂子新旧也想不起，咱还和人家驳过嘴？”

胡秃子的脸一下子变得通红，好像这一巴掌打在他的脸上。

“李老三用不着给你拍畔了吧？”我问胡秃子。

“我起了火，没看清楚。老刘，反正和李老三做地邻家，沾不了光……”秃子红着脸说着，就拿着他的鞭子走了。

“呸，我倒沾了你的光！”李老三这才胆壮起来，敢朝胡秃子的背影唾他一口。

胡秃子走后，李老三给我指点他半个正月的工作：二十一堆粪送好了，为了防止被山风吹散，上面盖了一层黄土，然后小心地用脚踏结实了；去年被山洪冲开的水渠填起来，然后每隔十步，打一个贮水的窖子；崖，溜的溜了，斩的斩了。现在是只等着惊蛰节一到，就要开始耕种了。

“苦不枉受，地不瞒人，公家提倡得好！”李老三欣赏着自己的成绩，不禁乐得眯缝起眼来。但是一忽儿脸色又阴沉下去了，“十几岁上娘老子撂下，谁再像这几年公家和众人这么照应咱来？不是农会的话，这个圪塄还是我的？不是政府，啊呀！我今儿长上一身嘴也说不过去哟！那人叫胡秃子，可是头发比谁的也旺，你想想……”他指着已经走在山坳里的胡秃子说，“你晓得吧？富农！六十垧好地哩……”

“我晓得。”我说着，笑了笑。

李老三就掂起镢头，继续着他的所谓“打扮土地”的工作来了。他站着看了一会儿，甚至连一点不顺意的地方都要用镢头修过。农谚说：“地种三年亲如母，再种三年比母亲。”这个土地的儿子，还没有被属于自己的一块小土地哺育以前，已经对它亲热到痴迷的程度了。

一九四五年四月作于刘家峁

土地和枪

/// 荒草

一

“手上要是拿这么一根亮光光的三八枪，身上这么横七竖八地背上一百来发子子，他胡子敢来，我这么格贡格贡打他几枪，还不撂倒几个？别说胡子来，就是反动派来了，我有一杆枪，还愁捞不够本钱么？”

殷红玉自从入了工人会，由于雨半屯扛活工人的自愿，又全参加了武装队，他也参加了。为了防范，武装队的人都自愿做勤务，五天一换，大家轮流着来站哨。所以今天晚上，他拿上一杆民国初年造的土枪在村公所门口站第一班哨。

他穿上一件满是窟窿眼的破棉袄，窟窿眼里露着肉。腰里临时束上了一根皮带，皮带上挂个火药包子。草帽戴得齐到额头，刚好遮住了他那张俊秀的四方脸。初七八的半圆的月亮高高地挂在天空，他这高个子的黑影被月光缩成一圈放在墙角。土枪斜靠在右脚边，他把它摆来摆去地看着，枪上还有锈，一点也不发亮，不看还好，越看，他越想那三八枪。有个三八枪多神气！他皱着眉头：这玩意儿还能打仗么？不能老干这武装队，不当兵不行。拿着这老洋炮（土枪），不是送死去？一放枪，就会伤着人，别人没打着倒光打着自己。口太大，砂子一出去就掉了，飞也飞不远。

“鲍祥，春起过八路军，你看见了吗？”

“怎么没看见，那是关南人。”鲍祥懒洋洋地回答。

矮个子鲍祥躲在犄角的暗影里，背靠着梯子吸着旱烟锅，免得门外官道上过往的人看见他，他跟殷红玉一块儿参加了武装队，这一班是他看着。

“不是，我是问你看见他们那枪了吗？”

“怎么没见？一人一杆三八枪。”

“好吧？”

“好。”鲍祥说，“你真想去当兵么？咱们一块儿去。”

“我是决心去的。你，我可管不着。”

“你能离开家？——我不相信。”

“你瞅着吧，说走就走。”

“你大爷能让你去？不揍你个这家伙才怪呢！”

“他揍？——揍我也得去。”

“你屋里的可就难对付了。人家前年才过门，年轻轻的，比你小一岁吧，才二十呢！舍得让你走？——你比不得我，除了个老母亲难对付，光棍一条。”

“哼，娶上个老婆就找上绊脚绳了？你瞅着吧！”

“我看，我去得了，你也去不了。你爷爷八十岁了，你大爷五十五，老婆子年轻，都是些靠人养活的人，你能丢得下？”

“看你说的……火烧到眉毛尖的时候，你不丢下也得丢下。”

“什么火就烧到眉毛尖上了？”鲍祥惊异地走过来问他，同时取下烟锅，在门上磕掉了烟灰，“你他妈吓唬人！”

“怎么吓唬人？你没听县里陈主任说，人家蒋介石想过来，他要过来，谁分了一针一线都要逼着原封退还，那东西要过来还了得起；那不跟遭瘟疫一样，穷人都该死了？这不是火烧到眉毛尖了吗？”

“站住！”殷红玉朝着那摸过来的黑影大声喊叫，“把胳膊奓起来！”

那黑影并不站住，反而一直朝殷红玉走来，边走边哈哈大笑地说：

“你他妈眼珠子瞎了？是我，我，你都认不得了？”

鲍祥拿上土枪，脚踏上梯子，正想往墙头上爬，听见答话声音，知道是十六岁的弟弟来了，赶快下来说：

“是砖头，砖头。”同时，骂殷红玉，“我看你有点病得迷糊了，这么大月亮，你还看不清人。”

上老部队当兵的事已经传说好久了，殷红玉下定了决心，却总没得到过确信，要是人家走了，他赶不上，这一回岂不是又错过好机会了？

下了哨，殷红玉去找村长，但村长他们全上区上开会去了，等也等不回来。他在东屋里坐了坐，点上灯，看看屋子，还跟大地主老宋家住屋一个样，光少了些摆设，心里很快活，现在要分房分地，你大地主的屋子也有咱们这些穷光蛋随进随出的一天了。西屋里十几个摊勤务的穷汉又笑又闹，耍得挺欢乐，都是些庄稼活伙计，大伙儿成天有说有笑的，从没有跟他红过脸。抬头他找着了副村长刘文禹，他正盘腿坐在炕桌边写什么。他好像有什么事在发愁，写两下又把笔停下来。殷红玉知道他的脾气有点倔，碰上他不高兴，想求他办点什么事也不愿意。可是他从不和人闹着玩，村里有什么事，他一句话就算，是个老实人，既然进来了，不问也不行，憋在肚子里这么久也怪难受。

“副村长！”叫了一声，副村长没听见，殷红玉又叫，“副村长！”

副村长头也不抬，鼻子里“唔”了一声。

“参加上老部队，啥时候走？”

等了一会儿，副村长抬起头来，像是要回答他，不料副村长皱着眉头说：“你有什么事就说，问这些干啥！”又低头写起来。

“我要参加。啥时候走，请你叫我一声。我也要去。”

“你真要参加？”副村长眉开眼笑地抬起头瞅着殷红玉的有

些病容的脸。

“真要参加。”

“好家伙。临走时我一定来叫你。”副村长决断地说。

殷红玉回家时，一路上真高兴：跟副村长说好了，他一定会叫我的。边走，边随口唱起分地会里学来的“调兵”歌子：

姐坐房中闷沉沉，忽听门外来调军，不知调哪军。
南军北军通通不调，单调咱家八路军，天天打日本。
大的不过十七八，小的不过二八春，一般童子军。
左手拿的盒子炮，右手拿的冲锋旗，一打二十里。
南军北军通通不打，单打中央胡子军，保护老百姓。

二

雨半屯这地方也生得古怪：你说它穷呢，村里老宋一家就有百八九十垧好地，四五座大院子；你说它富喔，全村十二户人家，十一家都是扛活的穷光蛋，冬天不盖被子，吃饭不吃油盐；你说它偏僻呢，一条大官道打村当间穿过，上西隆，坐火车也走这里；你说它开通呢，城里出了什么事，路上过了什么人，村户从来很少知道。为什么？因为大伙儿成天不是在场院里忙，就是到几里路外山里去砍柴火了，手里没有钱轻易也不上西场去买个油盐；城里的消息，传到西场就驻了脚。大官道虽是大官道，地方太小，过路人有几个知道这雨半屯，顶多也不过在屯西面井边上饮饮马。所以，传开了传开，盼望了盼望，西场已经见过八路军，雨半屯却不曾见过，雨半屯到西场才不过三里。

见不到就盼。越见不着越盼得厉害。殷红玉就是这样。

有一回，那是腊月初几，大雪盖了几尺深。穷人冻得躲在家里发抖。雨半屯却开来了一股队伍，开初以为是胡子，都怕出来，后来知道是八路军，穷人多高兴，多欢迎！穿个破棉袄，披个麻袋，冻得支支吾吾的，全出来看，一看果然挺好，尽是年轻小伙子，一说话，叽里哇啦，不大听得懂，就是一说一个笑，一说一个笑，叫人心里快活。他们穿挺阔：皮鞋皮帽皮大衣。一人一匹马，说是马队，还有大车。往哪儿去？说是上北去。殷红玉心动了，想参加。鲍祥说：

“想去你就报个名，上车吧！”

殷红玉倒反而有点迟疑，回答说：

“等一下。我看好了，就要去的。”

从此，殷红玉实心实意信服八路军好，想参加的心一天比一天大。

今年开春，大地主的管账先生碰见他，叫他：“来扛大活吧！”

“不啦。”殷红玉说，“今年我存心当兵了，光做工夫，不扛活。”

扛活是一条肠子。钱是整钱，只是说定一年就得干一年，这啥时候使钱也说定了，使一个就少一个，也不能歇着。做工夫是零钱，不保险，有就做，没有就得饿饭，但是做工夫能歇着，能在家拾个把柴火，啥时候要去参加就参加，大地主他不敢挡！

有一天下午，太阳晒人有点暖气了。殷红玉给邻村大地主家割地种豆子。从南边大路上骨碌碌、骨碌碌来了好些大车，一瞅一个车上坐一个拿枪的，大概是三八枪吧，那么亮堂堂的。车上装的尽是麻袋，子弹箱子。车走到他跟前，他们在车上又说又笑地和他讲话，问这问那，说了一大片，还是听不准，光听见个“老乡”。殷红玉心想，怕是他们见过锄头，告诉他们锄头，他们也听不准，有两个就跳下车来，拿起他的锄头在地里劐了两下，铲得倒挺不错，不会把豆子铲掉吧？一说话，他们就哗哗哗哗大笑起来。殷红玉一瞅这些兵挺好，挺乐呵，一定是八路军！心里真乐！

晚上，有十来个八路军住在老宋家，穷人都去瞅，男男女女，老老少少，围住他们，又说又笑，殷红玉站在几人背后，光瞅着，越瞅越想跟他们走，但是他们光说往北去，往北是往哪里去？跟上走了，会把我带到什么地方去？第二天起早去看，说是半夜就走了。过后，殷红玉很失悔，心里难过好几天。

邻村都在闹分地，雨半屯的穷人心里真痒痒。有一天，大伙儿瞒着大地主开了个会，大伙儿闹着要分地，选了村长。村长说“穷人该有个工人会”，全村十一家扛活的全写上名字参加了；村长说“咱们翻了身，应该保家保地”，工人会就变成了武装队，又干活，又站岗，大家挺高兴。七月里，下了几天雨，雨一停，穷人又到潘大院房后面的树林子里开会。连干部，武装队的，村长什么的有七八十号人，怕汉奸大地主来偷听，武装队的还站哨。这是一大趟榆树林子，长挺长，宽可不宽。

村上干部都上台讲话，中途还下了一阵雨，完了还唱起歌，不会的也跟着哼哼。这一回，众人说：“给老宋留下四十垧地，上间房，叫他搬到西头那个院子去住。剩下的百四五十垧地，几十间房，拿出来大伙儿分，人多的多分，人少的少分，谁家子弟当了兵，他家就多分一份。老宋家现住的房子，前院拿来做村公所。……”

殷红玉参加了，成天就跟工人会的溜达，村里有大小事，他都去参加。推磨，扛粮食，开会，担水，……量地时帮助拉绳，都有他。人家叫一声：“殷红玉，到区上去送个信吧！”他就去送信。人家叫一声：“殷红玉，把这一车公粮送到区上去吧！”他跳上车，马鞭一舞，大车轰隆轰隆地就跑走了。村里人都夸奖说：“殷红玉这小子，心真算诚了！”

有一回，殷红玉扶个破犁车子给人家种那个洋麻地，鲍祥撒籽，大路上过来一个穿大衣的人，四十来岁，瘦小个，留着个胡子，看见殷红玉，就嬉皮笑脸地说：

“殷红玉！听说你要参加，是不是？你是个傻瓜！”穿夹大衣的小声说：“八路军人少，‘中央军’人多，武器多，当心‘中央军’过来拉掉你的脖子！‘中央军’就要过来了！”

“我不听那个！”

殷红玉一时气得没有了主意，大声说，两个眼珠子鼓得挺大挺圆，恨恨地瞅了那人一眼，转过身不理他，心想：这是反动派。那人见话不投机，笑着说："你不信，你看着吧！"顺大路走了。

"这个家伙是谁？"殷红玉问鲍祥，"我不认识他，他认得我？"

"这就是大地主，"鲍祥说，"谁知道他叫什么。"

"他怎么知道我要去参加？"

"你不是说过——"

大地主走了不多远，殷红玉气得大声直嚷：

"拉脖子我也要去参加。你拿拉脖子来恐吓我，你恐吓个屎！"

他顿着脚跟大骂，那破犁叉子一上一下地随着他的手跳跃，牲口奇怪地回头瞅一瞅他，乐得在地里寻草吃。鲍祥骂道：

"你扶犁，扶犁，扶个屎呢！吵什么？"

殷红玉红着脖子，他指着已经走远的大地主的背影说："看谁先拉掉谁的脖子！"他"嗖"地一鞭子重重地打在马背上，"走！"他大叫一声，那马护痛，拉起犁叉子就飞跑起来。

三

接连上山打了两天柴火，村上还没有来叫他。瞅见熟伙计，都说参加的快走了。殷红玉砍着榆树条，心里真发急："是不是村长他们把我殷红玉给忘了？"

门口窗前，榆树条什么的，枝枝杈杈的堆得比屋檐还高，把那小小的挂满烟尘丝的窗户全遮住了。殷红玉躺在黑咕隆咚的炕上，盖着被雨淋过的半干的破棉袄，昨夜淋了雨，就有些头痛，病好像厉害一点，腿上又长了一个疖子，今天在山上又淋湿了一回，晚上肚子里也不自在。老婆唠唠叨叨地在耳朵边说什么，他也无心听，一心只怀疑：为什么村上还不来叫？

第二天天一明，他就爬下炕，脚下有些软。他披上半干的破棉袄，颠颠跛跛地朝门外走。“人家都去了。我是自愿的，他不来叫，我个人不能去吗？今天先报上名！”

“又到哪里去？成天在外面溜达，家活也不干了！”五十五岁的父亲追在屁股后面骂他。

“又去给人家拉地？一双鞋也擦破了，光剩个鞋帮子了还往外面跑？”他老婆站在父亲背后骂他。

“谁说我又去拉地？”他扭过脖子顽强地说，继续走过潮湿的院子。

父亲料定他是为了当兵的事，一跛一拐地追上去，关切地说：

“你不是病了？不要出去乱跑，今天就在家里养一养！”

“我没有病。”他一边说，一边拖着破鞋，蹒跚地走了两步，出了前院，同时，挺起胸脯，鼓一鼓气，像个健康的人似的，蹬上鞋，跨着大步，向村上去了。

“儿大越难管！……”他听见父亲在背后叹息说。

村长他们全在，屋子里烟腾腾的，七八个人正在商量什么事情，抽着烟卷。殷红玉挤进去，见了村长就问：

“村长，人家都参加了，为什么还不叫我？”

“你真等不得。”村长笑着说，“不叫你也来了。”

“还等不得？我等了半年多了。”殷红玉说。

众人哗哗地笑起来。

“殷红玉，你这小子，心真诚！”

“诚不诚，反正就是这个样子，我自个儿愿意参加就是了。”

“你拿了区中队的条子吗？”副村长问。

“没有。”殷红玉有点惶然。心里问：“拿啥条子？”

“快去拿吧，要打保条！”

自愿参加还要打保条，当个八路军真不是件容易的事！难怪八路军这么好！殷红玉说：“村长，你给我打个保条吧！”

“我跟你打保条，谁保着我呢？”村长半开玩笑地说。

“我们是自愿吗，你还是不打？”殷红玉有点生气了。

“你这小子真算心诚了。”

村长从桌子上拿过本子，扯下了一张，用毛笔在纸上写了些字，又盖上牛骨头小印章，把纸条给他，说：

“你明天去区中队吧。有个尚德君，他也要去，等着和他一块儿去也行。”

“要等不着，我就自个儿去了。”

退出办公室来，他心里真高兴：村长亲自打的保条，不怕老部队不要了，现在算是参加定了。不如上区中队去走走，看看啥时候走。

区中队离雨半屯也不远，一走就到，也是住在一个大地主的院子里。院子里人真不少，有七八十个吧，都是些扛庄稼活的。吵吵闹闹的，看他们多高兴！一定都是来当兵的。是不是就要走了？他赶快往正屋挤进去，一定得找杨区长，先报上名。屋子里，方桌周围，人也站得满满的。他在人背后踮起脚尖从脑袋缝里往桌上看，区长、中队长都正在写名字。里面陈主任也在。有一回送信，殷红玉见过他。今天，他还穿个灰不隆咚的洋服，头上戴着带遮的平盖的帽子。年纪不过二十三四岁，他是关南来的八路军，不是本地人，可是，说话跟东北人也差不多，听得清。陈主任笑着在跟大家讲什么，一时摸不清。忽然，陈主任说：

“不害怕的举手！”

哗地一下，屋子里二三十人全体举起手来。殷红玉也毫不迟疑地举起手来，心想：一定是问的当兵的事，我自己本来不害怕，为什么不举手？他的手举得挺高，心里真乐！

“害怕的举手！”陈主任说。

没有一个人举起来。

“不害怕，”陈主任笑着说，“为什么昨天晚上跑了一个呢？”

“他就不想当兵嘛，怎么不跑？”殷红玉在人群中大声说。他真生气：想来还不容易来，来了的倒跑回去，真是个没出息的家伙！众人都回过脸来瞅他，同时，都哗哗哗哗大笑起来。

陈主任站起来，个子不高，仰起头用眼睛在人背后找他，同时问：

“你乐意当兵吗？”

“我诚心当兵，我还有不乐的？”

众人见陈主任要跟殷红玉说话，慢慢地让开一线路，殷红玉乘势侧着身子挤到桌子跟前来。陈主任瞅着这满脸病容的大个子说：

“你诚心不诚心，我们不知道！”

“你们不知道，我更乐！”

“这回是上老部队呢！”

“我就乐意上老部队，有枪我就不害怕。在‘满洲国’，跟人家扛大活，没有枪，光受大地主压迫，吱也不敢吱一声。枪也是一种宝，地也是一种宝，有了宝贝我就不怕。枪得到手，地也得到手了，把反动派能打倒，是不是好呢？有了好枪，打胡子，打蒋介石，打啥我也干！”

“这小子真呱呱叫！”众人说。

殷红玉想起陈主任刚才说的昨晚跑一个人的事，肚子里的气还没有消：“根本又不是谁派你来的，你自愿的，离不了家要开小差，你就不要来。”

“真会说话！”有谁在人群中似笑谈非笑谈地说。殷红玉只是平平淡淡地回答说：

“本来扛大活出身，就不会说个话，干啥活就是个心诚！”

“你不想家？”陈主任问。

“我不想家。人家八路军几千里来到这儿，人家没有家？”

“你说得对！”陈主任点头赞叹说。

“对？你没有家？”殷红玉鼓起一对眼珠子，气还没消，好像陈主任就是那逃走的人一样，质问地说，“国不治好，你家能好？国治好了，你家也有了，啥也有了。”

“对，对！”众人都点头。

“你要参加，有什么困难没有？”陈主任关心地问，同时想打断他的话，“咱们两人谈一谈。”

“没有。”殷红玉有些讨厌回答这种问话。

“真没有？”

“真没有。”殷红玉肯定地说，“人家爬水溜雪来到这儿就是为了咱们东北人民，咱们自个儿也得团结起来为自个儿，操心说，困难是没有！”忽然，他的眼珠子鼓得挺圆，很凶猛地说：

“他拉掉我脖子我也要参加八路军！”

众人十分诧异地看着他。他极端鄙视地骂起来：

“大地主，恐吓我？‘中央军’……你们谁看见过？‘他武器多’……人尽是压迫着来的，心不齐，他武器当什么呢？咱们学习好了，他武器当什么呢？——他武器当什么呢？咱们零拉就把它拉尽啦——‘人少’，咱们慢慢儿地人就多啦……你不参加，你家里还有什么离不了的事？……”

众人全十分惊愕地看着他，好像给什么东西吓呆了似的。区长、中队长也停下笔听他说话。殷红玉把因一个人跑了引起的满肚子怒气都出尽了，停了一会儿，才平心静气地说：

“这一回我才不跟大地主效力了，这一回，我要跟国家效力了！——陈主任，请你把我的名字写上；——村长还跟我打了保条！”

他从破棉衣的怀里贴肉的地方，掏出那已经汗湿透了的保条来，双手递给陈主任，同时，抱歉地说：

“我这人记性坏，怎么把保条放在这里……汗湿了。……”

四

眼看着明天就要离家走了，晚上，殷红玉的病却变得很沉重。

好多年来，殷红玉家晚上没有点过灯。

殷红玉躺在黑洞洞的炕上，浑身发烧，四肢无力，头昏眼花，肚子难受，时而又是一阵痛。他垫的是破席，盖的是一条破麻袋，过了这一夜该会好一点。闭一会儿眼睛，就梦见自己穿上黄军衣，一会儿又是三八枪，一会儿又是子弹，还有大车……

殷红玉一家四口住着大地主老宋家尽里屋一间狭小而破烂的草房。去了一个炕，去了锅台，地上再难站下人。小炕桌立在炕角落里，白天就放平了来吃饭。地下有一条破板凳，坐上去就会摇摇摆摆地吱吱发叫，然后把人放倒。这还是几年前殷红玉自个儿寻木头做的。锅台上不还是些破锅盖烂瓦盆罢了，家里再没有别的东西。父亲早就瘦勾了眼，七八十岁的老爷爷到四叔家过日子去了。老婆叫李素贞，前年腊月娶过来，夏天还穿个破棉袄，外面套上个破布衫，她真耐心，殷家这么穷，她从来没说过半句抱怨话。殷红玉成年在外头扛活，回来倒头一睡，两口儿平常也不吵嘴，也不打仗，也不动武，好赖就跟着混。就是这没有油盐的饭，殷红玉吃了没力气，因此他常常到村上区上去吃饭。家里吃饭也靠着村区的供给米。大地主老宋家是个悭吝鬼，殷红玉给他做工夫，工钱也拿不出来。一期清算会开了，虽然还没说清谁家分地多少，要到二期清算才有定准，但是殷红玉他大爷已经欢喜得几乎笑掉了牙，一到晚上，老人家点上旱烟锅，慢慢地呷着，总跟殷红玉说他肚子里盘算好的计划：

“殷红玉，二期分地一到，我们家微少也能分到十多垧地，两间房，这是前人做梦都梦不到的好事情：像我们这个样省吃节用，明年收上一夏，大伙儿不就逃活命了？不管分好地，分差地，我们不做那懒庄活，零碎活我还能做，媳妇儿勤劳苦做，也是个好帮手！你两口子就是我家的顶梁柱！有了吃穿，那时候，媳妇儿再给我抱上个孙娃，也养活得了啦，哈哈哈哈……”

殷红玉早打定了主意要参加，分了地更要参加，大爷这些唠叨话，就好像吵得人睡不着觉的蚊子嗡嗡叫一样讨厌，心想：“一个老年人，胡噜巴都的，你知道个啥？”总是不耐烦地回答道：

“不要胡盘算，我已经死心了，要当八路军！”

开头几回，大爷和他老婆听他这一说，就骂他，训他。骂，训，都改变不了殷红玉的心。后来，他大爷就讲道理：

“我从八九岁就跟人家放猪，你爷爷也侍候人家一辈子，脚底下没有踩过自家的地。年轻时候，我做梦都做那买田置业的梦，醒来还是一场空！如今不花半文钱，共产党叫咱们分地分房，你倒说起当兵的话来，你那心肠我就不明白，是不是要我们一家老小的命？”

“这是要命？这是保命！你再怎么说我也要去！”

“你去吧，家里这帮子人你也不用管了！窠里的雀儿，翅膀长硬了就飞了。”

大爷的旱烟锅在炕上敲得“嘣嘣”地响，显得十分生气，他老婆就哭哭啼啼地说：

“嫁一夫靠一主呀！好赖跟着你混，我是指望什么？……指望老天爷开眼，赏给咱们一碗饱饭吃，指望苦出个头来！……”

“现在分地分房，穷人翻身，你还没苦出头？……”他决心不理他们，呼呼睡着了。

白天到区上报了名，晚上总想着明天走的事。他老婆知道他是个累死病死都不说话的人，晚上没灯，也看不见他病得怎样，悄悄地伸手摸他的头，不禁大吃一惊：

“看你这死人！额头烧得火一样，回来死也不说话！”

正坐在炕沿上脱鞋的大爷赶快伸手来摸，又摸他两只手心，知道病重，立刻叫媳妇到邻家去要点萝卜缨子，一面抱怨。殷红玉说：

“这个病不相干。大惊小怪的干什么？”

“大惊小怪？老子不管你，你活得了那么大？”

媳妇出去了。父子俩都不说话。屋里屋外静悄悄的，只有远处偶尔有几声狗吠。殷红玉心想：“告诉他吧。”一会儿，他说：

“大爷，我明天走了。”

“你硬要走？硬丢下这一帮子人不管了？”

“你不是在家么？白天报了名，明天走！”

“病得这样子也要走？老子要奉劝你一句好话了！……”父亲咬牙切齿地说。

“我没有病。”

“没有病？老子就不管你！”父亲赌气，坐到一边去。

殷红玉心想：“我走，你要不管才更好！”过了一会儿，他说：

“我自愿去的。病也去，又不是谁派我的。”

“你心真诚。”父亲很生气，一腔愤怒无处发泄，想打，打也没用。

素贞拿上一把萝卜缨子回来，进门时说：

“鲍祥他妈正在骂鲍祥呢！……”

殷红玉打断她的话，骂道：

“哼！你们这些人脑瓜筋都不开！”

“你脑瓜筋开了？”大爷愤怒地大声说。媳妇儿回来，他有了帮手，气势就壮一点。媳妇知道他也要走了，没吱声，放下萝卜缨子，出门抱进柴火来，把萝卜缨子煮上。父亲说：“煮什么？人家没有病，不要我们管！”灶里冒了一阵烟，然后火光熊熊地把个炕沿照亮了一大圈，媳妇坐在炕门口烧火，殷红玉翻过身来，伏在炕上，脸朝着父亲，火光把他半边脸照得通红，对这脑瓜筋不开的父亲和媳妇说：

“人家来解放了咱们东北，给咱们又分地，又分房子；分的是大地主的地，得地的是咱们穷人，这是在为谁干？这些事你都不想一想！从前‘满洲国’在，咱们有吃无米，有穿无衣，给大地主效劳，成天活不隆咚地转，我的天，我的老爷，一天挣三十来块钱，还要受那个牛马气，这是人干的？你受苦受了这么大岁数，爷爷受苦受到七八十，也没见打过滚，翻过身！”他拉过那破麻袋，在柴火光的闪耀中抖了几下说，“晚上盖这个破麻袋，我们这棉衣，冬夏都是它，白在地里干活，窟窿眼里都起水泡，好容易来了个八路军，人家几千里数万里跑来东北，是为了谁干？他们不来，我们分得了地分不了地？汉奸大地主会不会把地白白送给我们？现在蒋介石过不来，我们才分得了地！蒋介石是一个大地主，他跟汉奸地主是一伙，那东西要过来还了得？逼着退地退房不说，真得拉掉你脖子！不参加八路军把他打垮，还了得？咱们宝贝都得到手了，你不努力去做，到了手的宝贝将来还成为人家的。你想一想，我去当兵打倒反动派，人人都得好呀！这些事你都不想一想！”

父亲不说话，殷红玉重新仰躺着，心里很高兴，自己讲话就像陈主任讲话一样，又像说书。真奇怪，怎么自己讲话也跟说书一样了？

老婆稀里呼噜地小声地哭。“你哭哭啼啼的干什么？家里又没有死了人。”他不说话，不理睬她。一会儿，老婆说：

“家里的事你也不管了……你的心真狠，也真够狠！……你要走，我就不在家了。……”

这就吓唬住人了？殷红玉忽地坐起来，大声说：

“你愿走到哪儿到哪儿去！”停了停，又说，“要不，你就上五叔那儿，到四叔那儿去……”

“我不去。”素贞含含糊糊地说。

“不去就随便你！要嫁，要走，都随便你！”

“我替你去吧！”父亲说。

“你这么大岁数，你心里都掏了迷！说啥我也不能让你去！”殷红玉生气地骂他父亲，“不要让人家笑话！你走都走不动，去干什么？”

“我跟你去。”素贞说，“你走到哪儿，我跟到哪儿。”

“我要当兵，军队里谁能要你。”

锅盖缝里射出白汽。锅里，萝卜缨子煮得咕噜咕噜地响。父亲走到锅台边尖起耳朵听了听，知道水煮开了，叹口长气，点燃了旱烟锅，说：

“哭啥呢？——水开了，来跟他滚一滚！”

殷红玉暗想：大爷像是懂一点道理了，解开胸脯躺着让父亲给他治病。

素贞把萝卜缨子带汤舀在瓦盆里，凉到可以下手的时候，大爷抓起一把萝卜缨子团成一个球，在他胸脯上滚起来，滚到瓦盆里汤也凉了，这才歇手，问道：

“好一点不？”

“好一点。”身上出了一阵大汗，好像头脑也清快了些。

休息了一会儿，父亲平和地问：

“你走了，我们家分的地，我们种不了，怎么办？”

“怎么办？村里区里都说过，村里大伙儿帮种，不要工钱。平时，粮食、柴火，村里也会帮助，区长他们还会短你这点粮？——从前咱们没地，咱们给拴在人家大地主地上，动不得，成天转，今天咱们分了地，也不希图你拿地当作绳子一样拴住年轻人，动也不能动。这地是活宝贝，枪也是活宝贝，就看你会用不会用，你会使用地，我去学会使用枪，打倒反动派，这不是地也长远，人也长远了？反动派打倒，我也还要回来的，难道我当兵一辈子？”

五

天明，殷红玉起得很早，抬一抬头，头皮都发涨：伸一伸胳膊，胳膊疼；动一动腿，腿没有动。病还没有好。还得去，借村上那牲口骑了去吧，再晚去一天，就怕赶不上，他挺着，慢慢走到村上。村长他们起来了，正在收拾东西，炕上炕下，堆满鸡蛋、葡萄、纸烟、果子……他们把这些东西有的装篮子，有的装口袋。

殷红玉拉了拉村长，指着院子里那匹红马说：

“村长，我走不动，把这个马骑上吧！”

“好，”村长回头看着他的又黄又瘦的脸说，“你要病得不行，就在家里看一看，过雨天再去！”别的人听见他的病弱的声音，都回头看他。

“他们走了，怎么办？”

“他们走了，你就在这儿干吧！”

“那还行？”殷红玉坚决地说，“我就要去。”

“你先回去等一下，”村长只得答应道，“我们把东西弄好了，就来找你！”

回到家里，殷红玉挺高兴，他女人正在灶前生火，大爷还躺在炕上。殷红玉不吱声，心想有什么东西收拾一下吧，又一想，也没东西收拾，就穿这破棉袄去。

听见院子道有马蹄声，知道是村长他们来了，他们就要出门。村长已经站在屋门口，副村长、武装队长、工人会主任和村上十来个人，有的挎着篮子，有的扛着口袋，停留在院子里。老杨扛一口袋粮食，挤进来，把它放在炕上，村长还给殷红玉一件黑布上褂，说是村上给他的。殷红玉穿上它，把破棉袄裹成个小包背上，晚间路上好盖。村长指着扛来的那一口袋粮食对他父亲说：“这一口袋粮食，是村上给的，没粮食，以后有村上照顾。”还结结实实安慰了他父亲和老婆一阵，问他们有什么困难，以后殷家的事，他当村长的一定负责照管。……殷红玉想看看他父亲跟妻子怎么回答，不料父亲感动地说：

“叫他去吧！他一心要为国家出力，也是好事，当老子的阻拦不了。去吧！”

妻子低着头没有说话。

殷红玉一咬牙，一愣，说：

“去吧，村长！”

他又性急，又高兴，慌里慌张地走出门，身子一晃荡，哗地就磕倒了，众人赶快拉他起来，没有摔伤，倒磕清醒了不少，心想：“怕不行吧？”但他的左脚已踏上马镫，村长、副村长在背后扶他上了马，他的肚子忽然疼痛，但他咬紧牙根，硬挺着，“啥也要去，参加老部队，我还有不同意的？”

他再没有回头看。

长住村西尽头的人真多，都是来欢送的。殷红玉背着个小包袱在人堆里挤进挤出，打问来当兵的该谁管。有人告诉他：“找王大队长。”谁是王大队长？他却没见过。遇见鲍祥，殷红玉问他：

“你怎么也来啦？”

“我见你参加，我也参加了。我不是早说过？”鲍祥说。

“谁是王大队长？”

“就是那个背个盒子炮，跟人说说笑笑的那个瘦高个，穿青布上褂的！”鲍祥指着人堆里一个人说。

殷红玉走到王大队长跟前，正要开口，忽然想起，还该行个礼，这在武装队也学过的。但他忘记了他自己是光着头皮，不知怎么搞的，他扭扭捏捏地羞羞涩涩地举起右手，手心向外，手板放得和脸一样平，右胳膊夹得紧紧的，笑嘻嘻的两眼眯得剩一条缝，上身晃荡了一下，这才把右手放下来，两手不停地扯着黑上衣的边沿，好像那里折皱了似的，还自言自语地抱歉说：

“庄稼人还没学好……”语尾咕噜咕噜地听不清楚。

王大队长瞅着这个面黄肌瘦，眼睛勾陷，显然正在害病，但是却分外愉快活泼，朴实天真的庄稼汉，使他大吃一惊：这家伙有什么喜事？

“我是来参加的。”殷红玉赶快说明。

“你自愿吗？”

“自愿。”

“诚心？”

“诚心。”

“不害怕？”

“不害怕，非要当兵不可。”

王大队长高兴得猛力拍他的肩膀，说：

“好家伙，真英雄！趁年轻不出息出息，干什么！”

“我就是这么想：趁年轻不出息出息，还干什么！”

不知道是谁在背后议论他，当他跟王大队长说话的时候。

“这家伙姓什么？”

“姓殷。”回答的是个熟人的声音。

“那个样子，怎么不回去？”

“他怕开走呢。”

殷红玉心里说：“我真怕走。你们走了，我还能赶上？”王大队长走后，殷红玉回头看，原来那答话的是“砖头”。

“见我哥么？”

“刚见来，你来干啥？”

“来送我哥。不，来送你们，欢迎你们！”

“我真欢迎，挺乐和！”殷红玉高兴得厉害。

“看你都瘦勾了眼，怎么不请假回去看看？”

“看什么，”殷红玉笑着说，“干什么就得干个信用。我干庄稼活就向来苦得力。那么累我也挺情愿的，一天唱呀唱的，这还信？”

参军的百多人全编了班。班长给大家发了鸡蛋、瓜子、纸烟、葡萄、果子，一人一大堆。每人戴一朵大红花。县里陈主任、区长、大队长都讲了话。区上又请大伙儿坐席。农会、工会、妇女会、儿童团、自卫队都来送行。秧歌队打锣打鼓，吹起唢呐，扭秧歌，给他们唱戏。真快乐：比娶媳妇还光彩。殷红玉想：“我前年娶媳妇，一无礼炮，二无唢呐，三无席桌。买点白菜、熟牛肉，拾到当院子里人吃吃就算了。如今当八路军，众人这么欢迎！”众人拍巴掌，殷红玉拍得更响；众人喊口号，殷红玉喊得更大声。陈主任走到他身边，笑着说：“别拍巴掌……”“怎么不拍？这么乐活！”班长给他一个套筒枪，五发子子，叫他站哨。他压上一发子子，站在行列旁边，心想：“这么多人，全来欢送我呢！”他更有劲，胸脯挺得笔直，套筒枪拿得紧紧的，心里真乐！

陈主任从院门外挤进，小声告诉他，他屋里的来了，说让他去，要找他说几句话。他心里真气！

“我不去！”他说，“这个时候，她来干什么？”

陈主任怎么劝他也不去。

火车汽笛响了，像半空中有条大黄牛一样：“哞！哞！”王大队长顺着他们朝车站上走。从人堆中穿出去，锣鼓敲得震天响。殷红玉头越低，紧跟上前面的，怕看见他老婆。队伍停在火车跟前的月台上，父亲和他女人来了。

“你来干啥呢？”殷红玉大声说，他看看四周的人，“在大伙儿面前多不好看！”

父亲走到他跟前，看他胸前戴的大红花，感动得抖抖地说：

“你既然去扛枪就好好扛，干出个名堂来！你要走，这也怪不得你！人家都想来嘛。地是千万要保住！我跟你媳妇会好好种！我来干啥？我不是来拉你后腿，你不要总想着光你一个人脑瓜筋开了！临走了，我就是这一句话！”

“这个我记得。”殷红玉说，“大爷，你们回去吧！”

“你媳妇的事，我会照管！”父亲领着眼圈红红的媳妇挤出去了。他们也不再回头看。

陈主任笑着说：

“看你多欢乐！”

“我不乐，我还哭呢？”殷红玉笑着回答。

火车又牛一样叫了。叫一声“上车！”众人往车上挤，殷红玉拿着小包也往车上挤，心想：刚来，啥事不会，反正他们走哪里，我就走哪里；他们做什么，我就做什么，准没有错。

一九四六年十一月一日

瞎老妈

/// 洪林

瞎老妈的命，是黄连木刻成的——可真是苦极啦！

头二十年，瞎老妈既不老，也不瞎，人家叫她孙大嫂。身体长得十分丰满结实，和她的矮小的男人一比，真不相称。打场的时候，孙大哥扛不动的粮食口袋，她能抱起来走好远，这一带女人能挑水的很少，可是孙大嫂一天两挑子水，走起来比个男的还轻快稳当。所以一些调皮的年轻人，一见到孙大哥，总爱开个玩笑，说：“喂！你两个打一仗罢，瞧谁打得过谁！”可是，孙大嫂是壮实的身子，柔和的心，她从不嫌男人矮小，两口子连一次嘴都没有吵过。

但是，好景不长，到了民国十八年春天，到处蔓延灾荒，孙大哥只有四亩多地，秋天打到的粮食还不够种子，眼前又是地里不见苗——眼看着麦收也绝了望。

本庄有个财主，叫何家宝，排行老五，人称何五爷，外号“五铁耙”。他放高利，收重租，靠着喝穷人的血，弄了四五顷地。当穷人家过年连糁子煎饼也吃不上的时候，他家吃的是白糖洋面的鸡蛋卷。过着这个“贱年”，穷汉哭，财主笑，笑什么？原来放高利贷的好时机来到了。可是，穷人心里也明白，何五爷的钱是不好使的。大家说：“宁叫孩子瘦呀，不敢吃五铁耙的豆。”“借钱是借刀，当时糊弄了肚子，说不定什么时候头就没有了。”穷人们宁愿剜野菜吃树皮，有的饿死了，有的饿病了，还有的浑身肿起来，何五爷见了，笑着说：“日子过好了，大家都发福了。”

到后来，树皮树叶也吃没了，怎么办呢？只有三条路，一条是活活地饿死，一条还是借何五爷家的催命钱，再一条呢？拿起巴棍去要饭。这年春天，全庄一百多户人家，就有二十九根要饭棍出发了。

孙大哥挨到最后，和大嫂商议了多少回。这时大嫂已经怀了五个月的孕，本想去借钱，邻舍家劝他说：“哪里的河水不能解渴？哪里的黄土不能埋人？——还是走罢！”于是夫妻两人就约合了几个伴，到青州府一带去要饭。

九月里，孩子生下来了，就取个小名，叫“青州”。

冬天，青州府下了大雪，家家户户关门闭户的，饭也要不到了。再加要饭的人连个破屋也没有，又饿又冻，孙大嫂不久就被折磨得不像人形，她说：“回去罢，家里好歹还有两间破屋，比这样在外面受罪强，下回饿死也不再出来了。”于是怀里抱着不满周岁的孩子，回到了家乡。

从这以后，孙家走了下坡路。

回到家乡，家乡变了：有的全家死绝了，有的下了关东，在家里也只是留着半条命。有过好的吗？有，那就是何五爷。他从五顷地变为七顷多，日子过得更好了。唉，那年头，就是“财主日日肥，穷汉日日瘦”啊！

孙大嫂是个能干的女人，她一到家，就卖了一亩多地，到了春天，男的下湖种地，她到山上拾草，夜间坐在炕头上纺线，这样好歹弄两个钱，哄着肚子不叫唤，平平稳稳地过了三四个年头。但是孙大嫂产后要饭，劳苦过度，撑持到现在，身子是一天不如一天了。

有一天，秋日晴朗，孙大嫂照例带着五岁的青州到山上去刨草，刨了一大堆草，还拾了一些干树枝。正要下山，忽然从树林里钻出一个人来，手里拿着一根半截红半截黑的短棒，照着大嫂没头没脑地一阵毒打，说：“你这些穷种，我当是谁天天到五老爷的树行子里搬树枝，原来是你，原来是你！”可怜，三棒就把孙大嫂额头上打了个洞，血糊糊地朝外淌。

刨的草留下来了，刨草的镢头也抢去了，头也被打破了，该算了罢，但是，不，五铁耙的耙齿不啃到人的心肝是不肯罢休的。当下，那人跟到孙家，硬说孙大嫂偷摘了何五爷的树枝，非抓到五爷的围子里去不可，好容易经大家说和，罚了十五块钱才算完事。

穷人是整天在铁山上走，哪里见到一点铜？更别说银圆了！十五块钱，交不上，就算借了何五爷的债，记上账，那人回去了。

从来没借过人家钱的孙大哥，到了年底，也有人来要账了。没有钱给，来人拿出算盘一边念一边打，打完了说："好，五老爷看你穷，这回先不要还了。可是，十五块钱，四分利，五个月，现在是十八块钱了，不是个小数，你这回不给，就得指地作保。呶，在这张纸上打个手印罢！"

人家说："算盘响，眼泪淌！"这话真不假啊！

当下，一家三口，眼看着白纸上写着黑字，也不知写的什么，来人连声地催逼着，孙大哥颤抖着手，狠着心，打了手印。

第二年年底，那人又背着"马褡子"，半夜里打着灯笼来了——"要账的来叫门，大人小孩吓掉魂！"那人一进门，青州就吓得伏在妈妈怀里，一动也不敢动。这回还是一个钱没要着，只听见算盘珠子嘚嘚嗒嗒一阵响，来人说："这回是二十六块六毛啦，你上回是指的东岭上一亩八分地，现在驮不住啦，还得把庄西头那一亩半地算上。"于是孙大哥又颤抖着手在一张新写着黑字的白纸上打了手印。

来人走了，孙大哥流着泪，这两块地就是他家的全部财产，尤其庄西头那一亩半，还算是全庄的中上地。孙大嫂看着男人，自己却没有一滴眼泪，她说：“别急，明年你去给人扎觅汉[1]，我也再找点活干干，年底不能都还他，也能还一半。”

到底是孙大嫂的主意不错，一年的辛勤劳动，积到年底，积了十六块钱。腊月二十八的晚上，要账的又打着灯笼来了，后面还跟着两名武装，一进门，就大声问：“借粮还粮，借钱还钱，你家欠五老爷的款，一年又一年，今天怎么样啦？”孙大哥把一家大小用血汗换来的十六块钱，恭恭敬敬地递了上去，哆嗦着说：“有这些，差也差不许多了罢！”

“什么？”要债的瞪着眼，“差不许多，你看看，这账本子上，上年是二十六块六，今年三十七块三，你这几个钱，打发利钱还差不多！”

两口子这一听，简直吓呆了，三十七元，三十七元，怎么涨得这么快，刚下生的驴驹子见风长也没有那样快呀！可是，不等他们去寻思，要账的如狼似虎，指使两名团丁翻箱倒柜，像要把屋子都翻过来了。

“不给钱”，要账的气呼呼地吆喝着，“×你祖宗。这年头，有王法还有国法，哪有借钱不还之理！好，不还，不还就准地。你自己打的手印在这里，那两块地从今天起就不是你姓孙的啦！”

瘦小的孙大哥，一下子跪在要账的面前，说：“钱，明年再去给人扎活，一定还，还，可千万别准地！”

---

①扎觅汉：当雇工。

要账的手一摔，说："你扎活，扎十年也还不上啦，这些穷种，命里不该有地，走，别再啰唆了！"

走了的三个，骂着，吆喝着。留下的三个呢？哭着，在地上滚着，手在地上抓着。忽然，孙大嫂站起来，朝屋外一直跑去了。孙大哥先没在意，等他发觉的时候，急得掉了魂，寻思她一定是到井边去了，于是站起来急忙向外面找去。半夜里，地上白雪有一尺多厚，天上还飘着雪花，孙大哥裂破嗓子，凄惨地叫着！

"青州的妈呀！别寻死呀！青州的妈呀！你上哪里去了呀！"

可是，雪无声无息地下着，一点回音也没有。他奔到井边，井口黑黑地张着；他奔到大河边，大河的水在冰下面哗哗地流着，谁也没有告诉他，到底是什么吞没了他的女人。他跑着，跑着，不知什么时候，又回到了家里，孙大嫂仍然没有影子，青州也不见了。他把嗓子叫哑了，雪水浸透了破旧的袄，泥浆沾满了单薄的裤脚。他望望屋里，望望屋外，喘着气，忽然，奔到窗口，拿起一把镰刀，对准自己的喉咙，用力地，一下子，又一下子……

天明，孙大嫂回来了。她并没有去寻死。她到了何五爷的围子里，想去求情，可是团丁把她撵了出来，她就坐在围墙下面，惨叫了一夜，哭了一夜。直到天亮，别人把她送回家门口，一进门，啊……她看见孙大哥躺在地上简直成了血布袋，眼睛一黑，一头栽倒了下去。

也不知过了多久，她醒来了，再看看，孙大哥眼还没闭，嘴张着，满嘴血沫，像是有话说，可是一个字也说不出来。他朝着孙大嫂望着，费力地伸出了右手，张开了五个指头……

蛤蟆到死还得鼓鼓肚，何况孙大哥是个血性人，临死了他口不能言，张开了这五个指头。对这五个指头，孙大嫂是明白的。那是说：“我是给五铁耙害死的，你要给我报仇，青州大了也要给我报仇！”

又挨了一会儿，孙大哥才死了。

孙大嫂大叫一声，又昏过去了。醒来，她哽咽着，一声不响，东找西找，找到一根绳子，挂在梁头上，正要把头套上去，忽然，门外面一声：

“妈——！”

这是青州，他半夜跑到邻居家里，现在回来了。

“俺儿，俺儿！”大嫂一把抱住青州，号啕大哭起来……

穷人的日子过得特别慢，终于到了春天。

孙大嫂家没有了地，更没法子度日。求来求去，还是求到何五爷家——唉，不是穷人志气短，也不是孙大嫂不记仇，是肚子饿逼的。孙大嫂寡妇孤儿的有什么办法能不忍受五铁耙的剥削呢！？

这回孙大嫂靠着“人托人，脸托脸”，好容易把青州送到何五爷家里去放牛，还说明了：“只求赏俺孩子一碗饭吃，工钱不工钱，看着给！”果然，五爷就看着给了，他说：“这孩子八岁，就算是一块钱一岁，给他八块钱一年吧！”

孙大嫂一个人在家，纺线、洗衣裳、拾柴火……想尽办法使自己活下去。她现在是“指地皆无”。她不敢走到庄西头，她怕看那块从前姓孙现在姓何的地。春天，那块地里麦苗绿油油的，可是，这麦子孙大嫂吃不到口；秋天，那块地里豆子长得又肥又大，可是，这豆子装不到孙大嫂的口袋。

时间还是慢悠悠地过着，青州还在何五爷家里放牛，孙大嫂还是艰难地熬着那辛酸的岁月。她渐渐地老了，谁也认不出那就是从前一天挑两担水的孙大嫂了。

这一年青州十四岁。何五爷也有一个孩子，叫小顺，才十三岁。两个人虽有主奴之分，可到底是小孩子，有时候不免说说闹闹，孙大嫂一再叮嘱青州：“可别和他家小顺子斗呀！那不好惹，惹出了祸事可了不得呀！”青州也算是记在心上，平常总是和几个伙计们在一块儿，能够躲着小顺就躲着。

有一天，青州在地里弄了好几条豆虫，带回来想烧着吃，给小顺看见了，说：“给我！”

“给你？你自己不会上地里去捉！”

“不给我？我告诉爸爸去！”

“告诉五铁耙去，我不怕。再不，等我吃了拉出屎来给你。”

“你这小杂种，我血你妈妈！”

“我血你妈妈！……”

青州的一句话没骂完，“啪”的一个大巴掌从脑后打来，跟着是五铁耙粗大的嗓子："你这个小私孩子，敢在这里骂我的儿！我叫你骂！我叫你骂！"说一句，打一巴掌，再说一句，再打一巴掌。五铁耙的手指真和耙齿差不多，几下子就把青州打昏过去了。

那晚上，青州伏在床上哭，妈妈坐在床沿上。

"他骂我，我为什么不骂他！"青州哭着说。

"孩子，这年头，只兴财主骂穷人，还兴穷人骂财主吗？"

"我不管那一套，他爸爸害死了我爸爸，我的仇还没有报哩，又叫我受他爷俩的气，那可不行！"

妈妈也哭了。妈妈说不出话来，她想到男人临死伸开的五个指头，恨自己为什么又把孩子送到虎口里去。

破屋里母子俩哭了一整夜。

天刚有些发亮，青州就爬起来，拿起一根磨棍向外走，妈妈紧跟在后面，夺住了磨棍的一头，叫了声：

"青州！"

她的眼泪立刻又扑簌簌地往下流。青州把磨棍一丢，说：

"好，不用磨棍还揍不死他！"说着就走出门去了。

吃饭的时候，孙大嫂去看青州。他低着头，一声不响，在和伙计们一块儿吃饭，她一直等到饭吃完了，别人都下了湖，青州刚牵出牛，妈妈轻声说：

"青州，可别给我闯祸呀！"

青州哼了一声，走了。

一天没动静。

到天黑，何五爷忽然派人来找青州。说是小顺今天到地里去耍的时候，被青州打了，浑身发青。牛也跑了，非抓青州去问罪不可。

但是，青州呢？青州呢？

一天，两天……十几天过去了，青州没回来——青州跑了。

幸亏那年头有些变了，听说有股什么八路军离这里不远，这一带也在动荡不定，何五爷就此按下了这件事，也没难为着孙大嫂。

但是，孙大嫂却苦了——十几年来，要饭、受罪，地给人家霸占了，男人惨死了，现在连唯一依靠的孩子也不见了。她呆呆地想："我年年敬神，天天拜佛，为什么老天爷偏偏叫我遭这么大的罪呢？"

她哭着，哭着，白天也哭，夜里也哭，一个月地哭，两个月地哭。眼睛哭肿了，眼睛哭红了，可是，肿了，红了，还是哭。后来眼泪哭不出来了，眼皮里面好像生了什么东西，睁不开，又过了一个多月，她的眼睛完全瞎了！瞎老妈的称呼就这样传开了。

谁夺去了瞎老妈的土地？谁夺去了瞎老妈的男人？谁又夺去了瞎老妈唯一的孩子？谁还最后夺去了瞎老妈明亮的眼睛？这些瞎老妈自己明白，全庄的人也明白。

人家给瞎老妈编过唱，那上面说：

瞎老妈，好命苦！

吃的是——三粒米的薄糊涂；

穿的是——露着腿弯的灯笼裤。
当年的力气赛母牛，
而今只剩一把穷骨头。
白天也是夜晚，
太阳地里走黑路，——瞎眼的妈妈好命苦！
人家问：
“你家的男人哪里去了？”
——瞎老妈哭。
人家问：
“你家的孩子哪里去了？”
——瞎老妈哭。
哭！哭！哭！
苦！苦！苦！

就在这样黑暗的岁月里，瞎老妈又熬过了两年多。

那年秋天，忽然来了新消息！

“鬼子投降了！城里的鬼子叫八路军都俘虏去了！

年轻轻的八路军，从南边像水一样地涌过来，又从这里开到北边去。这对于长久处在敌占区的人民是多么兴奋啊！

有人告诉瞎老妈，说：“八路军是救命军呀，过来就好了呀！穷人翻身的日子到了呀！”

瞎老妈心里想：“真有这个事吗？”

人家又告诉瞎老妈，说：“现在天下出了个毛主席呀，是咱穷人的救星呀，他头顶上的光照到哪里哪里亮，他手下的兵到了哪里哪里太平。”

可是，瞎老妈想：“毛丰席再好，他的光还能照到俺这个山沟里的小穷庄吗？还能照到俺这间破烂的小屋子里吗？还能照到我这瞎老婆的身上吗？”

又过了一个多月，人家又说：“外庄减租啦，穷人和财主讲了理啦，千年的冤屈申直啦，死的报了仇啦，活的翻了身啦！——那一带晴了天啦！”

瞎老妈的心跳了：“这是真的吗？！”

有一天，瞎老妈家里忽然来了一个同志，拉了半天，问到瞎老妈眼怎么瞎的，瞎老妈不敢多说，光说想儿子想的。那个同志安慰了她几句，就走了。

不几天，庄里的穷人们都动弹起来了，好几个跑到瞎老妈这里来说：“大妈，咱这里受五铁耙的罪也受够了，咱不得和他算算账，讲讲理吗？你苦水也得吐一吐啦！”

风越刮越响了，农救会也成立起来了，庄里的人天天都在热烘烘地开会，大家说：“咱庄翻身的日子到啦！”于是定下好日子——腊月二十八的上午，和五铁耙讲理。

人家早告诉了瞎老妈，她在头天晚上，一夜没睡觉。快天明的时候，迷迷糊糊的，看见男人来了，满脸血，满身血，张着大嘴，吐着血沫，像是有什么话说不出来。忽然举起一只大手，张开五个指头，一下子推到瞎老妈的脸上。瞎老妈吓得一身汗，醒了，她默默地说："好，你的意思我明白，我今天就给你报仇了！"

吃了早饭，别人来叫瞎老妈，瞎老妈说："不用叫，我今天爬也得爬到会场上。"

讲理会开了，瞎老妈看不见，只觉得天上地下都是人，好像四五里以外也还是人。她第一次那么心急地想睁开眼，看看五铁耙是个什么样，看看那些"见人低三辈"的穷人们是个什么样。但是她睁不开眼，她的眼瞎了三年了。

一个个站起来，说着，哭着，口号的声音呼喊着。瞎老妈也站起来了，她让人搀扶着走上了台，四周的声音一下子静了下来，她开始讲了，她讲她当年怎么要饭，怎么上山刨草，怎么被打破了头，怎么罚款，怎么要账……忽然，她的声音变了，像是撕裂破布一样，大声地喊起来：

"十年前呀！就是今天呀！腊月二十八呀！五铁耙派人来要催命钱呀！准俺的地呀！俺娘儿们跪着求他也不让呀！要俺的命呀！俺那苦命的被逼得割了自己的喉咙管呀！他……他……他……死得好惨……惨呀！……"

忽然，声音断了，瞎老妈昏过去了。

当她醒来的时候，她听到雷一般的口号声：

"五铁耙呀！喝血鬼呀！"

"今天晴了天啦！穷人要翻身啦！"

……

讲理会结束后，两块地回给了瞎老妈，还分给她一些养老金。瞎老妈说："我的仇报了，苦水吐了，往后我能干些什么就干些什么，用不着养老金。"可是大家一定要她收下，从此瞎老妈的日子一天天好起来。

今年夏天，一件令人惊奇的事情在庄里出现了——青州回来了。

青州跨进家门，叫了声"妈，我回来了"。他立刻看出，妈妈的眼瞎了。

瞎了的眼睛里又流出了眼泪，她叫着："青州，青州，俺儿，俺儿！"

她抚摸着儿子的身子，身上扎着皮带；她抚摸着儿子的头，头上戴着军帽。儿子告诉妈妈："儿从家里跑出去以后，就参加八路军了。"

瞎老妈拉着儿子的手，把这三年多的事细细地讲给他听。青州的脸上闪着泪花，一下子抱住了妈妈的身子，说：

"妈，我爸爸的仇这回可报了，太阳也终有一天晒到咱的家门口了！可是，妈，只一件，你的眼……你的眼再也看不见了！"

"不，孩子，妈妈看得见的，妈妈看得见的！现在的天晴了，天亮了，妈妈不是看得清清楚楚的吗？"

一九四六年八月于临沂

李秀兰

/// 洪林

一　秧歌大王

李家沟有个李寡妇，早年有过一个男孩子，活到四岁上就死去了，如今膝下只剩下两个闺女：大的叫秀芝，二的叫秀兰。

秀芝为人很老实，平日不言不语，好静不好动；她妹妹却生得又精灵，又漂亮，成天价跳进跳出，唱来唱去。头几年李寡妇管教着她，还好一些，这二年，一来有了识字班，动不动就要讲个自由，二来也是“儿大不由爹，女大不由娘”，十八九岁的大闺女，又快要出门子，做人家的人了，为娘的还能老捏着不放吗？

常言道“寡妇门前是非多”，李寡妇年逾五十，出“是非”的年代早已过去。可是现在李氏家门中出的“是非”仍然不断，原因在哪里？原因就在秀兰身上。凡是本庄的青年人，没有不爱上李寡妇家里要的。开会，说是李寡妇家里“房子宽阔”，要上那里去；学习，说是李寡妇家里“桌凳现成”，也在那里安了一个小组。只要是秀兰常到的地方，也就是青年们常到的地方。这庄的剧团早在五年前就成立了，而且一直没垮，据说，这也和秀兰在里面有关系。——这样，常来常往，难免就要出些“是非”了。可是，各位读者切莫看错了秀兰，她虽然爱玩笑爱热闹，却还是一个正经孩子。青年们摇着头，说：秀兰是一只活泼泼的小鸟，可就是捉不住。她在青年们这边跳着，那边唱着，可是没有一个青年人能把这只鸟儿抓在手里的。

尽管秀兰很正经，李寡妇却不放心。四四年的秋天，李寡妇央求着媒人，把秀兰说给王家岭的王从文，当时传了启，约定次年秋天过门。这事秀兰知道，心里老大不痛快，可是也没有办法——随它去吧！

四五年的新年，处处锣鼓声，庄庄秧歌戏。李家沟的农村剧团，自然不能例外。元旦那天，在西南场上，大家拜了年，便扭起秧歌来。李秀兰穿着粉红色的袄，束着鹅黄色的绸带子，随同大家扭着。虽然队里面有十几个姑娘，可是人们的眼睛只瞧着一个——李秀兰。虽然十几条彩绸，可是人们只见着一条——鹅黄色的在飞舞。青年们张着嘴巴，老头们捻着胡子，大娘们扶着人肩探出头来望。大家点着头，称赞说：

“数李寡妇家的二妮扭得好！”

“你看她那小腰，扭得多软和！”

“真算是个秧歌大王！”

“秧歌大王”，“秧歌大王”这称号随着新年文娱活动的开展，传播出去了。附近村里的人知道了，黑板报上也登出来了。

从这以后，李秀兰更爱演戏，更爱扭秧歌，更爱唱。哪里开大会了，李家沟农村剧团总得去出演一番；每逢个节日，总要排一两个小节目。区里同志说：“我们搞集市宣传吧！”李秀兰第一个赞成。鹅黄色的绸子在会场上飘，在舞台上飘，在集上飘；正月里飘，二月里飘，三月里还飘……

李秀兰在家里完全待不住了。每天晚上半夜回来，李寡妇有时醒来也不问——早问过了，反正不是开会就是排戏。一家三口人，妈妈办饭，姐姐纺线，就只有秀兰整天是开会，排戏——排戏，开会。有时按下心来纺两根线，但是只要外面锣鼓，或是哨音一响，人就又不见了。

李寡妇家里因为有两间闲屋，所以区里的一位女同志——刘同志常来住。这天，李寡妇跑到刘同志屋里，拉起秀兰来，问道：“怎么村里工作就是整天开会和排戏吗？”刘同志说：“哪里，村里顶要紧的是忙生产，只有你庄这几个青年妇女，爱玩好耍，你别急，我就要和她们说的。”

刘同志果真去和秀兰谈话了，告诉她，怎样加强劳动观念，怎样要帮助家里干活，可是秀兰笑嘻嘻地说：“就是按不下心去呢，越玩越想玩了。”刘同志再和她说，她又把头一偏，说：“我跟你一样吧，脱离生产吧——你看，你们区里这些同志多好，这个庄也到，那个庄也去，有时还到县里开个会……”

谈话不起作用，鹅黄色的绸带子又从三月飘到四月、五月……只有到了七月间才忽然不飘了。

为什么？因为秀兰计算着，再过一个多月，她就要脱离她的闺女时代，她就要成为公婆的儿媳，成为丈夫的妻子；她开始感到事情的严重，没有心绪再扭了跳了。

说着说着，果然到了八月。

二　这还像是两口子吗

“秧歌大王”出门子了，这消息早就像风一样在本庄里传着，在附近庄里传着，尤其在青年们中传着——鸟儿到底给人捉住了！

婚礼是新式的。一队十七八岁的闺女扭着，“秧歌大王”却没扭；大家欢唱着，她却低着头。人家说“到底害羞”，可是秀兰到底不是因为害羞，她的心事人家不知道，她是在那里害愁！

公婆咧着嘴，笑嘻嘻地看着他们漂亮的儿媳，王从文走过来，走过去，偷看一眼，再偷看一眼——自己的年轻的妻子，可是秀兰低着头，一句话不说。

一天过去了，不说话；两天过去了，还不说话；到了第三天，新媳妇带了一个小包袱回娘家了。

到了娘家说话了！这样不好，那样不顺眼，最后的结论是：“娘，我不回去了，我陪着你老人家过一辈子。”

当真不回去了，谁劝也不行，王从文赶着小驴也接不去。人家说“九月九，死了小两口”，可是九月九没回去；人家说“十月一，死自己”，可是十月初一也没回去；人家说“清明冬至勤着过，不怕家里死成垛”，可是冬至也没回去。[①]

一直挨到年根，那边三番五次着人来接，才好歹接回婆家去。

王家岭也在闹着过年，戏剧、杂耍、秧歌，整天锣鼓喧天。大家说，这是胜利后第一个年，要过得越快乐越好，可是李秀兰不快乐。她是媳妇，人家扭秧歌她不能去，她得在家里洗碗刷锅，喂猪垫栏。她想着上年，西南场上，自己的鹅黄色的彩绸，“秧歌大王”，可是这些都一去不复返了，眼前的一切，却是三个字：不顺眼。

李秀兰还是不说话，尤其不和丈夫说话。到了晚上，各睡各的，王从文百般逗引她说话，可就是一字不吐。只有一回，王从文说：“你别寻思只有你是进步的，我也是青抗先队长，也是个进步的。”

“你进步？！你进步为什么不参军去？”就这一句，以后什么也没有了。

婆婆偷偷地来听房，一夜，是冷清清的；再一夜，再一夜……永远是冷清清的。

婆婆、公公、丈夫三人开了个秘密会，研究李秀兰为什么不高兴。公婆虐待？不，连一次轻轻的责备也没有过；男人长得不

① 这一带风俗，限制媳妇回娘家，因此传下几个谚语，表示某月某日如不回婆家来，婆家要死人，或者自己死。

好？不，王从文在庄中青年里还是数得着的。到底为什么？为什么？秘密会开了半夜，还是猜不透媳妇的“秘密”。最后决定由从文来一回硬的，看看到底怎么回事。

第二夜，是年初三的晚上，小两口子早就安息了。一张床，两个枕头。东边枕头上睡着王从文，脸朝东；西边枕头上睡着李秀兰，脸朝西。当中闪下的空，还能睡两个人。

这正合着一句旧话，叫作“同床异梦”。西边枕头上睡着的想：

“怎么办呢？这样一天一天的。人家说解放，可是我，‘秧歌大王’，往后只有做人家的儿媳子，从早到晚围着锅台转，围着磨盘转。你看人家刘同志也出了门子了，嫁给县上的老崔，两口子都在外面工作，那样多‘恣’！还有俺庄李秀琴，在家里平平常常的，自从出去受了训，又到工厂里去工作，那回回来，一身青袄裤，皮底鞋，头发也剪了，钢笔插在右襟上，看报写信都是好样的了，听说风快要结婚了。可是我，‘秧歌大王’……”

东边枕头上睡着的想：

“怎么办呢？这样一天一天的。讨了个老婆就跟没讨一样。你看人家民兵队长，也是上年成的亲，小两口子就像一个枝上开的两朵花，没那么亲热的了。可是我，倒了血霉……”

王从文这回耐不住了，一个翻身也是脸朝西，叫着：“来，过来！”西边的不理。

又叫着：“掉过脸来，这样子睡觉，还像两口子吗？”西边的心里跳起来，这一回来势很凶哩，可是仍然不理。

突然，一只大手向着秀兰的胸前伸过来，李秀兰一声惊叫，连鞋子也没穿，开了门就跑到院子里。

王从文在屋里愣了好一会儿，重重地骂了一句，披上袄，出了屋门，又出了大门……

三　县学里

年初四，李秀兰又在娘家出现了。

第二天，庄里的女人就叽叽喳喳地谈论起来了。

“啊呀，成亲四个来月，还没有说过一句话哩！”

“秀兰带去陪嫁的枕头，她自己是枕着一个，抱着一个，他那头连摸也不敢摸呢！”

“这到底是怎么回事？”

“谁知道呀，许是冲犯了什么星！”

不错，是冲犯了什么星，这有许瞎子的话为凭。那天李寡妇特地去算了命，许瞎子说了许多不吉利的话，可是最后给李寡妇一个希望，说：“三年以后，自能相亲相爱。”

李寡妇去告诉刘同志，刘同志说：“别听他那一套，我去和秀兰说说，叫他们今年就相亲相爱。”

可是刘同志没有接受上次谈话的经验，这次又失败了。而且秀兰态度更坚决，非出去当工作人员不可。

刘同志没有办法，把问题提到区干部会上。大家说：“正好县学招生，让她受受训去吧！”

就这样，李秀兰上了县学。

县学在正月二十开课，队长宣布，说这一期主要学习生产，好回家去开展大生产运动。可是李秀兰有她自己的算盘：“受完训反正得脱离生产了吧！”

和李秀兰一屋里住着的有个女的叫林梅香。她们两个是一个思想，只是林梅香还没有婆家。一天，林梅香把李秀兰叫到屋里说：

“我给你看个东西。”

秀兰一看，是政府的婚姻条例，问道：“梅香，你从哪儿弄来的？”

“咳，这在女同学里都传遍了，十个有九个都抄在自己的本子上。我是从余秀菊那里借来的，咱一块儿抄吧！”

于是她两个就坐在屋里一面念，一面抄。整整抄了两个傍晚，算抄完了。从此秀兰每天要拿出来看看，尤其对离婚的十一个条件，她算是背得透熟了。

县学只上了几天课，就集体去参加行署召开的劳动模范大会。大会可热闹啦，满场里挂着旗子、幛子，贴着画片、照片，这是李秀兰一生没有经过的场面，真是看花了眼。可是有一件，却使她纳闷：来开会的，前排坐着的都是些“庄户孙”。那些穿大衣的当官的，却还坐在旁边后边，听着庄户人在会场上讲话，还一字一句地做笔记。

一个女抗属报告自己组织了十一个妇女，给出发到前线的民兵割庄稼，白天给民兵割，晚上还去捆挑自己的庄稼，她说："一辈子不出门还是个老闺女。妇女一辈子不学着干庄稼活，那就一辈子也不会干。"大家听出了神，李秀兰也听出了神。最后，李秀兰找人问了一下，知道她叫韩淑芬。秀兰又特地走到韩淑芬近旁，用一种女性特有的羡慕眼光，把韩淑芬从头打量到脚，又从脚打量到头。

会开了十几天，最后选举了模范，发奖披红。李秀兰亲眼看见马主任拿着一块大红绸子给朱富胜披上，台上欢呼着："劳动英雄最光荣，向劳动英雄学习。"李秀兰也举起手，跟着喊。她心里想："普天下再没有比当劳动英雄更好的事了。""当劳动英雄要比我那'秧歌大王'强得多哩！"

回到县学，生产功课正式开始了，先讲劳动观念，老师说："靠什么都是假的，只有靠劳动才能过好日子。"老师说："不劳动就不能真解放，真翻身。"老师又说："二流子思想是要不得的，在新社会里，是没有二流子的地位的！"老师还说："……"

这一句句都打中李秀兰的心，她想："老师是不是对着我说的？"

晚上，开检讨会，好几个都说自己过去劳动观念不强，有二流子味，以后要决心改正。李秀兰也想检讨检讨，可就是说不出口。正在犹豫的时候，忽然听见林梅香说："报告主席，我来检讨一下。"主席说："好。"林梅香红着脸，说道：

“我在家也不好生干活，连自己的针线也叫娘做。成天光想玩，哪里热闹到哪里去。学着抽香烟，穿好的。这回来受训，我就是想着脱离生产，当工作人员。我还想，我还想……”

林梅香的脸更红了。李秀兰也不知道怎么回事，就像是自己在检讨，脸上也一阵阵地发烧。

“我还想，往后找个工作人员，不嫁给庄户人，不过那穷庄户日子……”

啊呀！林梅香怎么这样不害羞，把什么都检讨出来了。李秀兰把头低下来，再不敢看着梅香了，心里就像有个小鹿在那里一碰一撞的。

这一夜，李秀兰半夜没睡着。她想着，自己可不就是二流子思想！为什么看着王从文家不顺眼？为什么向刘同志要求脱离生产？像我这样，脱离生产能干什么？……她想着想着，心里乱极了。

生产课还是一课课地讲下去，越来越扎实。县学的同学都抱定决心，回家好好生产，好好领导别人，一定要争个劳动模范。

李秀兰的思想也渐渐谈出来了，做了几次检讨，大家又提了许多意见，她心里敞亮多了。大家还谈了许多恋爱上的事，怎样叫作正确，怎样叫作不正确。

李秀兰不知道从什么时候开始，忽然想起王从文来。她感到王从文很不错，又结实，又能干，长得也很好。她感到自己从前太不对了，一句话也不搭理人家，就像是有多大的仇似的。心里越想越觉得自己的不是，就在一天晚上偷偷地写了封信给王从文，可是到了第二天，始终没好意思发出去，这信就一直装在口袋里。

又过了些日子，县学驻的庄子逢集。下了课，好些同学赶集去了，李秀兰正一个人在屋里抄笔记，忽然老师跑来叫道："李秀兰，有人来找你！"她抬头一望，王从文已经跨着门口站在那里。老师走了，王从文始终站在门口，李秀兰低着头，默默的，一分钟过去了，两分钟过去了……终于，从文先开口：

"天气暖了，娘说你没带单衣装，叫我赶集捎给你。"他把篮子里一个小包裹搁在旁边一条凳子上。又是沉默，又还是从文说话，他从篮子里拿出两串香油果子，轻轻地说："嗯，给你的！"

"我不要。"这是秀兰的话。接着又是沉默。王从文的汗从额上开始往下流，他受不住了，挎好篮子，说：

"好，我家走了，还要什么东西吧？"

秀兰还是低着头，一声不响。从文转过身去，一步，两步……忽然后面一声：

"回来！"

王从文又转回身子来，秀兰从怀里掏出一个纸叠的小三角，递到他的手里，说了一句：

"给你的，家走再看！"

王从文惊讶地收过信来，他哪能等到家里再看，刚出校门，他就拆开来了。那上面写的是：

王从文同志鉴：

到县学来后已经一个半月了，生活很顺利，学习很紧张，请家里不要挂念。

只因我劳动观念不强，在家有二流子精神，文化水平也低，生活散漫，没有好好生产，对不起家里，请家里多加原谅一切为要！

县学已要结束，完成后我就回家，不误。希望你努力学习，积极工作，为盼。

只因时间关系，不多说。

此致

敬礼！

李秀兰

三月二十八日

四 思想打通了呀！

县学结业了。几乎全部学员都分配回家。结业典礼时，县长一再劝大家回去好好生产，领导变工，争取劳动状元、学习状元，男状元、女状元。大家都鼓足了劲，响亮地回答了县长的号召。

临走，林梅香问李秀兰：“你回去和他怎么样？”

“和谁？”

“你那口子。”

李秀兰嫣然一笑，说一声：

“不成问题！”

当下两人就分手了。

李秀兰先回到娘家住了一天，第二天夹着包袱往门外走，李寡妇问：“上哪里去？”

“王家岭。”

李寡妇愣住了，怎么，许瞎子不是说，还有三年？可是没等她寻思过来这个道理的时候，秀兰已经出了大门了。

……

那天晚上，东厢屋里的床上还是两个枕头，东边枕头上还是睡着王从文，西边枕头上还是睡着李秀兰，可是东边的脸朝西，西边的脸朝东。东边的告诉西边：这两三个月内庄里工作怎样，现在生产情形怎样，自己家里的生产计划怎样……西边的告诉东边：在行署开劳模大会怎样热闹，县学里生活怎样快乐，自己的学习怎样进步……好像是补偿这半年以来的“不说话”，今晚上的话特别多，双方都有无尽的话语要向对方说。可是有一件——两个人之间的事，却没有一个提起的。

最后，还是男的先试了一下：

“你还记得年初三晚上的事吗？”

回答是一个轻轻的笑，这使得男的有了进一步询问的勇气：

“你那时候为什么嫌乎俺这个家呢？”

“那时候，思想没打通呀！”

“现在思想打通了吗？”

“当然啰！”

又是一个轻轻的笑。

“你今晚上可别跑到院子里去了呀！”

“你也别跑到大门外去了呀！”

都笑起来了。

就在这时候，窗外面的婆婆叹了一口气，伸直了酸痛的腰，轻轻地颠着脚回到堂屋里。

一九四六年五月十七日

枪

/// 刘白羽

石花子村东边，有一家木栅大门上，挂着一条条艾叶扭结的火绳。太阳从火绳上晒发出暖暖的香气来。……在那下面，一个四十来岁的庄稼人，在吸烟，瘦瘦的嘴巴凹下着又鼓起来：一面用托着烟袋的左手拇指按那松了的烟火，——他只有一只左眼亮着，右眼紧紧干陷下去，更仿佛那只左眼总是在瞪着望人了。村上的人都叫他作“杨眼”，就是形容他那只眼像羊眼一样瞪得圆圆的意思。人是骨胳棱棱的，黑皮子，瘦长的，站起来顶着上门楣，不大爱说话，沉默得如同在思索什么或者是怀恨什么。杨眼家从前年在村上，还是个中等农户，耕种过三四十亩田地。——那地都是他辛辛苦苦慢慢积蓄起来的。那只瞎眼，就如同在证明：他曾经怎样用尽了一切力量的。

五年前，他才爬着爬着渐渐直起腰来。就那年春末夏初当儿，他和隔壁邻居，合伙买了一只青牛，准备犁地用。

牛正当有用的年龄，混身黑绒绒的。他牵回来，一路上喜得合不拢嘴巴，回到家，马上动手在院角上搭了一间牛棚，拍拍牛臀说：

“这是你的房！……”

旁边用旧砖块砌起一间小房屋。后来作为堆干草的房子了。

杨眼家院里有两间瓦房：南面供着祖先牌位，和盛炒面、绿豆、谷米，杂七杂八的坛坛罐罐一二十只，弟弟住在那里；他和老婆住在北面连毗着厨房的屋里。老婆三十岁了，性子却活动些，头发永是梳得光滑滑，脸也白净，散些细细芝麻粒样雀斑，眉细长地弯曲着，天天吃过晚饭和石花子村上旁的妇女一样，到门外谈谈笑笑，笑起来是甜蜜蜜的。她身材苗条，手脚也伶俐，衣服破了补个补丁，也一面补个桃子，一面补个石榴。只是和杨眼结发过活了十几年，肚子还没开花怀胎。杨眼很踏实地一年一年把头呵，手呵，埋在土里，劳碌着。光景渐渐好起来。老婆也不再穿补补丁的衣服了。

谁知就在买了青牛不久，夏天的时候，杨眼为了赶集卖一担谷米，晌午才走，要到牛车镇，当夜是赶不回来了。不料十分恰巧，到了洪河，就逢上买主，出脱了手，心下非常高兴。想起出门时，老婆再三叮嘱叫他带一包染衣服的靛蓝颜料回来，便去买了。又站在一家卖酒铺前，喜悦地从左眼吐出和蔼的光亮，要了二两潞安府的潞酒喝，走回来。那是一个真正的夏天的良夜，天穹很高，很蓝，星很亮，原野上流荡着一股股苦蓟草的香味和浓烈的庄稼的香气，……一路上他惦念着青牛，几次舒心舒意的微笑之后，更加紧脚步。回到家，静静地推开门，便一直往牛棚走去，想抓几把白天铡的青草撒到牛槽里去。当他正想伸手抓草的工夫，忽然，一种细弱的喘息声音，突地，针一样地刺疼耳鼓。手自然地停着了。但立刻也就失去他的平静，——那声音在搏持着，延续着，那是一种苦闷而窒息的残酷的声音，从那堆干草小房里发出来，……

一股热血，猛然从心底一翻冲上来，他一脚跳过去，拦在草房门上。

给这声音一惊，从草堆里立刻泼剌一下，兀自跳起一个黑人影来，正是村长杨胡子。他好像一点也不慌张，一手揽着裤子，一手一闪扬起一支枪，那枪，像一只小黑眼睛指着门外。

草堆里，“噢”的一声刺耳的昏厥的惊叫，然后，什么都寂灭了，——在那冰冷的僵持一瞬之间，杨眼紧跟着那尖叫的声音，头“嗡”地一下，昏晕起来。在那惨淡的石灰色月光下，他左眼上跳着火星，右眼狠狠而像要吸进颊骨里去。脸是青的。——迎面，那黑眼一转，又变成亮亮的枪口，却慢慢地向他愈逼愈近，杨眼慢慢往后退，这样狰狞地移动着。杨胡子一转到墙根下，手一攀墙顶跳出去。枪口在墙顶晃了一晃，没影了。

杨眼血完全凝结了，钉着似的，在那儿站了一晌。然后，瘦长的躯体，前后摇摆了两下，仿佛要跌倒下去，但，没有，他只似乎挣扎了一下，一拧身“扑通，扑通”跑回屋里去。

从那之后，杨眼更沉默寡言了。老婆天天哭诉：村长怎样拿手枪逼她……他不声不响，先前还只摇摇头，后来，头也不摇了。这样，一直到后来，睡还睡在一起，他却从没和老婆说过一句话。可是，当时事情也没这样简单地完结了。两天之后，他曾经狠狠地到村里的小酒铺，喝了一斤烧酒。旁边人都看得怕起来，——他只是那样单纯地把酒壶对到嘴上，喝到后来，头向天仰着，两条腿直直地从木凳上挪开，木凳“嘎嘎”响着，举酒壶的手臂那样可怕地抖，左眼如同一颗烧红的炭球，热热地凸出来，凸出来，看得清清楚楚，血丝在眼珠上蠕蠕绽裂着，从咬紧已经张不开来的牙齿缝上说：

“杨胡子，日你娘……老子挖你狼心……”

旁人吓得面如土色，上来扶他。他一栽头“哇”的一声大口呕吐起来，五六个人抬棺材似的将他抬回去。

因为这个缘故吧！没过三天，他苍白着病脸到牛棚里去，青牛便倒在牛棚的软草上死了，顺嘴流着一汪紫血，眼，两颗玻璃球一样，疼苦地睁着。杨眼一看，眼泪就像小河一样沿着凸起的左颊淌下来，呜咽着，到邻居院里，嗄着声音，沉甸甸地说：

“那青牛，给人下毒药，毒死了。”

从那，他又没有了牛，自己光脊背拖着犁，深深弯着腰干。他也不再想买牛了……

从那，杨眼的黑皮子脸，便如同干瘪下去的木瓜，印堂上，一点光彩也没有了。石花子村上的人都说他厄运到头了。有的人还背地里悄悄讲，说是他老婆冲犯灶王爷，灶王爷上天当然是给他说坏话啦！……说也怪，他就也真的一年不如一年。他，人变成水蛇腰的样子，走路头向前伸长着，两条拐零零的木腿急急绊来绊去。时常喝酒，喝了酒举手在嘴上摸一把，“哈”地一下，好像还满意，就走了。渐渐衣服上挂出破洞，污迹，肮脏。他老婆也衰老起来，衣服上的破洞也不再剪成桃子形、石榴形的布块缝补了。但杨眼骨头还是铁硬铁硬，——纳税呀，完粮呀，从来不像村上任何一家那样，得村长催索六七遍，最后村长把胡子一吹，瞪着眼，挥着拳，他们才从微颤颤的眼泪里，露出笑脸，掏出钱来，说：“行行好事，我先交一半……一半！”杨眼从来不这样，他怎样呢？譬如每月十五的事情，十四天黑的时候，他就如数地包个纸包包，丢到村公所桌上，闷头不响，就走了。这样一来，五年内，他的耕地，由四十亩变成三十亩，再变成二十亩地减缩着。在杨眼心里是如何呢？——他开头，是和吝啬地把土地积蓄起来的时候一样，仿佛挖去心头肉一般苦疼，苦疼，他只是想有另外的方法，另外的路，而另外都是黑瘆瘆茫无边际的大海呵！这样，他又去喝酒，酒烧到肚里，四肢都轻起来，一股酸酸的劲儿，透过骨髓，左眼好像亮了一下，而从那黑瘆瘆苦海里，伸出一把利刃，从他身上割去耕地。他酒劲过去，又大半感到嗒然无味，——可是，热力总有一股，倔强地撑着心，他想：“日子长得很，总有一天……”这样，愤恨在胸膛上没有减弱，只有增加，——他不管村上人，一天比一天梭利的白眼，讥讽。村公所那面来的飓风，要压倒他，使他不能透气，那边的力量，的确一年比一年紧。他不闻不问。他只狠狠地等着最后的一击，无时无刻不从苦疼中凝视着那只羊眼珠子，探索着什么，似乎永远有一股火烟气息，在他鼻子下转来转去。这从模糊中便渐渐成熟了一种思想，他想来想去，他想他应该用买牛的价钱，买一支枪才好呢。

去年春天，分派租税，按理，他家是不配轮上甲等了，可是村长在他名下写着“五十分”，石花子村上的人，好多都气不过地嚷：

“他……三年前，也许担过了这个分数，现在，你让他右眼再睁开吗？！”

可是他一声都不响，连哼也没哼，咬着牙，低着头，如同长途上的骆驼，但他比骆驼烧着旺得多的火力，在心的底层。

为了那心中积蓄下的愤怒吧，他，这天拼命在太阳地里吸着烟，吸了一锅又是一锅，从早坐到下晌，最后，他凄然站起身来，打算去访晤石秉富了。

石秉富是新换的石花子村的牺公秘书。关于这个人，在村里有如此的传说：他是村上一家中落农户的儿子，小时念过书，后来在村上教蒙，……民国廿四年，冬天，庆升煤矿罢工，县里下来三个背洋枪的把他捕了去，民国廿五年开春才放出来，顶着五六寸长的头发，回到石花子村。不久，他又不见了，那正是纷纷传说 × 军东征过黄河的一年。后来，南国 × 军闹了阵子 ×

色游击队，三个月才平息。有的说石秉富被砍了头，脑袋挂在电线杆上示过众。有的又说没有，说不知何处去了。就是这个怪人，几天前，又回来了，——现在是村牺公秘书。同时，在村上人的心眼里，是个特别的人，是个“土圣人”。因此，除一部分人不高兴之外，大家都对他发生了兴趣，都抚爱地另一种眼色地对待他。杨眼今天，花费了烟口袋里整整的一口袋烟丝，就盘算着那五年的积愤，五年的沉冤，五年的血债，……他朦朦胧胧感觉这一年多，仿佛旁边周围都在变动着：这个石秉富要是伸到苦海里拯救人命的一只手就好，可是反复地又有些动摇，有些怕。他曾经好几次看见石秉富和村长杨胡子一起，而且还说着笑着，但又一转念，仿佛从石秉富的眼色里看出些什么东西，恍然，他眼前可又光亮了，如同早晨的太阳，笼罩着颤抖的金丝。他要抓紧这一根绳索，只有这一根。最后，他把烟袋锅重重地在凳脚上“啪啪”磕了两声，伸手抚了一下烧焦的嘴唇，“哈”了一下，站起身，往村子的另一端走去。天已垂暮，黄昏的紫色往深灰色中渗透，开始融合为一片黑网了。一转眼，杨眼大踏步地来到有着树林的石秉富小屋前，他心下平静得很，一推开门走进去，就用那苦燥而无情的、手指刨着木板的声音问：

“石秉富——买一支枪有办法吗？”

这使牺公秘书愕然，吃惊地抬起头来，望着这半截杨树似的，兀立在门框中间，头顶像要插进黑洞洞棚顶的人，“呵”地叫了一声。

小屋里很阴暗，杨眼看不清他右面的黑角落，却听见从那面发出尖细的声音：“这羊眼，你讲什么话？”杨眼听出是小姑娘桂子的声音，就微微地笑了一笑：

“你……小娃，我是要找他的！”

随即伸出一只长长的胳膊，指着坐在昏黄灯圈下缝补一只破鞋的石秉富。他一面说，心下充满一种期待，脸上弥漫一种骄傲。

不料，石秉富却连珠地答应着“好”，站起身来，拉他到外面去。

夜是柔软的，星在黑森森的树梢上挂着闪烁，——在那下面，杨眼灼热地喷着气，俯视石秉富，闭紧嘴不再作响。石秉富如同站在一垛墙前，站在杨眼对面，仿佛对着谜一样一团困难的事情。他好像不知水深水浅的撑船人，先向水里探下一篙，缓缓地说：

“你买枪——打日本鬼子吗？”

“不，我为什么去打鬼子，鬼子干我鸟事，哼。”

“那你打谁？”他听了这话，暗中感到石秉富拉着他的手了，而他那双瘦骨棱棱的、漠然的巨手，仿佛也软了一下。他瞪紧那灼灼的黑暗里也还怒闪的独眼，艰难地低一下头，心下千头万绪往上涌，五年的日子倏地一下，在记忆中就打了一个转，现在简单得很，只是直觉地叫自己说，说，说了就完了，死去也好。于是，在那寂然的一会儿里，他不能平静了，他第一次，从心底下揭开一条缝，放出那孽债似的火。他眼泪在眼圈上滴溜打了一个转又回去。左眼更往下凹了一下。

“谁？”突然，一条闪电一样，重重击了他一下，他激动地把手挣脱："打杨胡子……你……你去报告吧！"

石秉富急急地："我为什么报告……"

如此，酥的一阵松软的感觉，通遍全身，他仿佛一下矮了几尺，石秉富在他眼里胀大起来。他说了，长久的漫漫的日子里，只在心里转没有嘴上说的话说了……

这一次会晤，在杨眼是如同在心上点了一盏明灯一般。他夜深才回到家里，兀自睡不下，点燃了灯，心上喜得痒滋滋的。——又掏出怀中的烟袋，就灯火点燃，一口一口地喷吐，一会儿，他忽地跳起来，好像那年夏天，把青牛拴在新牛棚之后的夜晚，几次听着小牛的"哼哼"声地惊醒起来，……他垂死的心复燃了，又回到那时去了，……他老婆在梦中醒来，看他癫头癫脑的样子，惊得激灵一下从棉被中坐起，一阵冷，便抓起身边一件破棉衣，丢到杨眼面前。他们已经习惯不说话了，都哑巴一样的，而这会儿，杨眼一转身接过破棉衣，爆竹一样地说：

"我不怕。"

老婆如同听见仙乐，耳立刻明起来，这是怎么回事呵？他说"我不冷"，他说……

可是还没等她来得及笑一下，马上，忽然看见鬼影子一般，兜头兜脸，一瓢冷水往下一浇，杨眼僵立着了，那喜悦，那兴头，又全没有了。一会儿愤愤地吹熄了灯。

他并不会因为眼前黑暗了，而就立刻沉没，睡眠，他仿佛从黑暗中，看到各种不同的颜色，深紫，浅紫，浅黑，深黑，由浅黑而浅灰，慢慢变成石灰色，石灰色的月亮，……忽然又有些恨石秉富了。石秉富为什么那样说："不要急躁，慢慢会……"他为什么这样说，当然，事不关己，要是石秉富自己的老婆给人……不过，他没有，自然，他没有，他不懂得，他就也不会着急，——这思路一开，便宽阔而展大了，他浑身觉得火热，比当日受侮辱的时节还愤慨，他觉得——还急躁？还要慢吗？五年了，压在心里，一天，日娘的……一爆发出来了，而说是"慢慢的"。一下他又转恨起自己，刚才为何就那样满意，好像什么事都没有了，轻得很了，可是没拿到一支枪呵。于是他诅咒起来，自己对自己说："别骗我吧，你叫我加入什么小组，——屁！不干了，小组就给我一支枪吗！"乱极了，庞杂极了，他想无论如何明天天一明就起来，去告诉石秉富"我不加入了"，就是这么一句话，我要的是枪，而他给我的是什么小组……

像什么呢，这骤然的喜悦与愤怒，这骤然的从水里卷起的一浪，把老婆打得更低沉了，她一直听到他打鼾，还用眼泪洗着脸。热泪呼呼的血似的发烫呀。这泪流到天色将曙，黎明撒下一片细丝织的灰网的时候。不久，杨眼也就"屑屑"紧响了一阵爬起来，出去了。

杨眼还是如此地沉默，如此失神地，在石花子村外游荡了半天，终于一转身，头也没回，朝着昨晚去的地方走。

"石秉富！"

"进来。"

他进去了，还含着满腔的不愉快与愤恨，木瓜脸上，打了无数条细细的皱绺子。仿佛一切都准备了，连嘴唇怎样张都想过，——一进去，他怔着了。那时，太阳刚刚从窗上直直照耀满小屋，那鲜红的阳光里，已先他而来有五个农民，当然，每个他都认识，而这时，从那些眼睛里，投来的不是“白眼”，反而倒是亮晶晶的愉快的锋芒，杨眼近年来从没见过这样温和、可人心意的热乎乎的眼色呀。这些眼色，……这样一来，他没张口，他暂时忍下去，想回头再讲。恰好，石秉富过来，又拉着他的手，他的手又软了一下，于是坐在一块木根锯的凳子上，坐下去，心还在想：“不忙，回头。”事情却不容分说，石秉富站在几个人围拢的膝头的小圆圈中讲话了：

“好，我们现在开会了，我们这个真正建立起来，石花子村的第一个牺公小组，今天又多了一个同志。”

闪来闪去的眼光，又一次集中在杨眼脸上。不得已，杨眼露出焦黑的牙齿笑了笑。

“……他，杨眼，加入进来，好得很，他是心里有着很大很大冤屈的一个，……”

这一下，杨眼可吓了一跳，“嗡”地很多金星如同飞沙走石跳在眼里，——他无论如何是不愿把这事当面讲出的，他不能够，……他几乎跳起来去扯石秉富的头发。石秉富可是说到旁的了，那样快，他的心才放平下去，惭愧的两片嘴唇互舐了两次。

“……可是，今天是你和我，我和你，算细账的时候吗？不，个人的账还是要算的，迟早要算的，可是，今天我们还有一笔总账没算，这是一笔大的账，血的账，这账同谁算，同日本鬼子算，……”

就是这样滔滔不绝地讲下去。半晌之后，杨眼第一个先大大地打了一个呵欠，老实讲，他没听进去，那与他……旁人也许有关，与他是无关的，因为他只要一支枪，他这样想，又打了一个呵欠。但还是坐下去了。一直等会开完，大家分派了工作，杨眼自然也分到一份，——是送一封信到区分所去。石秉富却对他说：“你以后做交通吧！”他略略想了一下，他想：我要枪，可是这算什么呢？不过，这我闲着没事也能够做一做。便点了头，允诺了。石秉富仿佛出过了一场汗，脸鼓鼓微沁苍白，用眼送着一个个陆续出去。最后，坐在树根锯的木凳的还是杨眼。他左眼映着映着，望着望着，忽然跌倒似的一歪身，“扑通”跪在石秉富的面前。

“好，石秉富，我什么时候有一支枪呢……”

随了这话，眼泪呼呼向外淌，一面打着噎。石秉富一把扯起他，脸上泛过一阵哭笑不得的焦灼，安慰他：

“好好做工作，打日本，就会有一杆枪，还是好枪呢！”

“有一粒子弹吗？”

“何止一粒……”

“不，我不要多，我只要一粒，就要一粒，就够了。我拿着那枪，哼，哼！”一种异样泛着的光彩，又从他黑皮子脸上照耀出来。

石秉富望着他走远了，没在树林子里去，自己方始笑出声响来……

整个秋日，杨眼在牺公小组里面，常常风里雪里去送信，——他以另一种心情转变着内心的期待，为了迅速些实现这期待，便不自主地在送信时，路跑得快些，工作时，也特别来得比旁人积极。实际在感情上说，他并没把那狭隘的一个人的仇恨，放到整个的仇恨里面，而那整个的仇恨又是什么呢？……想到这里，仍不免有点渺茫，因此，他也就有另外的一面，那面充满焦躁，一焦躁起来，也还是左眼瞪得更大更大，右眼下塌着。对小组会，以及会上的谈话，他不十分热衷，仍然打瞌睡。有一次睡着了，受了批评，因此，也就渐渐听进去了一些……杨眼又自然明了起来，石秉富所说的整个仇恨，就是我们和日本鬼子的仇恨。一直到在小组会上受了一个刺激，他清楚了。那次，突兀地，石秉富问：

“你是哪一国人，你知道吗？”

“石花子。”

“问你哪一国？”

“哪一国，”杨眼略略沉思了一下，醒悟般地直嚷，“山西国，山西国。”

大家都“哈哈”笑起来。笑得他毛骨耸然，脸不禁从耳根下红赤起来，反转为恼怒。但，从那次之后，他晓得了一个“中国”。

在左近周围，如同天上的云和风一样变化着。石花子村带着一种彩霞似的朝气站起来。大家也看到杨眼，似乎渐渐活泼起来了。虽然木瓜样黑瘦的脸还是依然，印堂上没有光彩也是依然，不过，从那只独眼里却可测验出——在他身子里，是有一股强热的力活跃起来。他不再那样沉默，死一样地，灰颜色一样地沉默了。他讲话，他大声“咯咯”地笑。——为什么呢？因为他觉得一天天舒服起来，他觉得杨胡子一天天在缩小，他相信杨胡子有一天也会交“厄运”的，便暗暗高兴，但久而久之，日子一长，杨眼的苦闷还时不时地滋生着。他常常自己想：“……进步是进步，可是杨胡子这狗日的，还当村长呢！”他便更不能不想到杨胡子还有一支枪，一想到，立刻会触了电似的，那只小小的黑眼睛似的枪口张大起来。——指着他。他便把指甲送到牙齿上去嚼，然后，沉下来，又懒散下来，仿佛抽了筋刮了骨似的，回到家去睡觉。深冬，干松松的晴天里，远处“轰轰”响着炮声，一天比一天近。这早黎明之后，杨眼打发了老婆和兄弟，背了两口袋炒面到后坳里去。这是村公所发下的命令，牺公小组到处动员，要搬到后坳里去。他看见老婆一面洒着泪走了，便远道经过村公所，一路翻来覆去思索：“说不定，这次打日本……会得一杆枪……”便热烘烘的有些高兴。一到村公所，只见一匹黑骡子拴在树上，杨胡子神色慌张地往上放东西。杨眼一见怔着了，心下想，昨天动员时候，不是说村长也不走，和自卫队一齐保护石花子村吗？……又一转念：“是了，这狗日的要跑……”便一扭身悄悄跑起来。到树林边正逢上石秉富，他一把抓牢他。恰巧在这时，从空中落下一阵撒铁豆子似的声响，两个都一怔！

“机关枪——听！”

杨眼一只左眼马上一提，吊起来，紧紧地合着，右眉在下凹的皮肤上一耸一耸的。石秉富一拉他，又跑回村公所。正遇上杨胡子第二次肩上驮了一个大包袱，朝外急走。石秉富一伸手拦住他：

“哪里去？”

“我……我……我……”

杨眼只管脖子一歪一歪的，仿佛要用力拿那只左眼，把这仇人吮吸下去。杨胡子一望这颗眼睛，知道完了，便立刻吓得伸手打拱，连平日那威风凛凛的神气，一点都没有了。杨眼再也忍不下去，伸一伸右腿刚想踢，马上被石秉富挡上了。石秉富的下颌是那样可怕地苍白着，从那苍白里颤动，冷笑：“把你那一支枪交出来！”杨胡子还想赖：“我没有……”杨眼往前一挤，长侉侉的胳膊，如同一根木棍似的“啪”一下落在杨胡子头上，“你说！”杨胡子一面伸手护着帽子，帽子却飞下去，坦露出光滑滑的头顶，——脸迅速地苍白了一下，又迅速地红了一下，胡子一根一根都抖索着，——这一瞬，相反地，杨眼感到有一千种一万种的红的花，在眼前，在那里簌簌地向上浮升，浑身一阵阵极剧烈的抖动。杨胡子耳中又听见“咯咯”一阵繁密的机枪叫吼，是更近了，便不由从头到脚往下一沉，赶紧不暇选择地说：“那，那，在前面带着走了……”石秉富扯了杨眼向村外去追赶。杨眼狠狠回过头去瞪了几次，到村口，突然，他不跑了，他不动了，他感到一些不自在，望着石秉富跑远了的背影，“嗡”的一声火又腾空飞起，他想：“错了，趁这时不……”便又转身跑回村公所，再找，杨胡子也不见了。于是又是后悔，又是气愤，又是惭愧，交加地往心上浇来，耳边仿佛谁在大声叫喊。

“这一次还放过，完了，又完了。”

不久，石秉富回来了，手中握着枪，叫了一声“杨眼”。杨眼抬起头来，顺左眼到左腮，挂着一条泪痕。石秉富不响在前面走，他从后面跟来，一面低下头疼痛地说：“日娘的——是呵，完了！我有过地，我有过牛，我什么都有过，什么都完了，现在……日娘的，连个仇人也跑屎的了，完了……”这时，杨眼给一种幻灭的情感压得缩扁着。只有狂妄的冬日的风，在头上重重地巨吼着，仿佛要立刻把什么都冻结为一整块的坚冰。他的手指慢慢僵起来。杨眼好多天没有再给旁人看到。渐渐冬日的风过去了，从天上地下撒出来的紧张恐慌也过去了。石花子村的人们由后坳里回来。——天上有着杏黄色的日头。雾，影子似的缥缈着朝一面走。石秉富找杨眼去开小组会，他才又出头来了……大家都奇怪着，日子会有倒退的时候吗！旁人爆炸的火星般笑起来的时候，他由一度的活泼又落到沉默了。他和从前一点也无有差异地沉默着。在会上，他并没打呵欠，也没有瞌睡，只是除了在左眼里闪动的泪珠之外，他一动也不动，一声也不响。好像大家都为一件事兴奋，呐喊，而他却从这事的背后，看出远远的危险。不过，老实讲，杨眼也并非那样机智，聪慧，和有远见的人。他却真的没有听见旁人的话，旁人的笑。——他给一股愤恨苦痛的钳夹起来。从前他沉默，他愤恨，他有一个愤恨的敌人在那里，而现在，这个敌人似乎已脱出法网。就是有一支枪和一粒子弹吧！可是那该打的靶没有了，他那一股愤恨绕来绕去，便萦回向自己，于是他愤恨自己，于是更沉默，——为何五年前那夜，看见那枪口，就没敢动呢！为何那天不趁乱除治了他，好似没那么回事一样，让他逃掉呢！无限的追悔纠合着无限的激愤。……杨眼仿佛在火边晃了一下，立刻又隐到黑暗里去一样，村上又听不见他咯咯的笑声，急匆匆的闪烁光亮的左眼的闪电也收敛了。……这些，都不必追悔，不必去讲，也不必去管吧！要是旁人，是可以劝劝的，而杨眼是要如此延长下去，长到多少时候，那谁也不知道，也许是无限的……

石花子村经过一次动荡，却确实大大地跃进了一步，这由农民大会上推选石秉富当村长，就可以证明。杨胡子果然也就没再回来，到哪里去了呢？据说到北店去了。这北店离石花子村六十里地。到一九三九年，敌人又跟了机关枪声占据了洪河镇，北店便成为一个汉奸的搜集地了。这一次，事情来得如此突兀，石花子村正浸溢在那秋天暖暖的麦稿似的温暖里。忽然，天落起雨来，照例是秋水暴涨一下，勾上山洪怒发的季节了。大家都忙乱地准备堵水，补屋顶，村上的自卫队好几天没有集合训练。这天，杨眼吃过晌饭，慢慢向前微伸脖颈，驼着水蛇腰走出来，望着那连绵不断的雨丝，吁了一口气……他人似乎更消瘦了，好像一点火力也没有了。到酒铺仍然喝了一点酒，然后，伸手到嘴上摩着，刚要“哈”一下，猛然一阵天崩地裂似的声音，像就在脚底下扫过去一样，他脸一下炭灰一般白起来。他听出那是机关枪的声音，赶紧一提脚奔出去，在台阶上刚一犹豫，一看，向回家去的路上，子弹已经把尘土打出“卜卜”的一朵朵烟花，再一拨头……就在后面，他看见那样多黄衣服的日本兵，忽然，从那中间跳出一只小小的、可怕的、张开了的黑眼睛，他“酥”得头发竖起来，心怦怦地紧撞了两下。那是杨胡子，——把那小小的黑眼睛颤抖了一下。杨眼抹转身就跑，一跤跌在泥窠里，拔起身，光赤了脚，还是飞奔。背后，枪“咔咔咔”紧响着，杨眼拐进一条胡同，便一直朝村外跑，除了“呼呼呼”的风声之外，他什么也没有感觉，那风如同竹刀似的，噼噼啪啪由迎面削来，他像一只野猪般，没命地向那竹刀阵里钻。

在那面山岗树林里，逢见石秉富，他满身是污泥，一只胳膊用扯碎的衣襟捆扎了，挂在脖颈上，血仍然浸红了那布片。石秉富脸是苍白苍白的，瞪着红灯笼似的眼，朝着村子。

石花子村正艰辛地在浓浓的弥漫的黑烟里，好几处，火光突破黑烟，向湿湿的尸布般的天空辉耀着，——杨眼看看这里，又看看那里，心是麻痹的，一块树根一般，那只紫红的左眼一映一映，忽然右边的黑眼圈向下一吸，一转身，自己咕噜着：

“……刚才，我要有一支枪就好了，一粒子弹，一粒打不上呢！……”

只一瞬，一条冷冷的笑纹，又在鼻梁战颤了一下子，眼又沉默沉默地顺下去。他感到肚子里在空空地叫。忽然，一阵焦辣血腥的烟气从山下卷送过来，他昏昏沉沉地迷惘起来。

……火焰一直烧了一夜。在潮湿淫霉的山上，树林下，徘徊着焦灼的人们。次一日，黎明将启开天幕，一阵砭人肌骨的寒冷，由各处侵袭出来，打着回旋，然后散布开来。杨眼沉默地拖了两只捆了铁条似的腿，向村里去，踏着泥泞。一会儿，进了村，几具烧得黑焦焦的尸体横在路头。杨眼似乎没有看到，伸着长腿，大踏步由上面迈过去，满腔的血似乎一刻比一刻轻地往上浮升，而四肢和头又都拼命向下沉，沉，不过他愈走愈迅速起来，两只孤零零的长胳膊一甩一甩的，跟了那摆动的次数，头向前一栽一栽的，左眼珠却很少活动。……一会儿，他在一片瓦砾上兜了好几个转，如同陀螺似的愈转愈紧，最后，他摇了两摇，脚绊着还在冒烟的木头，一歪，跌坐在那里，——突然，一种浊热向头上更重地击了一下，他一跃起来，吼着朝那危立的半垛房檐墙奔去。他没入墙后面弥漫的灰烟，就不见了。……半晌，半晌，杨眼悄悄地出来，紧紧把驼背靠了墙，两只大手无声无息地垂在腿边，手是黑红的，涂满血，从他那向下凹着的干皱的脸颊上，忽地一条泪水亮了一下，就滚下去了，滚下去了……

“杨眼！”是石秉富的声音急喊着。

在墙上，杨眼一点也不动弹，只左嘴角一扯一扯地痉挛了几下，像是要哭，又像是要笑。石秉富伸出唯一的一只强健的手抓拢他的手，马上一股热一触，他的手软了一下，才“呜”地哭起来。

“人没有了？”

杨眼机械地答应着：“干干净净什么都没有了。”两人便走出瓦砾场，到一条路头拐过去。

过了几天，杨眼静静地幽灵似的出现在石秉富跟前，脸枯槁抹了灰黯，长发披散到两颊上，伸着枯瘦而有力的两只黑手，沉重地说：

“石秉富！日本来了，枪没有一支呵！……”

石秉富从下巴上都红涨了一下，自然他不是羞涩，马上一转，变得更苍白，白里透着青蓝，翻了一下眼珠，火热热地说：“血债一层一层的，总要还的，这不是你一个人的仇恨，是大家的仇恨。大家都应该有一支枪，你知道。”

杨眼点了点头，——不知怎样，他忽然又变了，如同天空上，由阴密密的灰云里突然出现了太阳，这太阳“哗”地一下将金针似的热与力赋给了土地和人类，人们就是这样倔强地在艰难与阻碍里生长着的，仿佛一条条地面上的小河，不管怎样流出，怎样曲折，怎样盘绕，而终归汇合向大海里去。而石花子村，不管什么村，山里也好，谷里也好，那充满了血的大海是朝着一个方向的。七八年呵！杨眼执拗地为一个东西，渴望，期待，时而哭，时而笑，时而兴奋，时而消极，但有一天，……那些，统统地都没有了，那些细流都呐喊，冲击，带着泡沫和浪花，流向一处，汇合向大海。杨眼由那些琐细的烦恼忧愤中间超脱出来，好像那些都退远，都渐渐变为尘芥，化为乌有，而只一股空虚的情感向他投来，——他变得又愉快起来，可是这回愉快含着坚强，愉快含着宽阔，心上好似一点蛛丝马迹的牵挂都没有，——任自己飘来飘去的。不过，血海似的冤仇，在石花子村每一个活着的人心上扎了根。人们的感情更源泉甘露似的培植了这冤仇。他们这种感情是对于土地的感情。杨眼当石花子村上的游击小组一组织起来之后，他总是到处得意地问询着：

"日娘的，——去报仇，去北店，是不是？"

有的不言语，有的眼上泛着红光回声说："会去的。"

不久，杨眼又在小酒铺里喝了一点点酒到肚里，肚里立刻暖起来，便到石秉富那里，喷着浓重的酒气，笑眯眯地说："我要加入游击小组。"

"好吧！我们还一齐是第一个小组里的……"

忽然很感动，石秉富这样说，一面用湿而发亮的眼探询般望着他，好半天都不动弹。

杨眼本来翻身要出去，"咚咚"走到门口，忽地一扭身又慢慢走回来，在石秉富对面凳上坐下来，沉默了一下，把两只瘦长胳膊，一齐搁在桌上，又停了一下，然后，重重地把捏得铁硬的右拳向桌上捣了两下，木头发出空的呻吟，一阵灰尘簌簌地，从放了两人四条腿的桌下落着。他觉得忽然沉痛起来，流一点泪才好，然而从眼皮到毛孔都干巴巴。连环的黑影似的，迅速地，几年的日子，在脑海里又打了一个来回。如同谁猛力往他胁下刺进一把尖刀，他一按桌子站起来缓缓地说：

“日娘的……好多时光我解不开这个扣，从前，我应该有一只牛，人家不让我有，现今我要一支枪，没有人再会拦我！……”

他的眼色在急急变着，也不等谁的回答，仍然匆匆地走去。

游击小组领到枪的时候，当然啦，石秉富把一支枪，很慎重，很愉快，拿给杨眼。杨眼此时却没有喜悦，也没有悲戚。他轻轻接过来挂到肩膀顶上去。现在，他身上衣服更肮脏，破洞也挂得更多更多了，——他从来是不懂拈起针穿上线去缝补的，再加上污垢，浑身灰条条的。杨眼还是孤零零的，沉默已成为性格，只是左肩上多添了一支枪，一摇一摆地轻轻地响着而已。杨眼用这支枪来射击了，那在他是一件很不容易而又会心跳的事情。那时，他把木瓜般黑瘦的脸贴到枪上，右眼紧紧用力地下陷，左眼通过标尺的缺口，到准星尖的细细一点亮光上，——然后，他通过去，看到他所射击的仇敌——日本鬼子，汉奸。就是这样，他跟了小组，黑夜荒山，黎明旷野地走着，跑着，摸索着，于是，他射击了，——第一次射击了，第二次射击了，第三次，他仍然那样沉默地射击了……不知是第几次射击里，忽然，从左眼一颗小小泪珠滚到枪上去，迎面在那标尺的缺口上，准星尖的那面，杨胡子把手重重地扬了一下，便猝然朝后倒下去了……

一九四〇年十二月二十三日

灾难的明天

/// 康濯

一

晋察冀边区有个村子，面向南，背靠山根。村南有一眼大井，村里吃水用水，都从这里打上来。这个井台很大，辘轳架子边上，有个洗衣服的大石槽，周围有两棵大槐树，三四棵香椿树，还有一棵大楸树。树丛很密，太阳光也没办法射进井台，井台长年就水湿淋淋，只冬天结一层厚冰。井台下面直向南，有几块零碎的菜园，其余就是几顷大的一片水地。地的尽南头，是连绵不断东西向的小山坡。山坡和水池中间，夹着一片沙滩，这就是山沟大道了。大道两旁，靠山坡靠水地，一丛丛杨树，软枝绿叶，调剂着沙滩的枯燥。还有很多很多小山沟，从南从北伸向大道，那里面尽是枣树。秋天到了，八九月间，树上满挤着甜溜溜的枣子，红得发亮。别小看这干沙地，原来也有很肥的养料，能够生长出人人爱吃的大红枣哩！

但是，沙地到底流不出水，水地到底不能耐旱，这片东西向的山沟，在三十一年竟闹旱灾了。

不下雨，老不下雨。这个村子的大水井，用三根一两丈长的大麻绳放下水桶去，往上打水，绳子在辘轳上滚，绕上三四十个来回，打上来的是半桶黄泥水。来往井台上的人们，望望天，眉头打皱，唉声叹气；大家一副枯黄脸，有气无力地聊两句，都是雨呀水的。人们靠政府发的一点赈灾粮，靠去年剩下的几颗烂枣，靠糠粑榆皮塞肚子。大秋来了，菜园死了，谷子稀零零的，尺来高，棒子也没几个；到小山沟里看看枣吧，原来光靠干沙地的养料还长不出枣来！没雨水，枣也是有数的几个。

青年们说："这年头，抗日也没劲！"

妇女们说："这年头，快逼着人们上吊了！"

老年人说："这世道败啦！"

区里农会主任老何来了。他也和大伙一样愁，脸上一层油汗。他站在井台边，把头一歪，就说："这就叫黎明前的黑暗呀！咱们想想办法，不成问题。反正人不能饿死，鬼子不能不打！"

没几个人搭理他。有个叫祥保的家伙，自个咕哝着：

"哼！打鬼子！饿不死，也不长！唉……"

老何耳朵尖，赶紧找说话的人，没找着。祥保走了。

祥保家离井台边不远。从井台上望去，一眼就望尽了他全家的院落。他那矮土墙经过敌人两次破坏，都塌了，门也烧得没个影儿；如今从倒塌的墙中间修整了一个缺口，就是大门。当祥保正走进大门的时候，老何无意中把找寻信口咕哝的人的目光，顺眼往祥保院里溜了一个圈：只见狭窄的院里乱七八糟，一个破瓮子夹着棒子芯，杂草屑撒在地下，两间北屋看不清什么动静；西边那个牲口圈却空了，圈里一堆草，一把没收拾的木犁，一个断了把的锨……老何忽然记起什么，忙问旁边的老吴：

“祥保那老驴卖了么？”

“可不！”

“没牵回一条好驴么？”

“唉，卖价又不高，还了点子账，顾了嘴还不够，还牵什么好驴？”

老何头一歪，竟要质问老吴了。老吴是村农会主任，他们都知道，祥保的驴老了，准备卖了后再补点钱，牵条好驴回来。然而目光只看见自己的鼻尖，卖了就吃了，像祥保这样的光景，冬里种麦地就成问题，怎么办呢？老何发愁了。

有什么办法呢？不光祥保卖了驴，这村有一家连一口大锅也卖了，有一家把一间闲屋的几根梁木也卖了，而且还有人偷偷地把不够法定结婚年龄的闺女往外村送。平常年，这村围在绿树丛中，春天嫩香椿满树，夏季楸树叶黑油油，黄槐花片片飘落，水地无边一片青，傍晚，浇园的辘轳不停地响，村剧团小孩们说不定还集合唱个歌……抗日自由的好天地，难道就被天旱一家伙搞得不成样子了么？

老何从老吴手上接过烟管，抽着往村里走去。他低声问道：

“祥保家怎么样？”

“唉，这年头谁家也短不了个吵闹，祥保那家子嘛！”老吴回头望了望祥保家，“还不成天吵包子斗嘴！”

“这几天没嚷着逃荒的么？”

“这……”

老吴没说什么，只像忽然间想起什么事，紧赶着往家里走去；老何看着不对，知道准有什么事情要商量，就紧跟着进去了。

他们的确有件大事要商量：就是逃荒的事。村里自从西头陈玉他们三家偷偷逃到敌区去以后，经过区、村的注意和说服，这里又发了一次救灾粮，嚷着逃荒的的确少了。可是，这几天来，老吴又发现秘密地有不少人在嚷着什么敌区年景比这边强，讨个吃，找个活干干，总比待在家里饿着好。这样风浪，仿佛有什么人煽动似的，慢慢传开去，并且竟闹得不少人家塞不饱肚皮还得费劲吵闹。

祥保这家伙也是在逃不逃的边沿上打主意的一个，他家也为着这事叫着。

天快黑那工夫，祥保走进院，他老婆在拉风箱。他走近去瞧瞧，正想问问煮的野菜是不是能吃，老婆却把风箱把手一推，身子狠狠地扭过去背向他生气：

“成天晃荡着，一回来就吃，也不想想自个是个男子汉！”

“你说什么？”

“我什么也不说！养不活一家子，领着讨吃去也行！要不就散！”

“老天不下雨，庄稼不收，叫我怎么办？”祥保转过去坐在门槛上，面对他老婆，“哼！说走吧！这世道，你保准出去不饿死？”

“哪块黄土不埋人？”女人又扭过去，背对她丈夫，“饿死在外边，比待着受罪强！”

吵闹声把正躺着的老太婆也吵醒了。她已经饿得两片嘴唇快干瘪，走路也有些摇晃不定；可是吵包子生气，她还有劲嚷：

“又吵什么？还饿得不够受么？”

“还有什么？还不是为的个走不走？”

“又是走啊，逃荒啊！我说祥保，我白养你几十年，这于今你养不活我，还……还要逼着我这活棺材跟……跟你们受罪去啊！”老太婆趴在炕沿上，一说开又没了头，“没亲没靠的，逃荒！一夜西北风还不冻死我这活棺材么？”

“娘，你放心，我没准定说走。”

“没准定！三心二意，疑疑思思的，该着饿死没话说！”

“啊！我说春妮子，是你逼着要走呀！好……”

老太婆一翻身爬下炕，颤巍巍地晃到门边，一手撑着门，伸出来半个头，一手拍着门板：“是你要走呀！变了天哟！一个娘们成天走呀走的，我说你跟谁走？”

“我谁也不跟！养不活就走，各走各的！”

“啊哟……”老太婆差点没冲出来，两手拍打着嚷了，“媳妇逼不走男人，还在婆婆头上撒尿啦！说得好听！走，你走吧！你……你……”

媳妇从蒲团上突地一下立起来，真个低着头往外走。祥保也立起来了。婆婆赶紧晃出门来，顺手拾起根拨火棒往墙上乱敲：

“不准走！十三岁上过门来，养你九年啦！说走就走？你，你，……天老爷不下雨，也会打干雷劈死你的！哼！……”

媳妇抽搐着，回身跑进另一间屋子里，俯在炕头上啼哭起来了。婆婆忽然想趁势头赶进去揍她一顿，拧几下屁股，可感到没气力；而且记得仿佛多么长久没敢随便动手打儿媳妇，就停下来了。祥保想进去说个什么，却也被娘叫住：

“祥保，做饭吃！有本领走，有本领不干活，有本领啼哭，就有本领不吃！”天黑下来，周围静静的，井台边上早就没个人影了。

祥保脑子里乱哄哄的，有一下没一下地拉着风箱；他娘坐在门槛上，两张嘴唇皮一张一合，没头没尾地唠叨着：

“哼！十三岁六十块洋钱接过门，连一个孩孩也没养……哼！走……”

二

春妮子逼着丈夫：要不就走，要不就离婚。

老太婆万不肯走，她也并不知道儿媳向儿子提出过离婚的事，儿子没告诉她。

儿子呢？儿子没办法支撑这个家的生活。他被逃荒的风浪推涌着，被媳妇提出的离婚威胁着，他也真想逃荒去。可是，儿子没胆量带着几口人出去漂流，并且怕他娘，也觉着应该体贴他娘，不敢逼着上了年岁的老太婆逃出去拼死活。儿子祥保就是这么回事！

三口人，三颗心，一个要往这，一个要往那，祥保夹在当中间没办法。

三口人，三个心，而且有时候又好像只有两个心。就说实行减租减息那年吧，村里把祥保和他地主叫去开会，当面给祥保减了租，过后，地主说好说歹又跟祥保说了一阵子，他又答应不减租了。他媳妇为这事气得噘着个嘴，不健康的青白脸色憋得烧红，背转身一屁股坐到门槛上；他娘气得手里的鞋底子拍打着炕沿，问他为什么不减，他说：

“上头是叫减，可是咱是人家老佃户，人家地主答应不叫还欠租，还挺和气，跟我商量着，问我不减行不行；你说我怎么个好开口不答应人家？”

他摊开两手，苦着脸，像诉苦似的。

媳妇可不可怜他，扭转身对他直嚷：

“要减就得减，眼看吃到嘴的又吐出来么？上级为的是穷人解放！跌倒了有人拉，自个还不肯翻身，这是落后分子！”

娘也紧接着说：

“什么解放不解放的，人家这里叫减，还怕什么！”娘把鞋底直指着儿子的鼻尖，“去！再去说说！减就得减！你要不去，我找这里工作员们去！”

说着说着，娘真的把鞋底往炕头上一丢，就往外走。祥保急得直冒汗，结果是跟着娘找了找地主，硬把租子减了。从这以后，地主干脆不怎么搭理祥保了，祥保一见了地主，总好像过意不去似的，左右作难。

祥保就常常碰到这些左右作难的事。

事情作难，没办法，祥保就只一个办法：找老吴去。老吴是村农会主任。可是祥保却又不很乐意找老吴，老吴好批评他，说他这也错那也错，他很难受。这么着，左右作难的祥保，常常决定要找老吴去了，而且走到老吴的家门前了，却忽然又往回走，不去了。这个腻腻糊糊的家伙，自己也不知道自己到底是一股什么劲，不知不觉地就满肚子气愤，胡乱在街头街尾，乱咕噜个什么，埋怨个什么。

这会儿，咕噜也好，埋怨也好，都不顶事。这两天野菜也没得吃的，还尽为着逃荒不逃荒吵闹，不想个办法怎么行？祥保这回可真找老吴去了。

祥保在西头地里碰见老吴，正不知要怎么开口，老吴却先开口了。老吴劈面就说：

“祥保！给你说个事！”

“说……说吧……”

“他们那逃敌区的人们，”老吴回过头望望陈玉那紧闭着的家，“陈玉死了！”

“什么？”

祥保惊呆了，心跳得慌。老吴望着他，半天不声响，然后才回过头往西边努努嘴：

“我刚从区里听说的，唉！谁们想得到他要死在外边……”

老吴说着新消息，一面叹息。自从那天他把村里逃荒的风浪告诉区里老何后，老何召集几个主要干部开了个会，就把任务交给了村里：要查出造谣鼓动逃荒分子，要说服一心两意的人，把逃荒的风浪平息下去。他们的工作还算顺利，不久便知道鼓动分子是陈玉他侄子连全。连全本打算要同他叔一道走的，他叔叫他多住几天等信，接信后再带着陈玉闺女和女婿他们一道去。陈玉有个过去买卖场中挺要好的拜把兄弟，在敌区给敌人办事，就是那家伙三番五次催陈玉去的。谁知陈玉刚去，他把兄弟就被敌人“肃政运动”给“肃”住了，正在这时碰上陈玉，敌人就一口咬定陈玉也是八路，一道给弄死了。村里同陈玉一道去的人，有的做苦工，有的丢儿卖女，还有被敌人抓去的，只有一个跑回来，现在正在区里。

老吴说得没头没尾，祥保听着是一阵一阵紧；里面有些情节他还弄不很清，不过他却又好像明白了个什么大道理似的。他正想问问是谁回来了，老吴打断了他：

“那工夫，就是找出了连全，可也没办法。他要走，人们要跟着，靠几个干部也拖不住那么一大堆！这会儿嘛，”老吴又回过头望望陈玉家那边，“连全敢许也不去了吧！”

“这会儿谁们还去才怪哩！”

“可是以前呢？”老吴半笑着，像要套出祥保几句什么话。祥保果然说了：

“以前！以前那工夫，我也想走嘛！狗 × 的看不透，脑筋不开！”

“你们这些人呀！说吧又说是批评你们，眼光望着鼻子尖，不听话！”

两个人都沉默起来，祥保又感到受了批评的难受；不过他已经想到别的事情上去了，难受的劲头一忽儿就过去了。他想，逃荒的事是解决了，到底怎么个闹吃的呢？这还是问题。他没想到，对于这个问题老吴的劲头更大……

原来灾难加给老吴他们干部们的重担实在也太大了。经过了五六年抗战的消耗和敌人的破坏，这几年又没个好年景，因此这回灾难一来，真与过去哪一回的灾难灾荒都不同：真个是一家家连一把米一片野菜也捞不着。救灾的口号叫了多久，可是有什么办法呢？就是村里干部们，也只知道没有粮食、款子就救不了灾。后来发下救灾粮来了，太少也不抵事。上头布置总说叫村里多想办法组织互助渡荒，村里不光组织不了互助，而且干部们还埋怨起区里来了。就为这事，区里老何批评过老吴，老吴竟滴下大颗大颗的眼泪……现在，几个月过去了，区里老何他们指导村里救灾的办法，的确是一天天抵事了。区里开会，决定了贷款开展运输、纺织，贷种籽准备冬耕；老吴在会上还亲自听到了别的区别的村开展运输、纺织的办法，他越听越有劲。当祥保向他提出吃的问题的时候，他就从头到尾杂七杂八地说了一大篇，他无意中进行动员工作了。他没有想到当他说到半途，拿出烟锅子对火时，他旁边已经围上了一大堆人。

一大堆人随着就乱谈起来，谈运输呀什么的，乱嘈嘈的，老吴要继续讲下去也不行了。他回过头，看到了祥保，就抓住了他：

“祥保！咱跟你打伙先干一趟，我有牲口，你跑道，你说行不？”

“行！这可是行！”祥保这下子忽然挺干脆。

“咱们就干个榜样看看！”

人们见到老吴和祥保真个干开了，就围上了他们。老吴扭头，对着大家：

“留得青山在，不怕没柴烧！只要有人，就有办法！这会儿，边区地方，会让个活人饿死？”

随着，又是乱七八糟一大摊，嚷着，闹着……

三

逃难的风浪慢慢平静下去了。村里开了会，动员了运输纺织救灾，老吴正和合作社干部们忙来忙去。

款子贷来了，运输有开始的，纺车声也听得见了。西北风从村头刮过，声音也仿佛不像从前那么荒凉了。

春妮子却还有些不痛快。上午她瞒着别人去找连全媳妇，她想秘密地找她问句话。

“你也不走了么？”春妮子悄声问着。

“走？我走到哪里去？”连全媳妇眼睛往四外溜转着，仿佛要叫别人也听见她的话；但她的话使春妮子冷了半截。

“你不是说要走么？还叫我们跟你一块逃……”春妮子嘴一噘，半扭转身，仍是悄声的。

“逃……逃什么？你说逃荒么？”连全媳妇满不在乎的神气，脸一扬，“我也是前些工夫听人们说嘛！我没打算去，我什么工夫叫你去过？哈哈……”

连全媳妇忽然扬着脸笑起来，拍着春妮子的肩膀：

“我说你还是咱们妇救会小组长呀！你可是积极，你还会走么？这年月的……”

春妮子一扭身支吾着走了。她全身冰冷，没一点劲，回到家里俯趴在炕上躺着。

躺在家里更没劲，家里只婆婆在，想说句话，出口气，也找不着个人。她常常只能找丈夫出气，今天却丈夫也不在，丈夫赶牲口上西北边驮粮食去了，家里留下的是一片别扭局面，春妮子怎么会提得起劲头？

春妮子躺着没劲，翻着滚着，就忽然埋怨起丈夫来：她想着她为什么会碰到这么个丈夫，这么落后，这么没出息？她又想着丈夫为什么忽然会大着胆子，赶人家的牲口，去做什么运输？这个没出息的家伙，一定又是受了什么人的欺骗吧！可是这个平常总自认比丈夫进步的春妮子，这回却想得不大对劲，这回，她丈夫敢许进步些，也敢许比她突然会有出息哩！

原来自从那天老吴给祥保约好，两个人合伙搞运输后，老吴记着区里的布置：先找几个人做榜样，就一把抓住了祥保，老吴找过祥保三四回谈运输的事，硬逼着祥保去。老吴说：

“我出牲口，你跑路！赚了钱咱俩对股劈，赔了，贷款跟路费都算我的！”

“那地势来回得五六天呀！”

祥保还是不大愿意去。他从来就没出过远门，一个人跑那么远的，谁们保得准不出个什么岔子的？他没想到，那天随便答应老吴的一句话，老吴就死也不放。紧跟着祥保，老吴头一歪，又说开：

“你也要捉摸着改造改造你这个家呀！你也要找个出息呀！你听我说，只要会盘算，祥保，勤勤干，满满饭；凉凉坐，荒荒饿；穿不穷，吃不穷，计算不到一世穷。你不盘算，光在家里凉凉坐，不要说荒说饿，就是整天吵包子斗嘴，也会憋死你。我说，你还不……”

最后祥保真也动了心，赶着牲口办运输去了；同时，也多少下点决心似的，要拼着干个出息看看了。

祥保到底干出个出息没有呢？谁也不知道。不过，他娘却忽然对儿子有些另眼看待了：她想着，这么个老没出息的儿子，忽然也敢干干“赶脚”这营生，这总该会有点出息的吧！起码总比这个儿媳强些吧！娘又看着儿媳要逃荒的劲头约莫已经过去了，就更瞧不起儿媳，整天嚷着，叫儿媳弄野菜、做饭、烧水的，想报复报复，出口气。儿媳呢？正在没劲的时候，自然仇恨着多年仇恨的婆婆；加上婆婆找错报复，就使她的仇恨更加增大。她整天有气没力地不大动弹，没有婆婆三番五次的嚷闹，她就干脆不动身上灶台边去。

“没本领闹吃的，也没本领走，什么娘们会？尽疯疯癫癫，尽仗嘴……啦！这会儿还仗嘴吧！有本领呀！”

婆婆偷偷地在自己屋子里叨叨地说，儿媳听得见，也听得懂。

“封建！死封建，总有一天会要打倒的！……哼！再没吃的准散伙！”

媳妇也偷偷地在自己屋子里噘着嘴。婆婆也听得见一些，也懂得点。

这个家，有左右作难的祥保，就成天闹；没祥保在，就更别扭。真是什么死对头啊！

婆婆二十岁上就过门来了，那工夫，是为了找个干活的才娶了她。她过门后，整天不停手脚做到深夜，还整天遭公婆打骂：下雨屋子漏也是她的过，湿柴火烧不着也是她的过……深夜累了，钻进被筒，想得点安慰吧！然而丈夫只十三四岁，睡得挺酣，从不理她，她从哪里找安慰？可是，越是肉体和精神的苦痛深重，就越需要安慰来延续人的生命。她把安慰寄托在门前不远的水井，她夜半跳井去，等到她没留神碰着那个洗衣服的大石槽，摔倒了时，她晕了！后来是一个什么人推醒了她，她清醒过来……她就找到了野男人；以后的岁月，她就把夜半付托在那人身上，发泄自己苦痛的青春，而她就不自觉地从残酷的生活里面，倔强地生活下来了！她能忍受一切痛苦，她也能勇敢地干自己极不名誉极隐秘的勾当了。

她老得多么快！当她的小丈夫三十来岁值青春旺盛时，她得不到野男人的欢心了；她尽力靠近自己的丈夫，丈夫却嫌她老，丈夫也像她过去那样找另外的姘头了。就从这时起，她从痛苦中站立起来，她变得更强悍，更狠毒，她也变得舌头尖心眼歪。他们仅仅勉强地养活了祥保这个儿子，然而谁也不喜欢他，连她自己也感不到多少心爱：在她后半世生活的年月里，她差不多把她的强悍和狠毒，都施放在这个儿子的身上了。

可是，儿子又有什么办法呢？儿子是个糊涂的老实家伙，什么事也受娘管教，有一句就得听一句，连赶个集花个块六八毛的也不敢随便。……后来，儿子二十岁了，该娶媳妇了，娘为了省钱，给他找了个十三岁的小媳妇。儿子背着一世的怨气，于今也好发泄发泄吧！从此，这个青春兴旺的祥保，就把自己的野性对着小女孩施放。

小女孩的痛苦还不止这些。婆婆把虐待儿媳当作自己的本分，甚至把对儿子的管教也转过来加在儿媳头上，从此对儿子反而比以前好一些了。这样就使儿媳又生长了对婆婆极大的痛恨，像痛恨她丈夫一样的；她不知道她丈夫也实在没有办法，她更不知道她丈夫也同情她，也不愿娘打骂她，只是没办法帮助她罢了。

抗战了，边区成立了，春妮子不知道从什么时候起，忽然觉得自己要解放了，就把过去内心的痛恨，慢慢表露出来，跟着妇救会，学好学歹，两片光会啼哭的嘴唇，忽然变得一天天硬，时不时嘴一噘，身子狠狠一扭，背转过去，犟嘴。婆婆呢？婆婆受过干部们的批评，也见过村里斗争那虐待儿媳的婆婆，也就不知道从什么时候起，忽然也变了，变得不敢打儿媳，只敢嚷一嚷骂一骂了；可是婆婆却又常常把脾气转向儿子祥保，又不断地说儿子没出息，不争气，连个媳妇也管不住，婆婆甚至有一回还用手打起儿子来，一手拍着门板，颤巍巍直嚷：

“买来的马，娶来的妻；愿打就打，愿骑就骑！你就不管教她呀！你怕她个娘们会真个要长翅膀么？”

儿子气急了，气得真要管教管教媳妇了，还没开口呢，他媳妇却一噘嘴，一扭身子，教训开男人，说他没出息，不进步，没个男子汉劲头。于是祥保更没话说，也就更没男子汉劲头似的，真像没一点出息了。

这回，大旱灾来了，娘不愿丢掉这个她守寡十年支撑起来的破家业，娘不愿逃荒，她只把一家的灾难放在儿子媳妇身上，责备儿子没出息，儿媳不孝顺。儿媳呢？她被婆婆的怨气压得透不过气，早就想着要怎么大闹一场出出气才痛快！因此，当灾难来时，她就想随逃荒的风浪出去闯闹一番，打开陈旧的讨厌的圈子，痛快两下。她甚至还拿离婚来威胁丈夫。其实，她不是不知道逃荒的好歹，不是不知道她娘家没人，她就离了婚也很难找着路子的。只是，说来说去，苦了祥保这个人。要不，敢许他还不会拼着干运输去呢！

灾难使人们觉得饿肚皮的日子更长，一天比一年还长；不过，日子却实在不会故意长些，终于又过去好几天了，忽然，拼着干运输的祥保回来了。

祥保安顿好了牲口，背着个口袋回家来。他走进破墙缺口，忽然把口袋往地上一摔，兴奋地叫起来：

“可不坏？一趟闹了半斗玉茭！”

祥保忽然变得胆大得多，居然大声嚷着，用脚把口袋向门前灶台边踢了踢，一粒粒圆圆的小东西在麻布口袋里挤着、滚着，顽皮而且有趣。

“啊？祥保，你……”娘几乎是惊慌失措似的，晃动着走下灶台来，“玉茭？多……多少？半斗呀？”

娘俯下去摸了摸口袋，又晃到儿子身边望了望，嘴唇皮一张一合的，不知道要干什么。忽然，她透出一口长气：

“这……这可好啦，老天爷！”她背转身，“春妮子！做饭……烧……烧火！啊！可不，去，去推碾去，做点糊糊喝，……去吧！”

儿媳呆着没有动，她什么话也没听见，祥保却又把口袋背上了：

“你们歇着吧！这几天我吃得饱，我去！”

“你……你不累？不歇会儿？”

“不累！娘！你歇着吧！”

祥保这样像似不知道是哪里来的劲头！他第一趟运输成了功，就仿佛把他三十年来左右作难的局面扫清了似的，没出息的他，没男子汉劲头的他，也忽然挺起腰来了。而他的娘这时也仿佛觉得儿子并不是没出息一样，转眼斜楞着儿媳，觉得该着教训儿媳。于是，老太婆颠着小脚，走近儿媳，嚷起来：

“还不弄柴火么？还……”

儿媳不受她的教训，没等话说完，就往外匆匆走去，追着丈夫喊：

“你歇会儿，我去，我推碾去！”

四

春妮子受区里妇救会的批评：

她是妇救会的积极分子，但是她在灾难面前不积极，她跟婆婆跟丈夫闹得不和气，而且，她还跟连全媳妇商量着逃荒。

春妮子对于这些批评有些不服，她埋怨人家摸不清她的苦痛，但她也不会因为受了批评就干脆不理那一套，仍然稀里糊涂混下去；她这个慢慢倔强地站起来了的妇女，受了批评的刺激，特别是受了丈夫办运输的刺激，她自个儿就狠狠地下定了一个什么决心。

第二天，祥保起了个大早。谁知道头天晚上老吴给他说了些什么来着，他起来后立刻打扫了院子，还把木犁和锨拿出去请人修理。吃过饭，祥保对娘说：

“我还得赶脚驮粮食去！驮个十趟八趟的，咱们的吃喝敢许有办法。今儿个，还开会，还组织运输组，还发贷款。”

他微微扬着脸，说话的神气竟和过去苦着脸、低着头、吞吞吐吐的情形不大相同，竟敢随便在娘面前出主意了。而且，随后他又转过身来对着他老婆，尽量做出和气、亲切，似乎他们平日的感情就不坏一般：“你呢？我说你……”

春妮子半扭过身子，打断了丈夫的话：

“我学纺线，你不用管我！”她停了停，扯扯衣角，忽然把头一抬，望望井台那面的光秃了的树丛，“娘！我可就把纺车闹下来哩！”

“啊哟！”娘突然惊奇得快站立不稳，迷迷糊糊的眼珠子也突然亮了许多似的，“你还有本领学纺线子呀？！”

儿媳妇又猛地扭转身，把手上扯着的衣角一摔，噘着嘴：

“我学！”

“对！好！我……我来闹纺车！”

祥保像被什么欢喜事闹慌乱了，吞吐了半天，又在院里转了一圈，搜寻着什么，后来才向牲口圈走去，去闹那躺在圈顶上多年没用过的纺车了。

“你闹！你闹！那物件呀！还是洋鬼子来的头二年我使唤来着；这会闹下来呀，咱村敢许还没人会拾掇哩！”

“娘！你不是会拾掇么？”儿子大胆地问着。

“我嘛！我自小就手不离纺车的。这会儿嘛，哼！我老眼昏花的……”

老太婆今天总是冷言冷语，句句话都像是要刺儿媳、激儿子：

“再说嘛！哼！好打算！从小不摇纺车把，靠这工夫学，抵啥事！”

儿子把纺车拿下来了，他嘻嘻笑着，似乎是尽量鼓起勇气，把纺车放到娘身边：

“娘！人家有榜样，听说就是顶不专心，半月二十天也能学会。学会啦，纺一斤线子，就是一大堆粮食哩！”

儿子又转向媳妇：

“娘眼不抵事，我叫合作社给拾掇拾掇，你嘛……你盘算盘算吧！”

儿子走了，媳妇跟着也找干部们商量去了。老太婆看着儿媳的背影，忽然觉得仿佛又得到个什么报复的机会似的，不自觉地浮上股高兴的心情。

第二天，春妮子拿回一架收拾好的纺车。她憋了好半天气，最后立在婆婆门外，愁脸对着井台边的树丛，开口问：

“娘！你教我吧？”

娘正在炕头上弄破布片片，听见问话，就不自觉地心跳起来，然而却仍是冷冷地回答：

“找你们妇救会吧！我可没心事！”

儿媳脸上一阵烧红，低下头弄了好半天衣角，最后，从自己屋里拿起四两棉花，背着纺车狠狠地出去了：她上村北大庙里去。那里，一群青年妇女，每天早饭后就集合起来，在庙殿上太阳角落里，让纺车齐声唱着。春妮子跨进庙门，妇女们正伴着纺车声在喳喳叫闹。

这里有几个是本来就会纺的，有几个是刚学会的，有三四个比春妮子不过多学一两天。她们都纺的纬线，从合作社领了棉花，四五天纺一斤线，就去合作社领六块钱工钱，她们这一群里面，有的已领到过十来块钱了。那个连全媳妇也在纺，她闹得最响，人们不断骂她：

“你纺多纺少可是为的自个儿‘体己’，咱们可是指望着吃饭啊！”

“啊哟！小组长批评我啦，不闹了不闹了，我得正经纺线子哩！”她右手放开车把，用大拇指甲掐着小拇指甲尖，向人们晃了晃，“谁再闹就是这个！”

本来要平静的人群，又被这句话逗得叽喳地骂开了。

春妮子平日也爱夹在这种场合吵闹的，今天她却很讨厌这个场合。她想一天半天就学会，可是手不听话。转车把不能转得太慢，也不能太快，抽线更要很匀妥。当她右手把车把摇得平稳了时，却发现左手停止住了没抽线子，让棉花在锭子上结了个疙瘩，她赶紧注意抽线子了，然而又抽快了，线断了，费了半天劲看看要把线子抽匀整了，忽然，右手又摇得不稳妥了……她狠狠心，硬憋了半天，好了好了，成功了，可是，旁边一阵笑闹，又把她闹翻了。

她急躁得要命，青白脸色憋得血红，出一身热汗。

她愤愤地立起来叫了一声“哎呀”，那个纺织小组长接着也嚷起来：

“别闹了！看人们学也学不成的！”

人们刚要静，一个小女孩跑进来了：

“区里有人看你们来啦！”

人们突地安静下来，春妮子赶紧又坐下去接线。当她抬起头来时，见到老吴跟区里老何进来了。

“这会儿这么静，只听见纺车声！”老何头一歪，笑着。

“咱们可老是这么静的，没闹过。”连全媳妇装作很正经，却惹起青年妇女们“哧哧”的笑声。老吴说：

“瞒了别人，算瞒不过我，哼！老是这么静呀，那才是变了天！”

“变天不变天的，反正是……”老何说着说着忽然不说了。他见春妮子两手盘着膝盖，低头坐着，他转向她：

“你这么积极呀，春妮子？”

“学了老半天学不会，你们一打岔子，又把我刚接好的线子弄断了！”

庙殿上响起了哄哄的笑声，高墙回应着，更加红火。笑声平息下来时，老吴说：

“春妮，咱们这就走，不打岔了。可是咧，我看你还是回去纺去。你娘是老把式，跟她学学，家又安静的！”

老何也说：

“这可是实在话。叫你娘教教，不成问题，两天就行。”他又把头一歪，“再说，顺便动员你娘也纺点线子呀！”

“她不肯教我，她也不乐意纺！”

“解释说服呀！我说春妮，就这么办，不成问题！后晌你别上这来了。”

人们杂乱地走的走，动工的动工了。春妮突然想起天气快晌午，她走时婆婆还嚷着叫她回去做饭呢！她说一声，回家去了。

后晌，春妮子没上庙。她把纺车放到屋门口太阳地里。自个儿憋住气纺起来了。她是挺讨厌独自个儿沉闷的。然而这会儿她没想到那，她一心只在两只手上面，一声不响地，脸急得通红，全身闷热了，棉袄给汗粘住了，她并不知道；而且，她脑子里这会儿是什么也没有。

婆婆不时从炕头爬到窗台上，从窗口伸出半个头偷偷地瞅着她，看着她断了又接，刚接好又断了的动作，嘴唇皮不住地一张一合，似乎很舒服。

婆婆从窗口偷看了一次两次三次四次，渐渐地，不知道为什么，婆婆的舒服劲一阵又一阵地减少了。她希望媳妇再来请教她，媳妇没有；婆婆以为媳妇那股急性子脾气，闹半天接线断线，准会不耐烦，会扭过身子瞎嚷的，媳妇却也没有，一直很安静，不声不响，婆婆渐渐失望，婆婆仿佛觉得儿媳有些可怜……

第二天，失望使得婆婆在屋子里憋不住了，婆婆时不时走出去，故意咳几声，闹个响动，在太阳地里坐半天；吃饭的时候，也问个一句半句的，说说“学好了吧？”而且第三天，婆婆竟时不时走到纺车周围故意看看，说不定还叨叨个什么：

“哟！学得不赖呀！……”没说完，又往屋子里晃过去，“哼！到底生手，快一下慢一下的，抽线不利落……”

过一会儿，又出来了，乱叨叨着什么，两手并且还发急地乱搓着：

“我做闺女那工夫，是七岁学捻线，十岁上就学摇车子啦！哼！那工夫呀，摇错了一下就挨打哩！”说着说着，又晃进屋子去了，“妇女们学个把式的，哪有这么自在！高兴就学学，不高兴就懒着不干活，还要犟个嘴，发个脾气的！……哼！”

乱叨叨得到的回响，仍旧是“呜嗡——呜嗡——”的声音。不一会儿，老太婆又出来了。

这回她竟逼近纺车，东瞧瞧西看看，说着这架纺车的历史：说哪里断过，是怎么断的；说她才是吃尽苦头，有一回小脚被车底板压着，疼得三天动弹不得……最后，她竟会拿起一根棉花条又来了！这使得儿媳妇猛地抬起头来，只见婆婆把棉花条放在手上揉搓着，并且说：

“这也行么？太大，不匀，出线准出不利落！哼！要是我当闺女那工夫搓出这么个条子呀，准会挨……”

“娘！你不教我嘛！我不会，怪谁们！”

儿媳打断了娘的话，竟平静地带着埋怨和乞怜的口气说了这么一句。娘本来没料到儿媳会说什么的，这么着，竟使她发了慌，她回答不出。儿媳脸红了红，低下头去，似乎感到心头一阵欢喜。等到娘回复平静时，娘发现儿媳的棉花条就只剩她刚拿过的一根了，旁边，有几卷粗细不匀的线放着……儿媳的半斤棉花是纺完了。

五

祥保又回来了。祥保的声音这回比上回变得更大，满头大汗，兴冲冲地，回来就对娘说，这回赚了半斗多玉茭，还打了一块钱的盐。转过身，他又满神气地笑着走过去，拿过媳妇纺的线子，提着笑起来：

“哈哈，这可不强哩！”

“不强又怎么，看下回！”媳妇半扭过身子，脸红了。祥保没注意这些，又跑过去，从衣袋里掏出七毛毛票，递给娘：

“这是剩下的！”

娘不知道为什么，挺没劲势，接过钱，心跳得厉害，脸上却还是冷冷的，两手发急地乱搓着，一句话也不说，就进屋里去了。祥保跟进去，鼓足勇气嘻笑着说：

“娘！明啦，我赶两个驴去，道儿熟了，多赶几个多赚点，到腊月，敢许牵条驴回来哩！”

第二天，祥保和春妮子都起了个大早，春妮子去领工钱，合作社勉强收下了线子，给了个三等工钱，三块钱。她领回来一斤棉花，打算三天纺完。祥保开过运输小组会回来，把修理好的犁和铁锨都拿回来了。这工夫，太阳老高，春妮子做好了饭，婆婆才起来。婆婆今天比哪一天也起得迟，一起来，就叫住儿子：

“这工夫，咱们家是不成了！驴也没，吃喝嘛，饿了一大晌，这几天你们劲头这么大，也只闹个喝糊糊，我说，”她坐到门限上，两手发急地乱搓着，“我嘛！老啦，啥也干不成，可是咧，没法，我也得干干了。要不，我这活棺材呀，老了还敢许睡不上板子哩！”

儿子和媳妇都愣住了，闹不清怎么回事。

“再说，以前嘛，我只说，还不又是娘儿们闹着玩的；这会儿，大伙都把纺线当个正经事，我这活棺材，也得挣着干了，春妮子，纺车让我纺吧！你……你另想法去……”

儿子和媳妇仿佛突然见到娘那蒙眬的眼睛睁开了，而且射出光来了。儿子儿媳不自觉地偶然地对望了一眼，想不到两个人都不敢说的主意，竟无意中办到了。儿子慌忙无意地拿起那个刚修好的锨，连饭也不吃，就往外走。

“行！我到合作社给闹一辆车子去！”

儿媳也忘了把锅盖盖上，跟着往外走。

“娘！我……我给你领花去！”走到那缺墙口，又扭回来了，“呵！不……这一斤花，一斤，先纺吧，我也……也纺……”

从此，井台边不远的祥保家，成天就有两辆车子转着，响着，到井上打水的人们，谁也觉得奇怪，谁也得听一听，很多小孩子都跑进来看看。然而，办成了的事情，是实在没什么奇怪了。

婆婆在自个儿炕上纺，后来儿媳也自动地搬去了。她不时偷望望婆婆熟练的动作，左手就像把一根长线随便拉长，然后又滚到锭子上似的。而儿媳呢，看看自己，自己多笨！自己是拿着棉花条，硬抽出来的线子！于是，儿媳更专心地捉摸着自己的把式，她的不大健康的脸上，差不多是整天憋得烧红，婆媳都那么专心呀！真个像在比赛哩！

纺着纺着，儿媳进步很快，于是无形中的比赛也加深了，她们谁也不敢落后。儿媳到底没婆婆熟练，但是儿媳晚上也干开了，她打问了别人，上北坡去拔了点叫“年年娃”的野草，点到炕头上，直纺到眼皮睁不开了才躺下。儿媳干的事，娘一听就听清了，于是第二天晚上，也像白天一样，两个人同在一个炕上纺了：两人把纺车面对面放着，“年年娃”点在两个纺车的中间。头天晚上，儿媳独自个儿纺着时，“年年娃”火光并不强，而且常灭；今晚，两辆对面纺着的纺车，摇出的小风浪恰恰是向两个反对方向吹去，于是，“年年娃”亮得多，也不会熄灭了。

纺着纺着，从白天到黑夜到白天，婆婆是那么着，而儿媳渐渐觉得有些闷得慌了。她去大庙里看了看，大庙里比以前好得多，人们组织起来，休息的工夫都歇着，唱唱笑笑；工作的工夫都专心摇着纺车，不那么乱哄哄了。她很想到庙里纺去，可是干部们不叫她去，她成天闭着个嘴，比较熟练地抽着线，慢慢地已经不感到憋得慌，青白的脸也不再整天憋得烧红了，耳朵也忽然常常注意着外面的响动：井台边的打水声，谈话声，女人洗衣服的声音，都勾引她。她想出去看看，透一口气，只是一股什么劲把她压下去了。

纺着纺着，婆婆还常常鼓着嘴，两片嘴唇皮一张一合，嘀咕着什么，而且说出话来，是对着儿媳说话了.

“妇女们嘛，就得成天待在家，纺线啦，纳底子啦，什么成天开会啦，闹这闹那的，疯婆子一样，那可成什么话呀？”

婆婆有时把车子向后一退，滚线滚上锭子时，偶然也停下来搓搓手。

“这会儿叫大伙都纺线子,可正该着这么办,这才是正事嘛！”

春妮子不停地纺着，好像没心听婆婆说，却句句听进了耳朵。她感到一阵欢喜，喜的是婆婆从来没有这么心平气和地对她说过话；可是她又感到一阵老大不高兴，不高兴的是婆婆又来了封建的管教，难道就要把个妇女成天憋着，直憋到老憋到死，还是纺线呀纳底子么？

婆婆这回是指着儿媳说了：

“春妮子！我说，你要听话，纺个线呀，顾顾家的；虽说世道不同，可到底有个分寸，妇女们，还不是烧饭、抱孩子、闹家里活！谁们不都是这么过来的？”

婆婆鼓了鼓嘴，咕嘟了半天，并且向儿媳斜射过一眼；儿媳有些慌张了，忙连声回说：

“嗯！……对嘛！……对……”

“是嘛！你可得听话嘛！我眼看入土的活棺材啦！好歹还不

是为的个你们？”

“嗯……对……”

儿媳一连声回说，线子也快纺不成，刚接起又断了。当两辆车子又平静地“呜嗡——呜嗡——”叫着时，儿媳心跳得很厉害，她也说开了：

“从今后呀！我可得正经纺线子哩！”

婆婆也哼哼哈哈地应着，嘴唇皮一张一合。儿媳又说：

“娘！你可得正经教我呀！这会儿我纺的还是够不上头等线子。”

儿媳忽然脸上烫得要命，心跳得更厉害，她不知道要怎么个拐弯子说出要说的话，就干脆直统统地说出来了：

“听合作社人们说，咱村还有人把线子浸浸水，拿去缴的；有的一斤就要重三四两哩！娘！你说……”

儿媳不知道要怎么说了。婆婆听着儿媳的话，本来一片欢喜的，这工夫忽然脑袋要开花，火星直冒，从来很少断过的线，却刚接上又断了。儿媳这话不明明说的是她么，她第三回缴线子时，就把一卷线浸上了水，外面再卷了些干线，叫儿媳缴去的。这线子，合作社收了，但是后来查出来了。干部们决定叫春妮子把这种捣鬼行为向她婆婆揭穿，如果以后再捣鬼，就要赔偿棉花了。春妮子对于这个任务，作难了两天，今天，才说出来。当她见到婆婆慌乱了时，她心头一紧，什么也不管了：

“合作社在查哩！说是下回要再这么着，就要赔花，还要……”

还要什么呢？还要“斗争”！但是春妮子没有说出口。她见她婆婆把车把一丢，爬下炕出去了。一会儿，婆婆从厕所里回来，屋子里才一片安静。儿媳觉得再不能开口说什么了，而婆婆却想着：她的花样还没有使出来呢，就闹开了赔花呀什么的，还让儿媳绕弯子说她……哼！她决定以后不捣鬼，不玩花样了。她气愤愤地想着：光凭我这把式，我就不闹花样，不也比你们青年媳妇们强么？哼！看吧！往后看吧！

六

往后看，是婆婆不闹花样子，加紧干着，三四天就纺出一斤线子，而且还得头等工钱；媳妇也能四天纺一斤，却还赶不上头等。婆婆慢慢地仿佛又恢复了过去的态度，唠叨很多，说儿媳长进不快，埋怨儿媳手脚粗，纺来纺去还纺不出上好线子。媳妇也恢复了一些过去的态度，总觉得婆婆还是不顺眼，她并且特别讨厌这股闷劲；更奇怪的是，她看着丈夫近来的劲头，完全变了个样子的劲头，她欢喜，然而她也觉得更讨厌……不过，她也实在感到自己的地位了，她想着婆婆近来的干劲，特别看着丈夫的奔波，知道如果自己再不好好盘算，是不行的了。这么着，就使得她的矛盾日益深重。

日子过得快，一家子纺着纺着，祥保来回跑着，而祥保又回来了。他这回是同老吴一同来的，他满头大汗，一进破墙缺口，就把肩上的麻布小口袋，往灶台边丢了，擦擦汗，对媳妇说：

“捞点干饭吃吃！今儿个……今儿个腊八啦！”

说完，匆忙中望了媳妇一眼，就同老吴上他屋里去了。他们是来算账的！他们的运输事业，还有几趟账没有算清。同时，老吴还要叫祥保参加最近区里给组织的一个运输大队，走趟远路，办一回大运销去。老吴说：

“路是远点了，也得多受点罪，可是咧，你要是赶了这趟，说不定就能牵条驴啦！”

“牵驴不牵驴的，老吴！”祥保擦了擦汗，“往后你可放心！我这会儿可知道了，庄稼主日子就靠自个儿干，会打算。你说，这会儿政府好，办公事的好，咱们不费劲干活还行吗？”

“那你决定了吗？”老吴手向后一指，回转头，仿佛就是叫祥保去他手指着的方向似的。祥保立起来了：

“怎么不去？我说，往后你放心，以前那工夫，一个劲糊涂，这会儿我算闹明白了。老吴，我……我说，往后有什么工作，你叫我就是！再不用什么说服动员啦！”

“哈哈！这就行！往后看你的吧！”

老吴立起来往外走了。出了屋门，他转过这边屋子，看了看沉默着摇纺车的两个：

“老把式到底可强哩！”

老把式没说什么，春妮子却低头笑了。老吴走近一步，对春妮子说：

“我说你也不赖，你比她们啦，”他指指北面，仿佛就说明了大庙里那些人们似的，“敢许强哩！呃，春妮子，听说区里又布置妇女生产哩！你赶着纺几斤花，该拾掇下地吧！”

“我哪一年没下过地？”

“是啦！我没说你没下过地，是叫你拾掇准备嘛！”老吴又打趣地转向老太婆，“儿媳妇这么犟嘴呀！婆婆不管教管教？哈哈……”

老吴笑着走了。春妮子望望婆婆，一阵脸红，丢了纺车做饭去。祥保忙进忙出的，给挑了一担水，又抱了一捆柴火，还要坐下烧火去；媳妇推开了他，他才擦擦汗，在院里走了走，看了看木犁又看了看锨，还把牲口圈里的食槽摸弄了半天，把旧鞍子架子拨弄了两下，像要准备套上牲口似的。他忙了半天，才坐到门限上，抽起一支烟。他今天抽的是边区造的烟卷，八毛钱一包的好烟卷。他娘在房子里看见了，愣愣地望了半天，他没注意，他慢慢踱到墙缺口外去了。

他在墙外面，望着井台，望着快天黑的夜色，望着那一片无边的好水地，不自觉地忽然像见到了绿油油的一片好庄稼，像见到了井台边大香椿树发着香味，然后就是大槐树的黄花纷纷飘落，楸树叶乌油油地发亮。于是，当一阵轻风吹过，树叶挤碰着乱响，槐花飘到他身上了，绿油油的庄稼也挤着打着，麦子一天天长大，棒子谷子黄黄的……而沙滩那面，他那几棵枣树，也都结满了红溜溜的甜枣了。……

祥保丢掉了烟卷头，猛想起老何老吴给他说过不止一次的话，他今天懂得那些话了。他今天才算知道了。庄稼主只要会打算，总不会受穷，只会一天天兴旺；只要生产好，吃得饱穿得暖的，他这家庭也不会成天斗嘴吵架的；只要自己个儿挺起腰板好好干，他并不会没出息，他也不再会怕这怕那地左右作难。他还想着边区呀，民主呀，想着鬼子活不长久啦……他是一片欢喜，他于今是要好好支撑起这个家业，他要成为家庭的骨干，他自作自受、左右作难的历史，是应当过去了。

饭做好了，忽然他见到他娘颤动着小脚，从外面回来了。娘是什么时候出去的呢？娘还打了两块豆腐回来！他吃惊了。

“今儿个腊八啦！你不是还得出去一趟么？咱们也吃一顿吧！”娘把豆腐放在灶台上，对儿媳说：“多放点咸盐吧！春妮子！”

春妮子差不多是昏头昏脑了！厉害的婆婆呀！当她扭过头去时，她见到丈夫有说有笑地在对娘说着什么运输呀，籽种呀，牵驴呀，这更使她发晕了。从小就积下仇恨的丈夫呵……春妮子觉得：自己什么离婚呀，斗争呀，反对封建呀都破灭了；她只有忍着闷气，真个好好干劲，重新过个更新的光景了。

看云彩像要下雪，天色黑透了。老太婆的屋子里，“年年娃”又点起来。井台边一阵打水声过去，村里又是什么声音响起来了，那声音就像正对春妮子说的，那是一首什么歌，一首教训春妮子的歌：

纺车儿嗡嗡响，
它陪着我把纺线的歌儿唱。
一边唱，一边纺，
纺得线儿多，纺得线儿强，
纺得线儿结实又匀光，
做个生产中的模范姐姐，
人人赞我力量强……

可是，今晚春妮子不模范：她没有开夜工纺线，她婆婆也催她早睡，她还想纺点花，她婆婆就把“年年娃”灭了，自个儿睡了，她也只得回屋里睡去。平常，当她开夜工时，一上炕，丈夫早打鼾了；今天睡得早，丈夫还没睡熟。她慢慢脱了衣服，钻进被筒，丈夫却向她靠近来，她也不自觉地靠近去，仿佛他们从来的感情就是很好的……

外面，像要下雪的云彩不知跑到哪里去了。半圆的月亮在清冷的天空游动，像浸在凉水里的一面镜子。镜子透过井台边大树的秃枝，照亮这缺墙里面的院子，又从窗洞里照亮这院子里的两间北屋。另一间北屋里一个老太婆躺了半天，大概是因为今夜睡得太早了吧！睡不熟，她嘴唇皮一张一合地微动着，没说出什么话来，只是她忽然睁了睁眼，望望月光，望望隔开这两间北屋的那堵土墙，她想着：她该抱孙儿了。

我的两家房东

/// 康濯

明天，我要从下庄搬家到上庄去。今天去上庄看房子，分配给我的那间靠上庄村西大道，房东老头子叫陈永年。回到下庄，旧房东拴柱问了问我看房子的情形，他就说明天要送我去；我没有答应他：

“我行李不多！你们干部，挺忙；冬学又刚开头，别误了你的工作！”

他也没有答应我，他说：

“五几里地嘛！明啦我赶集去，又顺道。冬学动员得也不差甚了，不碍事。”

第二天，我到底扭不过拴柱的一片心。他把我的行李放在他牲口上，吆着驴，我们就顺着河槽走了。

这天，是个初冬好天气，日头挺暖和，河槽里结了一层薄冰的小河，有些地方冰化了，河水轻轻流着，声音像敲小铜锣。道上，赶集去的人不多不少，他们都赶到前面去了。我跟拴柱走得很慢，边走边谈，拴柱连牲口也不管了。他那小毛驴也很懂事，在我们前面慢慢走着，有时候停下来，伸着鼻子嗅嗅道上别的牲口拉的粪蛋蛋，或者把嘴伸向地边，啃一两根枯草。并且，有时候它还侧过身子朝我们望望，仿佛是等我们似的；等到拴柱吆喝一声，它才急颠颠地快走几步，于是又很老实地慢慢走了。

拴柱跟我谈得最多的，是他的学习。他说，我搬了家，他实在不乐意哩！

“往后，学习可真是没法闹腾啦！再往哪儿寻你这样的先生啊？”

“学习，主要的还是靠自己个儿嘛！再说，这会儿你也不赖了，能自己个儿琢磨了！”

于是，他又说，往后他还要短不了上我那里去，叫我别忘了他，还得像以前那工夫一样教他；他并且又说开了，于今他看《晋察冀日报》还看不下，就又嘱托我：

“可别忘了啊老康！买个小字典……呃，结记着呀！”

“可不会忘。”

“唉！要是有个字典，多好啊！”他自己个儿感叹起来，并且拍了拍我的肩膀，停下来望我一眼。他们这一湾子的青年们，也不知道在什么时候，从区青救会主任那里见到过一本袖珍小字典，又经过区青救会主任的解说，往后就差不多逢是学习积极分子，一谈起识字学习什么的，就都希望着买个字典。可是，敌人封锁了我们，我为他们到处打听过，怎么也买不到，连好多机关里也找不到一本旧的；和我一个机关工作的同志，倒都有过字典，却不是早就给了农村出身的干部，就是反“扫荡”中弄丢了。

走在我们前面的小毛驴，迎面碰上了一条叫驴，它两个想要靠近亲密一下，就不三不四地挤碰起来；那个叫驴被主人往旁边拉开，它便伸着脖子“喔喔”嗥叫。拴柱跑上去拉开了牲口，我们又往前走。好大一会儿我们都没说什么。忽然，拴柱独自个儿“哧哧”笑了声，脸往我肩膊头上靠了靠，眯着眼问我：

“老康，你真的还没有对象么？”

“我……我……我什么时候骗过你？”我领会了他的话，不自觉地脸上一阵热，就很快地说，“我捉摸你可准有了吧？”

“没，没，可没哩！”他的脸唰地红了，忙向旁边避开我，低下脑瓜子笑了笑，就机灵地吆喝他那牲口去了。这时候我才忽然注意上他；原来他今天穿了新棉袄，破棉裤脱下了，换了条夹裤，小腿上整整齐齐绑了裹腿，百团大战时他配合队伍上前线得的一根皮带也系在腰上，头上还包了块新的白毛巾。没有什么大事，他怎么打扮起来了啊？他比我还大一岁，今年二十二了哩！照乡村的习惯，也该着是娶媳妇的年岁了啊！莫非他真有个什么对象，今个要去约会么？我胡乱地闪出这么些想法，就跑上去抓住他的肩膊：

“拴柱，你可是准有了对象吧？可不能骗……”

“没，没，可没哩！”他脸上血红，忙把手上的鞭子啪地击打了一下，牲口跑走了，他才支支吾吾地说，“快……快……呃，眼看到啦，紧走两步吧！”

真个！不大会儿，进上庄村了，我就忙着收拾房子。我从陈永年家院里出来，去牲口上取行李的时候，不知道为什么，拴柱忽然那么忸忸怩怩：他又要给我把行李扛进去，又不动手，等我动手的时候，他却又挤上来帮我扛，他好像是在捉摸着是不是要进这个院子似的，还往院里偷望了两眼，最后倒还是帮我把行李扛进去了。

房东老太太嚷着：“来了么？”就颠着小脚进了屋子，手里拿了把笤帚，一骨碌爬上炕，跪着给我扫炕。房东小孩靠门边怯生生地往屋里望了两眼，一下就发现了我挎包上拴着的大红洋瓷茶缸，就跳进来，望我一眼。我一笑，他便大胆地摸弄那茶缸去了。我跟拴柱都抽起了一锅旱烟，只见拴柱好像周身不灵活不舒展了，把刚抽了两口的烟拍掉，一会儿又取下头巾擦擦汗，一会儿叫我一声，却又没话……我无意地回眼一望，才发觉门口站了两个青年妇女。

那靠门外站的一个，是我昨天见了的，见我望她，就半低了头，扯扯衣角，对我轻声说了句：“搬来了呀？”靠门里的一个，年岁大些，望我笑笑，还纳着她的鞋底。我又望望拴柱，他把头巾往肩上一搭，说：

“我……我走……”

“你送他来的么？”

我还没开口哩，却有谁问拴柱了，是靠门外站着的那个妇女。这会儿，她把门里那个往里挤了挤，也靠进门里来了。

“我……我赶集去，顺道给同志把行李捎来的！”

“你们认识么？”

他两个谁也没回答我，都笑了笑，拴柱又取下毛巾擦汗。那个小孩这会儿才转过身来说：

“他是下庄青救会主任，我知道！姐姐你说是不？”

“是就是呗。”那个纳底子的妇女随便说了一句。

老太太扫炕扫完了，翻身下地，拍打着自己的上衣，跟我聊了两句，就问开拴柱：“你是下庄的么？下庄哪一家呀？是你送这位同志来的么？……”

“人家是下庄大干部哩！青救会主任，又是青抗先队长！”门口那个年轻妇女代替拴柱回答她娘，她扬起脸来，却又望着院子里说，“娘，集上捎什么不？”

“你爹才去了嘛，又捎什么？”

“人家也赶集去呀！”

“对，我……我得走了……”

拴柱说着，猛转过头朝那年轻妇女“闪”地一下偷望过去，就支支吾吾走了。当他走到房门口的时候，我看见那个年轻妇女脸一阵红，脑瓜子低得靠近了胸脯；我也看见拴柱走到院子里，又回头望了一眼，而那个年轻妇女，也好像偷偷地斜溜过眼珠子去，朝拴柱望了望。纳底子的妇女这才睖了身旁那个一眼，就推着她走了。

人们都走了，我慢慢地摆设开我的行李和办公用具。连个桌子也没有啊！只小孩给我搬来了个炕桌。不一会儿，老太太抓了把干得挺硬挺硬的脆枣，叫我吃，一边又跟我拉开了闲话。

趁这个机会，我知道了：这家房东五口人，老头子五十岁，老太太比她丈夫大三岁，小孩叫金锁，那两个妇女是姐妹俩，妹妹叫金凤。老太婆头发灰白了，个子却比较高大，脸上也不瘦，黄黄的脸皮里面还透点红，像是个精神好、手脚利落、能说会道的持家干才。小孩十一岁，见了我的文具、洗漱用具、大衣等等，都觉得新奇，并且竟敢大胆地拿起我的牙刷就往嘴里放；他娘拿眼瞪他，他也不管，又拿起我的一瓶牙膏，嚷着往外跑去了：

“姐姐，姐姐！看……看这物件儿……”

下午，我开会回来，拿了张报纸，坐在门槛上面看。我住的是东房，西屋是牲口圈；北屋台阶上面，那两个妇女都在做针线活。妹妹金凤，看样子顶多不过二十挂零，细长个子四方脸，眼珠子黄里带黑，不是那乌油油放光的眼睛，转动起来，却也“忽悠忽悠”地有神。可惜这山沟里，人家穷，也轻易见不着个洋布、花布的，她也跟别的妇女一样，黑布袄裤，裤子还是补了好几块的，浑身上下倒是挺干净；这会儿她还正在补着条小棉裤，想是她弟弟的吧！她姐姐看来却像平三十子年岁了，圆脸上倒也有白有红，可就是眼角边、额头上皱纹不少，棉裤裤脚口还用带子绑起来了，一个十足的中年妇人模样；她还在纳她的底子。我看了会儿报，又好奇地偷望望她们，好几次却发现金凤也好像在偷望我；我觉得浑身不舒展，就进屋了。

晚饭后，我忙着把我们机关每个同志的房子都看了看，又领了些零碎家什，回得家来，天老晚了；我点上灯，打算休息一会儿。那时节，我们还点的煤油灯，怕是这吸引了房东的注意吧！老太太领着金锁进来了，大闺女还是靠门纳底子，金凤却端了个碗，里面盛了两块黄米枣糕，放到炕桌上，叫我吃，一面就翻看煤油灯下面我写的字。我正慌忙着，老头子也连连点着头，嘻嘻哈哈笑着进来，用旱烟锅指点着枣糕说：

“吃……吃吧，同志，没个好物件！就这上下三五十里，唯独咱村有枣，吃个稀罕，嘿嘿！”

我推托了半天，就问老头：

“赶集才回来么？买了些什么物件？”

“回来工夫不大！呃，今……今儿个粜了几升子黄米，买了点子布。”

“同志！说起来可是……一家子，三几年没穿个新呀！这会儿才买点布，盘算着缝个被子、鞋面啦，袜子啦，谁们衣装该换的换点，该补的补点！唉！这光景可是‘搁浅’着哩！”

老头子蹲在炕沿下面，催我吃糕，又一边打火镰吸烟，一边接着老太太的话往下说：

“今年个算是不赖哩！头秋里不是什么民主运动么？换了个

好村长，农会里也顶事了，我这租子才算是真个二五减了！欠租嘛也不要了！这才多捞上两颗。”

“多捞上两颗吧，也是个不抵！”老太太嘴一翘，眼睛斜楞了丈夫一眼，对我说，“这一家子，就靠这老的受嘛！人没人，手没手的，净一把子坐着吃的！”

“明年个我就下地！”金凤抢着说了句，金锁也趴在娘怀里说了：

“娘，我也拾粪割柴火，行吧？娘！”

“行！只怕你没那个本事！”

“只要一家子齐心干，光景总会好过的！”

我说了这么一句，就吃了块糕。金锁问他爹要铅笔去了，金凤忙从口袋里掏出根红杆铅笔来，晃了晃：

“金锁，看这！”

姐弟俩抢开了铅笔，老太太就骂开了他们。门口靠着的妇女嚷着，叫别误了我的工作，老头子才站起来：

“锁儿！你也有一根嘛，在你娘那针线盘里，甭抢啦！”

锁儿跑去拿铅笔去了，人们也就慢慢地一个个出去。金凤走在最后，她掏出个白报纸订的新本本，叫我给写上名字，还说叫我往后有工夫教她识字，这么说了半天才走。

我送到屋门口，望望回到了北屋的这一家子，觉着我又碰上了一家好房东，心眼里高兴了。实在说：下庄拴柱那房东，我也有点舍不得离开哩！

往后的日子，我又跟在下庄一样：白天紧张地工作，谁也不来打扰；黑夜，金凤、金锁就短不了三天两头地问个字，或就着我的灯写写字。我又跟这村冬学担任讲政治课，我跟这村人就慢慢熟悉了。有的时候，金凤还领着些别的妇女来问我的字了；她并且对我说：

“老康同志！你可得多费心教我们哟！要像你在下庄教……教……教拴柱他们一样！”

“你怎么知道我在下庄教拴柱他们？”

“我怎么知不道呀？”

另外两个妇女，不知道咬着耳朵叨叨了两句什么，大家就叽叽喳喳笑开来；金凤扭着她们就打就闹，还骂着：“死鬼！死鬼！”扭扭扯扯地出去了。

拴柱往后也短不了来。有一回，他来的时候，陈永年老头子出去了，老太太领着金锁赶着牲口推碾子去了。他还是皮带裹腿好装扮，随便跟我谈了谈，问了几个字，就掏出他记的日记给我看；那也是一个白报纸订的新本本，我仿佛在哪里见过这本本似的。我一面看，一面说，一面改，并且赞叹着他的进步。这工夫，房东姐妹俩又进来了，拴柱又好像满身长了风疙瘩，周身不舒展起来。

今天，姐姐在做布袜子，她靠炕边的大红柜立着，还跟往日一样，不言不语，低头做活。金凤是给她爹做棉鞋帮，她却嘻嘻笑着，走近炕桌边，看拴柱的日记：

“这是你写的吗，拴柱？”

“可不！”

“写了这么半本本了呀！”

拴柱好像不乐意叫金凤看他的日记，想用手捂着，又拗不过我硬叫金凤看。拴柱只好用巴掌抹了一下脸，离开炕边，在屋子里走来走去。我对金凤说：

“人家拴柱文化可比你高哩！”

“人家大干部嘛！”

“不用说啦，不用说啦！”拴柱把他的日记本抢走，就问金凤：

“你学习怎么样啦？也该把你的本本给我看看吧！”

“甭着急！我这会儿一天跟老康学三个字，怕赶不上你？”

“拴柱，我说你怎么也知道她也有个本本啊？”

我这么一问，拴柱脸血红了，就赶忙说开了别的事。后来，又瞎扯了半天，他又问了问我买小字典的事，就往外走。金凤追了上去：

“拴柱！你回去问问你村妇救会……”

下面的话，听不清，只仿佛他们在院子里还叽咕了半天。金凤她姐姐望了我一眼，又望了望院子外面，忽然不出声地叹息一声，也往外走。

“我说，你怎么也不识个字？”我无意地问了问金凤姐姐。她又叹息了一声：

“唉！见天愁楚得不行，没那个心思！……人也老啦！”她对我笑了笑，就走了。这个女人有什么愁楚心事啊？她那笑，就好像是说不尽的辛酸似的……说她老么？我搬来以后，还见到过好多回，她和她妹子，和村里青年妇女们一道，说笑开了的时候，她也是好打闹的，不过像二十五六子年岁呀！她……她很像个妇人了。她出嫁了么？

那时节，是民国二十九年，晋察冀边区刚刚在这年进行了民主大选举，八路军又来了个百团大战，出击敌人，中国共产党中央晋察冀分局，还在这年八月十三，公布了对边区的施政纲领二十条。冬学的政治课，就开始给老百姓讲解这“双十纲领”了。边区老百姓是多么关心这个纲领啊！我每回讲完了一条纲领以后，第二天或者第三天晚上，金凤就要跑到我那里来，叫我再把讲过的一条给她讲一遍；她爹也每回来听，老太太和金锁也短不了来，连对学习是那么冷淡的那个房东大闺女，偶尔也来听听。他们一边听，有时候还提出好多问题来；讲到深夜，他们似乎也不困。有时候，金锁听着听着，就趴在娘怀里睡着了；有时候，他又会站在炕上，抱着我的脖子，一连串问我：“共产党是怎么个模样的啊？你见过共产党么？怎么共产党就这么好啊？”逢当这时候，坐在我对面的金凤，就要瞪着眼横她弟弟，直到老太太把金锁拉走了，她才又静静地望着我，眼珠子“忽悠忽悠”地转着，听半天，又趴在炕桌上，在她的本本上记个什么……

这是个平静的家庭。冬闲时节，女人们做针线，老头喂喂猪，闹闹粪，小孩也短不了跟爹去坡里割把柴火，老太太就是做饭，推碾，喂鸡。边区民主好天地，他家租的地又减了租，实在说，光景也不赖啊！一个月里面，他们也吃了个三两顿子白面哩！

可是，凭我的心眼捉摸，这个家庭好像还有点什么问题：一家子好像还吵过几回嘴。只是他们并没有大嚷大闹，而且又都是在屋子里嚷说的，我怎么也闹不清底细。我问过他家每一个人，大家却都不说什么，只金锁说了句：

“姐姐的事咿！”

“姐姐的什么事？”

“俺不知道！”

有一回，我又听见他们吵了半天，忽然老头子跑到院子里嚷起来了。我忙跑出去，只见陈永年对着他家北屋，跳着脚，溅着唾沫星子直嚷：

“我……我不管你们这事！你们……你们自个儿拿主意吧，我不白操这份心！”

说着，他就气冲冲地往外面去，我问他，他也没理。北屋里干什么呢？谁抽抽搐搐地不舒展啊？我问金锁，他说是他大姐啼哭啦！我不好再问，只得回到屋子里发闷。

不过，他家一会儿也就没了什么，好了，又回复平常的日子，我也就不再发急了。

这一天，晌午我给妇女冬学讲了“双十纲领”；晚上，房东们早早地就都来了。

“我还有工作哩！”我说，“明啦讲行么？”

大闺女却忽然跟平常不同，笑着说了话：

“就今儿个吧！你讲了我们就……”

“讲吧，老康同志！”金凤也催我，我只好讲。一看，老头子没来，我问了问他是不是要听，人们都说甭管他啦，我就讲开了。

今天讲的是“双十纲领”第十四条。我隔三五天讲一条，讲的日子也不短了！这会儿，已经是腊月初，数九天气，这山沟里冷起来了，今早上飞了些雪片，后来日头也一直没出来，我觉得浑身凉浸浸的；我把炕桌推开，叫他们一家子都上炕围着木炭火炉坐着。房东的大闺女，把手里的活计放在大红柜上，却不上炕，站在炕沿边，低头静听。老太太的眼一直没离开我，我说几句，她就“呵！呵！”念叨着。金凤却有好多问题。今天我讲的是关于妇女问题的一条：妇女社会地位啦，婚姻啦，童养媳啦，离婚结婚啦……金凤就一个劲问：“怎么个才是童养媳啊？为什么男二十女十八才叫结婚啊？”她姐姐，也不时抬起头来，偷偷地望我。

外面忽然刮起一阵大风，“呜——呜——”地绞着，没关得严实的房门，突地被刮开了，炕桌上的煤油灯火苗也晃了两下。趴在我大衣里面睡着了的金锁，往我身边更紧地挤了挤，迷糊地哼着：“娘，娘……”我的窗子外面，却好像有个什么老头子被风刮得闷咳了两声，我忙问是谁，金凤也突然叫了声“爹！”却没人答应。房东大闺女关了门，我又说开了。

今天说的时间特别长，金凤的问题也特别多。他们走了，我实在累了，却不得不还开了个夜车，完成了工作。

第二天，我起得很晚。胡乱吃了点饭，出去开了个会，回来，房东家已经午饭了。房东大闺女在北屋外面锅台边拉风箱，屋子里，老太太好像又跟谁在嘀咕什么。只听见大闺女忽然把风箱把手一推，停下来，对屋里嚷：

"娘！你那脑筋甭那么磨化不开呀！眼看要憋死了我的，又还要把金凤往死里送么？……你，你也看看这世道！"

屋里说了些什么，我没听见。我这两天工作忙一些，也没心思留心他们的事了。

我们机关里整整开了三天干部会。会完了，我松了口气；吃过早饭，趁天气好，约了几个同志，去村南球场上打球。就在那道口上，忽然看见陈永年老头子骑着牲口往南去。我好像觉着这几天他心眼里老不痛快似的，而且差不多好几天没跟他说话了，这会儿就走上去问了问他：

"上哪去？"

"嘿嘿，看望个亲戚！"

看他那模样，还是不怎么舒展。到底是怎么回事啊！我打了会子球，回到家里，刚进院，房东大闺女就望着我笑。金凤忙扯她姐姐的衣角，打她姐姐。她姐姐却还对我笑，我也不自觉地笑起来，问是怎么回事，金凤却低着头跑进屋里去了。金锁问我："你们这几天吃什么饭啊？"他大姐也问我："明儿你们不吃好的吗？"

我说：“这几天尽吃小米。”到底怎么回事？为什么又问这？我还是知不道。房东大闺女这几天不同得多，老是诡诡谲谲地对我笑；而金凤，却是见了我就低着头紧着溜走了，一句话也不说，也不问字了，也不学习了，连冬学上课的时候，我望她一眼，她就脸红：这才真是个闷葫芦！

第二天，我见金凤捉了只草鸡在杀，又见她家蒸白面馒头：这出了什么事？而且，这一天金凤更是见了我就红着脸跑了，她姐姐还是望着我笑。我憋闷得实在透不过气来。下午，老太太忽然拖我上她家吃饭去。我吓得拼命推辞，她可硬拖，金锁也帮她拖。我说：

“那么着，我要受批评哟！”

“批评？你挨揍也得去！特地为你的，有个正经事哩！”

我红着脸，满肚子憋闷，上了北屋。屋里，炕桌擦得净净的，筷子摆好了，还放了酒盅，金锁提了壶热酒进来，老太太就给我满酒。我慌乱得话也说不出，却忽然听到窗子外面锅台旁边两个女人细声地争吵起来了：“你端嘛！”“我不！”“你不端拉倒！又不是我的事情！哧哧哧……”一阵不出声的笑，像是金凤她姐。又听见像金凤的声音：“我求求你！”“求我干什么？求人家吧！哧哧哧……”“个死鬼！”于是金凤脑瓜子低得快靠近胸脯，端了一大盆菜和馒头，进来了；她拼命把脸背转向我，放下盆，脸血红地就跑了，只听见外面又细声地吵笑起来。

老太太硬逼着我喝了杯酒，吃了个鸡爪子，才把金锁嚷出去，对我说开了话：

“那黑家你不是说过么，老康？这会儿，什么妇女们寻婆家，也兴自个儿出主意？两口子闹不好，也兴休了？……呃，你看我又忘了，是……是兴离婚么？唉！就为的这么个事！你……老康，你知不知道我是好命苦哟！”

老太太隔炕桌坐在我对面，上半身伸向我，说不两句就紧着扯衣角擦眼睛。刚擦完，我见她的眼泪却扑簌扑簌往出涌。她狠狠地闭了下眼睛，就更俯身向我说：“俺那大闺女，十六上给了人家，到如今八年啦！她丈夫比她大十岁，从过门那工夫起，公婆治得她没日没夜地受，事变啦，还是个打她哩！饭也不叫吃！唉……甭说她整天愁楚得不行，我也是说起来就心眼痛哩！闺女，闺女也是我的肉啊！”

老太太又啼哭得说不下去了。我却惊奇起来：那个女人还只二十四岁！我问了：

“她什么工夫回来的？”

“打年上秋里就回了，不去了，婆家年上来接过一回，往后就音讯全无，听说她男人还……唉，还瞒着人闹了个坏女人哩！可怎么会想到她？她也发誓不回啦！婆家又在敌区的。”

“那就离婚！条件可是不差甚呀！”

我心眼早被这些情由和老太太的啼哭闹得发急得不行，老太太却又说：

“老康！不，先说二闺女吧！大闺女闹下个这，二闺女差不大点也要闹下个这？金凤嘛，今年个十九，十四上就许给人家了呀！男的比她大七岁，听说这会儿不进步，头秋里闹选举那工夫，还被人们斗争来哩！那人嘛，我也见过，呃……你，你，你吃吧，老康！”

她又给我满上酒，还夹了一大块鸡肉：“人没人相没相的，不务庄稼活，也是好寻个人拉个胡话，吃吃喝喝，听说也胡闹坏女人哩。头九月里，也不知道他赶哪儿见着俺金凤一面，就催亲了，说是今年个冬里要人过门！金凤死不乐意，她姐也不赞这个成，俺就一个劲拖呗！拖到这会儿，男家说过年开春准要娶啦！你说老康，这，这可怎么着？唉，俺这命也是……”

“那可以退婚嘛！”

“你说怎么个？”

“不只是说定了么？这会儿，金凤自己个儿不愿意，要是男的真个不进步，那也兴退婚，也兴把这许给人家的约毁了呀！”

“那也兴么？”

“可兴哩！”

老太太眼一睁，吁了口白气，像放下块大石头似的，又忙叫我喝酒。我喝了两口，也松了松劲，朝门口望望，见门槛上坐的好像是老太太的大闺女，半扇门板挡了，看不怎么真。忽然，我又发现我背后的纸窗外面，好像有个什么影子在隔窗偷听，就忙回过头望，于是那个人影子赶紧避开了；我又回过来给老太太说话，可好像觉得窗外的影子又闪回来了。我想起了那天黑夜，为什么我讲到离婚的时候，金凤她姐直愣愣地看着我，而“双十纲领”上是没有提到退婚这件事，我也忘了说；金凤那黑家直到走的时候，还似乎有个什么问题要开口问却又没开口的……

“老康！俺家计议着就是个先跟金凤办了这事，回头再说俺大闺女的。那离婚，不是那条领上说兴的吗？自打那黑家，俺大闺女可高兴了哩！她那个，慢着点子吧！唉，那黑家，你看，你又没说金凤这也行的！闹得俺们家吵了一场！”

老太太抿着嘴，好像责备我，却又笑了。

“你想，结了婚还兴离，没结婚的就不兴退吗？”

“俺们这死脑筋嘛！唉……说是说吧，我可还是脑筋活化着点，我老头子就是个不哩！这不是，争吵得他没法，他出门去打听金凤男家那人才去了哩！呃，等他回吧！”

“行！没问题！只要有条件，找村里、区里说说，就办了。”

院里，两个女人又叽叽喳喳吵闹开了。金锁进屋来，他娘抱他上炕吃饭，我就硬下炕走了。我走到院里，金凤她姐拍着巴掌笑起来，我叫她们吃饭去，金凤脸血红地溜过我身边，就紧着跑进了北屋，她姐对我笑了笑，追着她妹子嚷：

“哈，兴啦，兴啦，兴啦……”

往后，他们一家好像都高兴了些，只是陈永年老头子回家来以后，还是不声不响，好几天没跟我说话；我只见他每天在街里，不是蹲在这个角落跟几个老人们讲说什么，就是蹲在那个角落跟村干部们讲说什么。不多日子以后，村干部们又跟我说过一回金凤的事，并且告诉我：金凤那男人着实不进步，还许有问题哩。又过了几天，我从村干部那里打听到：区里已经批准金凤解除婚约了。我回得家来，又问了问金凤她姐，她也原原本本地告诉了我，她并且说，等开了春，她也要办离婚了哩！

想不到这么一件小事，也叫我高兴得不行，我并且也不顾金凤的害臊劲，就找她开玩笑了。这么一来，金凤变得一点也不害臊了，又是认字又是学习的，并且白天也短不了一个人就跑到我屋子里来，有时候是学习，有时候却随便来闹一闹。我觉得这不很好，又没恰当的话说，就支支吾吾地说过几句。这一来，金凤她姐就冲着我笑了：

“哟，老康同志，你也害臊咧！”

“你是领导俺老百姓教育工作的呀！你也封建吗？”

我也不觉红了脸。好在这么一说，往后金凤白天也不来了，晚上来，也总是叫上她娘，她弟弟，或是她姐，或是别的妇女们同来，这倒是好了。

日子过得快，天下了两场雪，刮了两回风，旧历年节不觉就到了。这天上午，我正工作，忽然，拴柱跑来了。他大约有二十来天子没来过了吧！今儿个还是皮带裹腿打扮，脑袋上并且添了顶自己做的黑布棉军帽，手上还提了个什么小包包。

“没啥物件，老康，这二十个鸡蛋给你过年吃！”

我真要骂他！又送什么东西啊！他把日记交给我看，一眼看见我炕桌上放了一本刚印好的《秧歌舞剧本》，就拿去了。

“哈！正说是没娱乐材料哩！这可好了！”

我工作正忙，就说今天没时间看他的日记。他说不吃紧，过两天他再来拿。房门外，是谁来了，拴柱就跟外面的人说开了话，是金凤！两个人细声细气地说什么啊？后来还同到我屋子里，两个人靠大红柜谈着。可惜我埋头写字去了，一句也没听。

过了年，拴柱来得更勤，差不多三五天、七八天总得来一回。每回来，总是趁我晌午休息的时候，一进院子就叫我，我走出去，叫他进来，他又不大肯进来了，他总是在院里把日记给了我，或者讲说个什么事，就急急地走了。后来，我并且发现：白天，金凤姐妹俩总坐在北屋台阶上做针线的；每回拴柱来了，金凤马上就进北屋去了。他俩好多日子没打过招呼、说过话的。我又迷糊不清了！到底又是怎么回事？村里面却是谣传开来，说金凤和拴柱自由咧，讲爱情咧……我问金凤她姐，她只说：

“他们早就好嘛！这些日子，不知道怎么个的，我问金凤，她也不说。你问问拴柱吧！”

拴柱也不跟我说什么，逢当我问到这，他只红着脸笑笑，叫我往后看。

往后，村里面谣言更厉害，村干部和我们机关的同志还问起我来了。我知道什么啊？我只知道：拴柱还是不断来找我，问学习什么的；也不进我住的房子，也没见他跟金凤说过半句话；他一来，金凤又赶紧上北屋去了。再说别的嘛，只是我发现，这些日子金凤也短不了出去的。有一回，金锁忽然从外面急急地跑进来，大声嚷着：

“啊啊……二姐跟拴柱上枣树林里去了啊，啊……”

“嚷什么哩？”老头子向金锁一瞪眼。金锁又说：

“我见来着嘛！”

“你见，你见……你个狗入的！”

老头子顿着脚，就跑进北屋，乱骂开了。我拉过金锁问，也没问出个什么情由。只是村里谣言还很重，老头子陈永年脾气好像更大了，好多日子没跟我说什么话，还短不了随便骂家里人。但是，金凤来了，他可不骂金凤，只气冲冲出去了。

天气暖和起来，开春了！杨花飘落着，枣树冒出了细嫩细嫩的小绿叶，也开出了水绿水绿的小花朵朵，村里人们送粪下地的都动起来了。这天后晌，我吃过晚饭，也背了个铁锹，去村西地里，给咱们机关租的菜园子翻地。傍黑，我回来的时候，一个同志找我谈谈问题。我们就在地边一棵槐树下坐着，对面不远，大道那边，日头的余光正照在我们住的院子门口。那门口外面，一大群妇女挤着坐着，在赶做军鞋，叽叽喳喳地闹个不止。忽然我见拴柱背着个锹，从大道北头走来，我记起了他还有三亩山药地在上庄北沟里。正在这当口，我房东家门口的妇女怕也是发觉了他，都赶紧挤着扯着，没有一个说话的，而且慢慢地一个个都把小板凳往大门里面搬，都偷偷溜到门里坐去了。拴柱忽然也周身不舒服似的，那么不顺当地走着，慢慢地，一步一个模样。门外面只剩下金凤一个人了，她好像啥也不知道，愣愣地回头一望，就赶紧埋下脑瓜了，抿紧嘴做活。我撇开了身边那个同志，望着前面，见拴柱一点也没看见我，只是一步一步地硬往前挪脚步，直到他走过那个大门口好远，要拐弯了，他才回过头朝门口望了望，又走两步，又停下来回头望。他停了好多回，也望了好多回，而大门口这边，我明明看见，金凤也从埋着的脑瓜子下面，硬翻过眼珠子，“忽悠忽悠”地也直往前面望哩！

这天晚上，我没有睡好觉。第二天一大早，我就去下庄找拴柱去了。

拴柱还没起来，他娘、他哥、他嫂迎着我，一边给我端饭，一边说：

“他这几天也知不道怎么闹的，一句话也不说，身子骨老是不精神。说他有病吧，他说没，见天吃过饭还就是个下地里闷干！”

“不要紧，我给他说说就行的。”

我拉拴柱起来，吃过饭，就跟他一道下地。我们坐在地边上，我问他：

“怎么个的？干脆利落说说吧！”

他却一句话也不说。我动员了好久，他还是闷着个脑瓜子。我急了，跳起来嚷着：

“你怎么个落后了啊？你还是个重要干部哩！”

他这才对我笑笑，拉我坐下，说了一句：

“干脆说吧，我早就想请你帮个忙哩！”

“那还用说？一定帮忙嘛！你说吧！”

“我跟金凤早就好啰！俺俩早就说合定了的哩！”

“那怎么不公开？”

“笨人嘛！臊得不行，谁也知不道怎么说，也知不道跟谁们说！”

“这会子你们怎么老不说话了呀？”

“嘿……说得才多哩！”

拴柱一把抱住我的脖子，笑开了。我问他，他说，他每回上我那里去，就是去约会金凤的，他们都在枣树林僻静角落里说话。他每回到了我住的院里，金凤就回北屋去，用缝衣裳的针给他做记号：要是针在窗子靠东第五个格子的窗纸上通三下，就是三天以后相会，通四下就是四天以后；在第七个格子上通三下，就是前晌，通五下，就是后晌。他这么说着，我却揍了他一拳头，仰着脖子大笑；他脸上一阵血红，马上把头埋在两个巴掌里，也“哧哧”笑。我跟他开了个玩笑：

“你们没胡来么？”

“可不敢！只像你们男女同志见面那样，握过手！”

我又揍了他一拳，他臊得不行，就做活去了。我向他保证，一定成功！就回到了他家。他娘、他哥听了我的解说，都没有什么意见。回到上庄，我跟房东老太太和金凤她姐姐说了，她们也说行，最不好办的，就是陈永年老头子了。晚上，我把他约来，很详细地跟他谈了谈。他二话没说，直听到我说完，才开口：

“这事吧，我也不反对。反正，老康，我对你实说，俺们这老骨头，甭看老无用啦，可这心眼倒挺硬，这死脑筋也轻易磨化不开的。嘿嘿。”他对我笑了笑，吸了口烟，“俺们这脑筋，比年轻人这新式脑筋可离着远点子哩！我跟我那些个老伙计们说道说道再说吧！你说行不？哈哈……”

这以后，事情还没有办妥，我却要下乡了。我把事情托给了村干部，又给区里青救会和妇救会写了封信，就往易县工作去了。

下乡时候，我还老惦念着这件事。好在，二十来天很快过去，我急急往回走。道上，在山北村大集上，无意中发现了一本从保定来的《学生袖珍小字典》，我马上买了。我很可惜为什么这小字典只一本啊！回得家来，金凤见了这，听说是小字典，就抢过去了。我急得不行，我说那是拴柱叫我买了一年多的啊！她却硬不给我，只问我多少钱。我一气，就不搭理她了。

两天以后，我汇报完了工作，村干部告给我拴柱金凤的事成功了！两家都同意，区里也同意，正式订了婚。我回到我住的地方，高兴地就直叫金凤。金凤跟她娘推碾子去了，她姐出来告给了我，我马上问她：

“金凤他俩订婚了么？”

“订了！我也离婚了哩！”

我欢喜得跳起来。她又说：

“他们前日个换的东西。拴柱给她的是两条毛巾，两双洋袜子，还有本本，铅笔的。她给拴柱的是抢了你的那本本小书，一对千层底鞋，一双纳了底子的洋袜子，也有本本，铅笔。”

“你们瞎叨叨什么哩？”金凤跑进来了。我大声笑着，拱着手给她作揖，她脸上一阵血红。她姐却从口袋里掏出条新白毛巾来，晃了晃，给我送过来，却对她妹子说：

“你这毛巾还不该送老康一条？我见老康回了，就拿了一条哩！怎么个？行吧？”

“那可是该着的哩！”她娘一进来，也就这么说。金凤从她姐姐手里抢走了毛巾，斜溜了我一眼，说：“他有哩！后晌拴柱来，白毛巾一条，还有我纳了底子的洋袜子也给他哩！那毛巾，比我这还好啊！”

金锁也回了，大家笑着，他就一边跳，一边伸着脖子：“呵，呵！”陈永年老头子一走进院，见了这情由，也一边笑着，一边顿着脚，嚷着：“嗨，嗨……”不好意思似的，朝我们这群望望，紧着往北屋里走去了。

一九四六年五月二十三日夜作于张家口

母子

/// 于黑丁

元宵节，街上热热闹闹，锣鼓喧天。申老太婆在外头看了好久，心满意足地走回了家。她摸索了一根麻秆，在炕炉上吹了吹，点着了灯。

“怎么春发还不回来？”她倚在炕沿上。儿子没回来总使她惦记着，心里很着急。

看热闹看得腿有点痛，脖子也有些发酸。她爬上了炕，在那儿歇息。区上一定有要紧事，要不哪会在这时召集村干部去开会呢？她什么都明白，什么也想得开。

街上依然是热热闹闹，锣鼓喧天。要是春发能回来赶上看看多好！春节娱乐活动都是他亲自领导的。她想再出去逛一逛，可是站在街上直挺挺的又嫌太累。今年正月十五真是红火！那两座垒得像锅灶一样大的火炉，一层一层煤块，燃起了红红的火苗。

抗战胜利后第一个元宵节，人们的心情的确比往年不同，大家已经咬紧牙关熬过来了，如今能围在这“娱乐火”跟前说说笑笑，真是感到十分痛快。天黑她从家刚刚一出去，高兴得真不知要说什么好，眼睛只是看看这，望望那。她站在炉火跟前。火太旺了，大块大块的煤，像熔化了的铁，哗地一下裂开了。火刺着她的眼睛有点花，热辣辣的睁也不敢睁，微微在闪动。她的脸给烤得现在还觉着有些痛！那炉火，把大街照得亮堂堂的。家家户户门旁挂着红灯笼。贴在门框上头，写着标语口号，花花绿绿的“彩吊”，像一串飞跃的灯蛾，被风吹着，在扑拉扑拉响。她最爱看那座扎得又高又宽的松牌楼，给火一晃，披挂在架柱上头一层湛绿绿的颜色，显得更加崭新更加壮丽了。她看见好多人从它底下来往经过，好多人又挤在那儿恋恋不走。她自己也站在那儿，仰着脸，张动着嘴，像是在自言自语，又像是在对大家说什么。她脸上浮着轻松愉快的笑，看看毛主席的像，看看旁边那两面鲜艳的旗，又看看像下头，那三块排列着的红色木板上，用金纸贴成的几个大字：“和平民主”“努力生产”“团结统一”。金字明晃晃的，凸凸的，非常好看，她一边瞧，一边在嘴里重复着，这是从群众心底呼喊出来的喜悦的声息。这些字，她在民学里都已念熟了。呵，多么耀眼！多么叫人喜欢呢！她感到很生动，很亲切。她用手扯住她那十岁的孙子大江说：“快给毛主席鞠个躬作个揖吧！”她自己也跟着鞠起躬，作起揖来了。大家的眼光都注视着她，她觉着又光荣，又幸福。她记得很清楚，自己是怎么样说？她好像要跳起来，说毛主席再不叫她拉着棍子要饭吃了，说吃水不忘掏井人。她被街上的光景，引动着不安了。这光景她生来只见过两次。第一次，是八路军刚一来，打了一个胜仗，帮助老百姓翻了身，于是村里就在那一年正月十五这一天晚上，开了一个军民联欢庆祝胜利大会。街上也是垒着火炉，也是扎着松牌楼，松牌楼上也是插着旗，挂着毛主席的像，贴着大字。……

她坐在炕上，暗暗想着街上的情形。她听见农村剧团的小花戏，在炉火旁边小广场上，还在嗳嗳呀呀地唱着左权民歌小调。孩子们在这样一个难得的节日，也是痛快极了。他们走着，扭着。他们把自己的生活、自己的事情都演成了戏。他们唱抗战胜利，唱生产互助，唱和平民主，唱出老百姓心中的快乐和希望。

大江长大了，现在能演戏了。想着，想着，她想起部队上的春起来了。日本投降后，他来信说，部队开庆祝胜利大会，他参加秧歌队。但她可没有看见呵！他一定跟大江一样扭得好。这样，她更乐起来。

街上的人都分散了。大门口有脚步声，她仔细一听，自己老汉跟大江正在外边说话。他们没有进来，一直走到前屋。

春发仍然没有回来。她焦急地在坐着等他。

外边刮起风来。她听了听街上，这时简直没有一个人在走路。“过年过节开什么会？自己村里闹娱乐，不能回来好好玩一玩！”一下子她可就又想起春发来，有点恼，在嘟嘟哝哝埋怨他。

风在山上呜呜地叫。她感到自己有点冷了。说不定要变天，真是，怎么还是不回来？他病了好几天，早上他的头还热得像火炭！要是再不留心，回来准得躺下！叫他把那件破羊皮袄带去，他偏不听！她又可怜又恨他。她也知道儿子对工作很积极，什么事都要亲自出头，但她却怕他工作一忙起来，他自己身子好坏也不管了！一有病要叫她操心，一有病要叫她怕个死！她没有躺下，睡也睡不着，坐也坐不稳。她从炕边撩起一个线拐，靠着墙壁在那儿倒线穗子。白净净的线，在她怀里一闪一闪。

春发还是没有回来，她走下地，开开屋门，望望天上的星，天快亮了，也许他是住到区上？可是他没带一点盖的东西！猛一歪头，她的思虑给什么打断了，她好像听见有人在外头用手拨动门闩。这不会是别人，只有春发在外边开会回来才这样开门。她赶快出去，把大门一开，可是外边是黑黑的，寂静静的，她不放心，脚步连停也没有停，便走到前屋，看看大门关着，知道春发没有来这里，于是她也没有惊动老汉和大江，就转回身去，走到后屋的大门了。

她迟疑着。看了看街上的炉火快熄灭了，只剩下淡淡的火星，在黑暗里一闪一闪的。她走到门前那片杨树林里，朝黑黑的山冈瞭了瞭，听听路上没有人走动，她这才慢慢走回了家。会不会病到区上呢？会不会呢？她坐在炕上倒着线，心里焦躁躁的又不安了。

当门闩真有人用手拨动开时，她困乏得正在那儿打盹儿。进来的年轻人是一个三十来岁的农民。这就是春发。他是这李峪村党的负责人，政治主任兼民兵指导员。他一进屋，从肩膀上卸下来那支日本三八式步枪，往炕头上一放，惊奇地问：

“娘，你怎么还没睡呢？”

她一惊动，愣了愣，手里线穗子落到地上。她忙站起来，笑了笑，说：“嗯，等着你哩！你回来这样晚！”

“爹跟大江都睡了吧？”他问。

“他们在街上玩了半夜。大江那孩子可累坏了。他演的戏你也没看见！今天区上开什么会？”

春发看着母亲。他怕被母亲看出脸色，忙低下头，用手遮住了两只发红的眼睛，回答：

“开会讨论动员民兵去参战。妈的，真气死人了，阎锡山破坏国共停止军事冲突协定，他们军队又向咱们白晋路上进攻！咱们得去保卫和平，坚决把他们消灭掉！区上决定各村去个村干部带领着民兵，我自动报了名。”

母亲脸色一沉，很不高兴，忙说：

“怎么？你报了名！”

“是呵。咱是村里的政治主任，又担任民兵教育工作，自己不跑到前头，难道还叫别人去？”春发低着头说。

她迟疑了一会儿，怕儿子误会她是在拖尾巴，解释说：

“嗯，参战是光荣事，反动派军队打咱们，不去怎么办？我的意思，是说你有病，怕体力不顶事！这次好不好先叫别的干部去？”

春发小声回答：

"不要紧！病已经好了。这次不去不行，咱跟区上讲好了。去的任务区上也交代给咱。这次去，下次再参战就叫别人去。"

"这次就是不去，咱也不是逃避工作！"她等儿子回答她。

可是春发沉默了。在沉默中，他表示出不同意母亲的话。

她看看儿子不能照她所想的那样做，内心感到有点悒郁。但她马上又说：

"嗯，你这孩子，什么事都不愿落在人家后头！你去就去吧，可要注意自己身体，病刚刚好……"

"娘，睡吧！你不要熬夜了！"他仍是用手遮住了眼睛，一转身，他在炕上躺下了。

她看看他，关心地问：

"你是不又不舒服？一定是回来受凉啦！"

"不是！"压在心里的事没法说，春发鼻子发酸了，声音有些发哽了。她看出儿子不大痛快，但又不知道为什么事。她沉默了一会儿，偷偷看看他的眼睛，便轻轻问：

"你哭什么？"

他一时想不出要怎么样回答才合适，就这样吞吐起来了：

"我想明天的追悼会，想起大哥死的情况了！"

大哥叫春生，已经死了三年零九个月了。他是村里民兵创建人，武装中队长。一九四二年五月反"扫荡"，他为了掩护全村老百姓安全转移，却牺牲在敌人的包围里！死的时候他怕给敌人拿走了枪，还把枪栓卸下来埋在地里。那时因为战争紧急，老百姓们没有一天安生日子过，这样就把他凑凑合合先埋到山沟圪塄里。现在抗战胜利了，明天村里的民兵要给他起骨，移到烈士山上，全村举行公葬。想追悼会，想大哥的死，自然也是真的。但最主要的，他是在想三弟。今天他在区上，看见和三弟一同参军的一个人，因为受伤成了残废回家来了。那人告诉他，三弟自从开到平汉线，不幸在十一月被反动派军队打死了。这个消息，他真不知道要怎么样回来告诉老人呢！说不说呢？说了，老人准得痛哭流涕！他从区上在回来的路上，一边考虑，一边流泪。流泪只管流泪，可是一想到三弟在牺牲时，表现得那样英勇，他却暗自欢喜了，觉着兄弟三人，个个都是好样，个个真如铁打的一般。

母亲说：

“嗯，真快呀！你大哥一转眼就死了三年多了！他死时，大江还不懂事。这孩子的模样现在越长越像他爹。他，总算给咱们留下了这样一条根……你不要难受吧，前人为咱们死了，后人就要替他报仇！咱希望的是，叫春起在部队上快打胜仗，早点回家……”

一提到三弟，春发的眼泪又扑簌簌地流。他在炕上打滚一般，身子翻动着，把头埋在胸脯里，愤愤说：

“唉，说来说去，咱们哭天抹泪，还不都是日本人跟反动派把咱们害的吗！要是没有他们，日子不是和和平平的……唉！春起，春起……”

她瞪大眼睛：

“春起怎么样？”

春发不能再遮掩了。母亲一听，两手往炕席上一扑，喉咙像断了气似的，就伤心地碰到炕上。

忽然，她仿佛从噩梦中惊醒，头上扎着的一块黑头巾弄掉了，花白白的头发也披松开了。她两只冒火似的眼睛，瞪得大大的，眼泪沿着面颊，滚到抽动的嘴腮上。她咧着嘴，咬着牙，一会儿她攥着拳，在炕上咚咚地捶，一会儿她又伸开手，在自己膝盖上啪啪乱打。她上气不接下气说：

“叫我怎么能不心痛呢！他们就这样把我孩子打死了……啊，我的心可要活活给揪碎！那些吃人的畜生，他们进攻咱们解放区……孩子去年十月不是还好好的吗？……”

她真料想不到他会死了。现在只能看看去年寄回来的那张相片，真的模样永远见不到了。去年过八月节，他想到家，他不是还把生产节约的几百块钱，自己舍不得用，都寄回来了吗？他不是还写信说不要叫家里人惦记着，等打完了敌人就回来吗？毛主席去重庆谈判，国共讲和平，呵，这回以为他可真要回来了，哪知反动派不顾信义又进攻解放区！他来信说开到平汉线了。就这样她等他信，就这样她想他。申老汉在前屋惊醒了。他跑到后屋一听，半天说不上话来。他是一个性情开朗的人。这几年在磨难中锻炼着，什么事他都会咬着牙忍受熬过。他蹲在屋门口，叹着气，对她说：

“想开一点吧！春起为大家牺牲了！革命流血不流泪……”

春发也劝母亲，然而，她只是哭，好像要把心里的话都哭出来。她说：

“我的孩子去年十一月就不在了，可是现在才听到信！怪不得我一进腊月门，天天心神不定，晚上胡思乱想。过年除夕，我亲眼看见他手里擎着两支明晃晃的洋蜡回来了，我一睁眼，原来是在做梦呀！我把眼泪偷偷咽下去，又是欢天喜地跟大家一同闹哄……”哭也哭不完，要说的话太多了，本来过了正月十五，想把纺的线赶快倒好，浆一浆，打算织几尺布缝件小汗褂，做两双袜子给他捎去，谁想到他已经不在了！媳妇在娘家还不知道这消息，两个人自由结婚才半年就离开了，他们感情多好，从来就没红红脸。他死了，连个孩子也没给留下呀！解放区的老百姓过得好好的，要不是反动派来进攻，谁家会少儿缺女！老百姓要和平要民主，反动派偏来打内战。他当民兵跟日本人打了好几年也没死掉……想到这，她恨极了。她爬到炕上，用黑头巾蒙着脸，流着泪，感到沉痛！她又坐起来。自己总要活下去呵！几年来天天不是都在忍受着艰苦折磨挣扎吗？村子里不光自己是这样呵，哪家不是抗属？谁的儿子没参加民兵？有的出去没有信，有的光荣牺牲了。可是活着的人，在家里要劳动生产，昨天还流泪，今天脸就舒展开了。八年来大家经常过着这样的生活。今天敌人来扫荡，明天敌人又来奔袭，房屋烧的烧了，拆的拆了。牲口也给抢走了。有的人也被杀了。但是有谁屈服过？全村人不是个个咬着牙，至死也不给敌人维持吗？在山沟野地里生活已经惯了。和敌人斗争，耐受苦楚也已经是平常的事了。这样，人们经过一次悲痛，就要更加坚定，更加激愤……

她沉默着，擦干了眼泪。

申老汉说：

“你们躺下睡吧。光难受也没用！”

于是父亲拖着沉重的脚步，回到前屋了。春发吹灭了灯。然而，她没有睡，牙咬得咯咯地响，神经受到了深的刺痛。在黑暗中，她躺下又坐起来，坐起来又躺下。她的脑子好像要裂开，一会儿也不安静！明天开追悼会，剩下这一个儿子又要去参战！这一去，要是再有一差二错怎么办？不让他去，上前拦着他，那真要叫人笑话死了！这样做不是太落后了吗？

很快地，鸡叫第二遍了。忽然，她又仿佛从噩梦中惊醒，从炕上爬起来，一边低低地抽泣，一边在摸索。她给春发把那一件破羊皮袄盖到被子上，一只手轻轻放到他微微发烧的脸额上。

“娘，你睡吧……”春发轻轻地说。

第二天，她一早爬起来，饭没有好好吃，只喝了半碗稀米汤。她叫大江挎着一篮子早几天炸好的油糕，便一同去参加追悼会。

学校前边的广场上已经拥满了人，然而人们并不吵闹，个个心里充满着沉重的抑压的情绪。唢呐、笙、笛子，奏着悲凄的哀乐。这哀乐被风吹着，传到全村各家各户，传到山沟，又传到山沟的那边。于是，牺牲儿女的老头老婆来了，牺牲丈夫的女人来了，牺牲爹娘的孩子也来了。有好些村庄的干部，死者的亲戚朋友，部队上的首长和战士，他们带着蒸馍、油糕、点心、菜、猪肉、香烟、梨、花、花圈、挽联……一个一个来了。人们低着头，有的擦着泪，有的默默朝烈士灵堂看。申老太婆大儿的红色棺材，静静地停放在那儿。棺材的前边，供着一排烈士的牌位，它一左一右挂满了白色的花朵，挂满了死者的英勇奋斗的历史，更挂满了追悼的人们送来的挽联。这挽联有些是农民自己写的。有的写出自己沉痛的哀悼，有的写出对敌人的愤恨，也有的写出自己斗争意志的坚定，那些字歪歪扭扭，笔画粗细不匀，但给明晃晃的烛光一照，却格外有力地活现在崭新有光的纸上，活现在粘在一起的大张的麻纸上，活现在写过字的旧纸的反面。这挽联，沿着白色的牌楼，在围绕着广场的一根粗绳子上，像一面一面战斗的旗帜，都满满地挂列开了。人们被它包围着，遮掩着。在一阵一阵冷风的吹刮中，它飘动着，更增加了人们无限的哀思。

申老太婆看了看大儿子和三儿子的牌位，转身走到棺材头上，就坐在一条板凳上哭起来。大江扯着祖母的胳膊，眼里流着泪说：

“婆婆，不哭吧！别伤了身体！”

好多人都来劝她。但好多人都跟着她流眼泪。

申老汉对大家说：

“叫她痛快哭一顿吧，不哭心里也是怪难受的！”

八年了呵！在八年对敌斗争当中，老百姓和八路军，保卫自己的解放区，真不知流了多少血汗！现在，他们来追悼自己敬爱的人了。他们胸襟上佩挂着一朵白花。这是一朵光荣花，一个流血的标志。民兵肩上背着枪，腰里掖着手榴弹。他们脸上抖动着紧张的表情，个个精神又很振奋，好像他们是来参加武装检阅大会，大家伙儿要把自己的力量，准备得更充实，更强大！

礼炮在广场上响了。追悼会开始了。

于是，村长报告开会的意义，主祭人读祭文。人们开始向烈士灵堂慢慢移动着脚步了。烈士的家属，个个流着泪，抑制着哭声，把自己带来的东西双手献上去。妇救会和儿童团的同志，拿着花和花圈也走上前去了。合作社和村干部献菜酒。村里的群众，四乡八村的干部，八路军的同志，随着也都把祭品献上去了。东西太多了，篮子压篮子，碗碟靠碗碟……

一个老太婆看了看这些东西，一边流泪，一边感动着，对身旁的人说：

“前几年，敌人不叫咱们好好过日子，今天爬山，明天钻沟！那些孩子们天天跟敌人干，也没吃上这样多好东西！可是他们熬不到抗战胜利就牺牲了……”

政治主任兼民兵指导员，从人空里跳出来了。

“刚才村长讲的话一点也不差，咱们八年来能坚持对敌斗争，打死好多敌人，得到好多武器，一直把敌人完全打垮。这不但是烈士们流尽了鲜血换来的胜利，也是咱们八路军，全村的老百姓和民兵的功劳！咱们应当好好记在心里啊！现在抗战已经结束，和平也实现了，可是反动派一心反对咱八路军，反对咱们老百姓，他们正在向解放区进攻！难道说咱们又要过那种山沟野地里的生活？……”

春发这激愤的话刚一停，一只一只手，树杈似的从群众的头顶上伸出来了。民兵的枪也高高举起来了。于是，广场的人群，掀起了海浪一般的呼声：

“好嘛，叫他们来吧！他们敢进攻，咱们就敢消灭他们！”

“看看他们强，还是咱们强！日本人咱们都对付过去了，还怕他们反动派！”

“保卫咱们胜利的果实，争取全国和平民主……”

春发大声说：

“对，大家说得对啊！咱们民兵一定要去完成区上给的任务。我和大家一同去……”

人们流着泪，愤恨地叫着。于是，追悼会变成参战动员大会了，变成民兵参战欢送会了。

申老太婆哭得非常伤心！她瞪大眼睛，跺着脚，攥着拳头直在棺材上捶，头直在墙上碰。大江拉着她的胳膊，春发扯着她的衣服，民兵在后头两只胳膊拦住她的腰。

“你想想儿子是怎么死的吧，你光哭怎么能行！”申老汉很着急，站在旁边劝她。

民兵说：

“大娘，大娘，你不哭吧！我们去给春生和春起哥报仇！”

她什么都明白，但这次太叫她难受了！春生死的时候，她并没有这样哭过。她记得很清楚，把儿子往山沟圪塄里一埋，自己不是还这样说：

“他为全村老百姓牺牲了！日本人和伪军别想叫咱们屈服，我还有两个孩子当民兵……”

可是抗战胜利，和平来到了。她在民学参加庆祝会，自己真就是有说不出来的欢喜，白黑盼望春起回来。她哭的不是春生，春生是叫日本人和伪军打死了。她是哭春起不该死，不该死在中国人手里！

人们围着她，她说：

“春起牺牲了，我不要这条老命了，他们反动派来进攻咱们，我跟他们去拼上！”

春发说：

“娘，你歇歇吧，给三弟去报仇有我！”

好多民兵都抢着说：

“大娘，大娘……”

“大娘，大娘，你老了，有我们！”

……

忽然，一个扶着拐杖的荣誉战士从人空里挤出来了，这是春起的同志，这是在区上告诉春发消息的那个人。他对大家说：

“我告诉你们，春起同志牺牲时真勇敢，敌人用刺刀把他刺倒了，可是他带着伤爬起来，轰隆地，几个手榴弹，炸死了七八个敌人！他和我坚守阵地。敌人一个炮弹打来，他牺牲了，我挂了彩……”

大家被这个同志的话感动了。有的民兵举着枪，大声喊：

“咱们要向春起学习！”

武委会主任站起来，对群众说：

“我要求村上，这次参战能决定让我带民兵去！”

“不行，我已经跟区上讲好了，我去！”春发抢着回答。

申老汉对武委会主任说：

“还是叫春发去吧。咱们村上也不能离开你，还得准备第二批去参战的人！”

申老太婆的心，像被火燃烧着似的，激起了强烈的仇恨。她说：

“春发，你去吧，你去吧……”

追悼会刚一结束，公葬的行列从广场慢慢往外走了。土炮连连响了三声，鼓手喇叭就在前头吹起来。村干部抬着棺材。儿童团打着挽联，这挽联被风吹着，发出呜咽一般的响声。群众在后边低着头，流着泪！

申老太婆，两手扶着棺材，她一边走，一边抽泣说：

“孩子，你们安心吧，村里人谁也不会忘了你们……”

公葬回来，春发带着民兵要出发了。申老太婆给打点上一个小行李卷，把过年过节剩下的几个馍馍、黄米团子包在里头，又把小米装在细而长的米袋里，给他斜挂在肩膀上。

“我走了，你不要惦记，春耕村干部会帮助咱。”春发对母亲说。

父亲说：

“这个你就不要管了，有我在家。你娘难受几天，也会放宽了心。你在外头好好工作就行，完了快回来。”

村里的老百姓把他们送到村外。

“你去吧……”她抑压着难过的情绪说。这话带着希望，带着坚强的复仇的决心。

她站在杨树林里的路边上，一直用眼睛把他们送过了山冈，她才怀着喜悦和悲酸的心情走回家了。

一九四六年五月作于邯郸

喜事

/// 西戎

这几天，小秀真高兴，脸颊红润润的。一碰到人，别人还不觉得怎样，她便把黑缎子似的头发一甩，忍不住咧开嘴笑了。

“哎哟！有了喜，高兴得嘴都抿不住哩！”村里和小秀同辈的妇女们，见了面这样开着小秀的玩笑。

小秀真是有了喜，再待两天，就要同村里民兵小队长海娃结婚啦，这是年轻人一生中头一件喜事，为什么不高兴呢？再说人家小秀和海娃，两个人是“自由”的对象，没有点点不舒意处，自然更该乐啦！

小秀的喜事，村里谁都说和往日不同了。小秀从前也见过村里女子们出嫁，前两天就饭不吃，门不出，坐在炕角里哭鼻子，想象着自己未来的生活，和没有见过一次面的陌生的丈夫，心里感到恐惧和不安。这种心情，在小秀是半点也没有了。还在半个月以前，小秀就和海娃商量好结婚要做的衣服，要买的东西。海娃进城全置办回来了：蓝花布、红花布、条儿布、红毛衣、洋袜子，样样都叫小秀满意。海娃知道小秀爱讲卫生，爱学习，还特别多买了一块香胰子，一个小日记本，送给小秀。小秀呢？也早加工缝了一条子弹袋，一个时兴挂包送给了海娃。这几天，小秀约了纺织组的几个伙伴，一面赶缝嫁衣，顺便就又讲起她和海娃来了。小秀一点不封建，她讲她同她妈妈闹斗争。原来在不久以前，东土村的张财主家，差了两个媒人来说媒，要给他儿娶小秀，一口就答应出八万块钱，她妈答应下了，小秀不依，向她提出抗议说："旧社会把妇女当牲口卖，这阵新社会不能啦，没有经我同意，就是不成！"她妈说："你懂下个甚？人家几辈子的财主，高门大户，去了享一辈子福！"

"谁爱他的享福日子！恶心！"小秀白了她妈一眼，"谁不知道他儿是个二大流、又抽又赌不劳动，我不爱！"

就这样，小秀拒绝了她妈妈同媒人，根据自己要求的条件，挑上了海娃。他年轻，又识字，当民兵四年啦，作战勇敢，四四年当了民兵英雄，又是小队长，工作积极，劳动也好，这就是小秀"自由"海娃的条件。

海娃呢？自然也爱小秀，心灵手巧，做得好茶好饭，缝得细针细线，纺织、学习、拥军都好，还是村里妇女小组长。两个人的条件，自然是在一块儿谈过了，都同意，才向家里提出来的。

海娃爹来找小秀妈妈探话了："你大婶，你看海娃和小秀……

你是个甚意见呢？”

“唉！怕不好吧！外人听见了会笑话！”

“嗳噫！”海娃爹偏了一下头，“如今这世势你不看，可不是从前啦！这个好嘛！孩儿们自己给自己‘自由’，将来没埋怨，闹生产呀，过日子呀，人家能合到一块儿。看从前，花上银钱孩儿们还不如意，今天打架，明天动武，根本是砂面捏窝窝，就团不到一竗嘛。唉，为父母的跟上尽是生气！”

“呵！也真是！”小秀妈想起自己年轻时候的痛苦，动摇了。

“如今这是年轻人的世势，干甚都要新脑筋，咱们这老脑筋，人家说‘顽固’‘封建’，依我看，也是正月里卖门神——过时货啦，由他们年轻人去吧！”

小秀妈妈想了想海娃，虽然穷，倒是个挺好后生，也还如意，便正式征求小秀的话：“海娃你舒意的，可是穷呀！”

“穷怕甚？”小秀驳斥着她妈妈：“鞋上绣花不算能，能刨能闹不算穷，好日子是人刨闹的，又不是天生的命定的。要是坐下当二流子，有座泰山也能吃倒它哩，那才真是穷！”

老婆婆叫小秀驳倒了，发着感慨：“如今这世势，就是好活了你们这一把子年轻人！”

“对嘛！妇女要解放，就是为的这个嘛！”

小秀妈妈无话可答了。

正月十五，这是海娃和小秀结婚的日子，没有请先生，也不测八字，是他俩选择的。因为刚过了年，全村都在闹红火，吃好的，能好好高兴几天。

真是个好天气，太阳红炖炖的。海娃家的黄土院打扫得净光，门口贴了一副大红对子：

男人耕种做模范

妇女纺织当英雄

院子里，搭起布棚，摆好酒席，村公所、民兵、八路军送来的大红幛子、礼物，在四面挂起，红艳艳的，一片新气象。

傍响午，一声铁炮响，秧歌队的锣鼓就震天价敲打起来。这时，海娃穿了一身深蓝布棉袄棉裤，束了一根宽皮带，洋袜子新鞋，头上戴一顶油亮的瓜壳帽，脸也洗得挺白净，俊堂堂的。胸前戴一朵大红花，五角星的毛主席像牌牌，挂在红花上面。小秀穿戴也一崭新，花格裤，海青色袄，头上扎着雪白的羊肚手巾，俊旦旦的脸盘和胸膛上戴的红花一样，格外惹人喜欢。

两面红幛子飘在前面，中间是秧歌队的人打着锣鼓，吹着笙管，最后在簇拥的人群中，海娃和小秀手拉着手，随上走。人们唱着，笑着，乐器奏着，一直在村子里绕了一个大圈圈，又返回到院子里布棚下面，正式举行结婚仪式。看热闹的人把院子挤满了，简直水泄不通，连窗台上也爬满了小孩。

民兵中队长生贵子当司仪，扯起亮嗓子刚喊了一声“注意”，那边秧歌队的胡琴，便拉开了“割韭菜”调儿，声音悠扬悦耳得很。

“向父母行礼！”生贵子又喊了。海娃和小秀同时转过身，海娃拉开腿，正准备磕头，小秀一把拉住了他。这时东墙角一群妇女叫起来：“磕嘛！跪下磕嘛！”村主任突然从人堆里挤出来招着手喊：“吵死人啦，老婆老婆，赛过打锣，这新式结婚是鞠躬嘛！”海娃和小秀便向坐在正面椅子上的海娃爹小秀妈妈鞠了一躬。接着生贵子又喊：“向来宾行礼！”“男女互相行礼！”海娃和小秀站成了对脸，两人互相看了一眼，都羞得低下了头，周围人群里，霎时爆发出一阵掌声笑声，好像看戏喝彩一样。

礼罢，村主任出来讲话了。这是个最爱逗笑的人，今天请他讲这场喜事，更该引人发笑了。他一开口便说：“在场的农救会、妇救会、婆姨女子少先队，今天海娃和小秀，是自由结婚，这就是咱新社会的结婚。旧社会里，婚姻不合理，受媒人的骗，谁也见不了谁，花上银钱，还不知道是哑子、是麻子、是拐子、是爬子。到结了婚，两口都不如意，今天吵，明天闹，你看糟糕不糟糕？你们说那日子怎能过好呢？”他讲到这里，突然向西墙角招手大呼：“哎，老婆婆们，你们有经验，我讲得对呀不对？”全场子人都哄然大笑了。留辫子的女子们特别感兴趣，笑得格外响，村主任扭回头来说：“你们别憋笑，我说的全是实话，你们可不要上媒人的当，长大了自己好好‘自由’个好对象！”这一说，女子们都羞了，往人后面钻。

忽然，民兵们拍起手来，欢迎新郎新娘讲话。先是海娃出来，红着脸说："我很高兴……"他笑了，笑得没讲下去，跑回去了。

小秀大方地站出来，说："我们是自由结婚，自己愿意！"说了两句，旁边有人鼓了掌，小秀也羞得用手巾遮住脸，退回去。

天黑，摆开了酒席。小秀妈妈同村里几个老婆婆在一张桌上吃喜酒。有一个感慨着今天的喜事，对小秀妈妈说：

"你今天好大的喜事呀，咱活了六七十可没经过这么红火！"

"一满没旧规矩啦，日子也不择，花轿也不坐，新房也不安，倒挺省事！"又一个这么说着。

"这好得多啦，新社会解放妇女嘛！我那女子早知道能这样的话，也不用整天和男人不和，也早死不了！"又一个老婆婆说着，拧一把鼻涕哭了。

小秀妈妈见众人羡慕她，心里真高兴，但却沉一下脸皮说：

"如今年轻人的世势，由他们，我不管她！"

听呢！每张桌上，人们都是又说又笑，谈论着今天这桩喜事。海娃和小秀桌上，更是热闹。酒席一直吃到上灯，人们才尽欢而散了。

黑夜，村里一群小孩子，偷偷爬到海娃和小秀的窗子上听房，听了一阵子，回来对大人们说：

"真日怪，听了老半天，人家两口尽讲些生产的事，还订生产计划哩！别的话，一句也没听见讲……哈哈……"

红契

/// 李束为

曲营村有个地主，名叫胡丙仁。这人有一副笑脸。他去催租逼账，总是先给你笑上一面，如不交租，马上收地。众人把他叫作阴人，外号叫他笑面虎。笑面虎有三百多垧地，但是他不知道这些地都在哪里。他只知道，在去他女子家的路上有十垧一块的地，那是从佃户苗海其手里讹来的。如果你问他："财主，你那三百多垧地都在哪里？"他用那根长杆烟袋，指指南山，又指指北山，指指东山，又指指西山，最后，又指指前坪绿油油的庄稼说："统有我的地。那些好地都是我的。那些狼不吃的沙梁地，都是穷小子们的。"虽说笑面虎不知道他的地在哪里，但却把他的文书匣匣严严密密地藏在炕洞里，连他老婆也不叫告诉。有一次，他老婆把针线包子寻不见了，就在炕角角上胡拾翻，叫笑面虎看见，照定屁股就是一脚，并且骂道："你狗日的还想拾翻我的老底子哩，滚你的蛋！”那老婆忍住气，就从炕上跳下来，滚她的蛋了。那老婆坐到院里，直骂他“老不死”。

前年减租运动起来的时候，笑面虎他老婆急忙从张家庄她娘家跑回来报信，她说张家庄的大财主，被众人斗了个三起三落，还吊了一绳子。到后来，租也减了，讹的人家的地也退了，典的人家的地也叫人家赎回去了。笑面虎张着嘴巴听了这消息，心上一下就凉了半截子，急得直问他老婆：“你就没听说人家甚时斗我来？”他老婆说：“那咱可没听说。哎呀呀！那众人往倒里斗个县官也不愁。张财主威望可大哩，连三岁娃娃打架还得去找他。如今，啧啧啧……一下就斗倒啦！”笑面虎坐在炕上直是长出气，却怎也想不出办法。

张家庄的斗争果然传到曲营村来了。三四十个佃户一齐挤进笑面虎家院里，众人不喊不叫，只有领头的马驹子、福生子几个人喊叫。区上的青年部长小陈也来了。小陈还不断给马驹子他们打手势，传话。笑面虎一看不对劲，就抱上那个心爱的文书匣匣出来了。他展开笑脸说道：“我知道众人要来，我早就准备好了。”马驹子、福生子看不惯他那嘴脸，大声嚷道：“你剥削我们几十年，我们减租来了。”笑面虎说：“减租减息是政府法令嘛！我还敢反对？一切咱都按法令走，诸位干部给咱做主。唉！这也是天年把你们逼到这条路上了。我这人自动开明，不像张家庄张财主那样愚顽。嘿嘿！前头有车，后头有辙，挨上怎办，就怎办。”

没来的时候，区干部小陈只怕斗不过地主，所以再三告给众人怎样喊口号，怎样说话。如今，又没喊口号，也没多说话，事情就办成了。他就对众人说："胡先生是开明的。我们大家欢迎。"小陈还鼓了几下掌，众人也不知道鼓掌是怎回事，开会以前，也没规定，所以众人都不鼓掌。

这个工作做得真痛快，一天工夫就做完了，租子按二五减了，该赎的地也赎了，霸占去的土地也归了原主。可是有许多人，不大敢接过新写的租约。佃户苗海其就是一个。笑面虎把他讹去的那十垧地的红契递给他的时候，他还二二虎虎的。笑面虎说："不怕，你先拿回去再说，这是公事，也不由我！"苗海其看见众人，有的接过新租约，有的接过红契，他也壮了壮胆子，接过红契，回家去了。

不到半月，村里起了谣言，说是八路军要走呀！旧军要上来呀！笑面虎要夺地呀！谣言一天多一天。曲营村又是山上的小村村，区干部也不常来，行政村干部也不多到。本村干部也不知道怎样才好，众人们，尤其那些减过租赎过地的人，心里总是二二虎虎，立坐不安，苗海其也是很怕。不过，村里总没发生什么事情。有一天，他吃罢早饭，正想去山上搂柴，笑面虎的三儿子跑来说，他大大叫他去推磨，苗海其放下镢头就跟上到了笑面虎家里。笑面虎不是叫推磨，却把他请进里窑喝酒。苗海其只说："你老人家喝，你老人家喝！"笑面虎提住酒壶故意说道："嫌你胡大叔的酒菜不好是不是！"笑面虎又对窗子喊道，"拿几个咸鸡蛋来，人家海其子嫌菜赖，吃不下呢……"这一下真把苗海其"那个”住了，他连忙说：“你老人家怎说这话，我这啃糠窝窝的嘴，怎能嫌菜不好呢！”一面说，一面夹了一筷子豆芽菜放进嘴里。笑面虎笑嘻嘻说道：“好好好！这才够个老交道。”

二人吃喝了一阵子，笑面虎就说话了。他说：“咱两家也是父一辈子一辈的老交道了。你老子与我共事一辈子，说到你名下，也是半辈子了。你老子在时，吃了上顿没下顿，只要到我门上，不管借多借少，我没说一个‘不’字。你老子也是个好人，秋天到来，连本带利一齐还上。真是好人。可惜好人不长寿。你老子一死，你还记得，那时节你才是十来岁的吃屎娃娃，没兄没弟，没亲没故。虽说你老子给你留下十垧地，你娃娃家怎么经由？！我看你可怜，就把你引过来当长工，地也带过来了。在我家吃了穿，穿了吃，一直十年。后来你要另过生活，由你！我就租给你那十垧地。哎呀！你掰开指头算一下，不要说你有十垧地，你再有二十垧三十垧，把地卖了，也不够你十年的吃穿花费。海其子，没你胡大叔，你早就喂了狼啦。”笑面虎说话的时候，苗海其直插嘴说：“你老人家是恩人嘛，我这一辈子也忘不了。”笑面虎喝了一盅，又说道：“如今，我胡大叔叫众人闹得不行了，将来你有个难处，我也没法子帮助。做甚事也总是一来一往嘛！别人跟上干部们给我闹还不说，哈哈，不想，你也来哩。”海其子说：“不来人家批评嘛！”笑面虎恼火了，对着窗子向外骂道：“福生子马驹子，看你们这些灰小子们能有几天好活！日你妈的，好好吃上几天闷粥，等旧军上来杀脑袋着。我看透这世事了，八路军，哼！九路军也长在不住，旧军一来，屎壳郎搬家——滚蛋！”笑面虎对着窗子大骂干部，苗海其心上却怕了，于是他说：“我那十垧地的红契再给你老人家送来就是了。那地还是我种着，照旧交租。你老人家别生气。”笑面虎听了直让他喝酒，苗海其早就喝不下去了，就要回去。笑面虎的三儿子拉他去推磨，笑面虎说：“孩儿，今儿不用了，过几天再推来，先借上个毛驴驴使唤着。”苗海其糊里糊涂走回家去了。

第二年秋天查租，曲营村查出一个半人没减租：一个根本没减，一个只减了该减的一半。苗海其的事谁也没发现。

第三年，就是今年，春天查租的时候才闹大了。区上来了个农民部长，众人叫他老马。老马来了也不说召集人，也不说开会，黑夜找人谈话，白天就帮人拾粪。苗海其听笑面虎说，老马是来调查什么的，所以只避着老马。老马去帮他背粪，他说：“粪土不多，一个人也不够背。”老马问他种多少地，他只“唉”了两声，背起粪箩头就走了。第二天，老马借了农会干事福生子的一个粪箩头，一定要帮他背粪。苗海其觉得这人怪平和，就叫他背了。两人一路走，谈得怪热火。老马甚也懂得。老马问他：“这几年减租生产，该是翻身了吧？”苗海其苦着脸子一笑，说：“翻身了，全是咱毛主席给咱谋的利呢！”苗海其只怕老马知道他的事，还说：“笑面虎霸去的我那十垧地，也赎回来了。”老马和他谈了那么多话，他总没把那事说出来。他怕笑面虎，所以不敢说。

过了几天，村里要开查租大会。苗海其亲眼看见笑面虎被众人斗得话也说不出一句，屁也放不出一个，双圪膝跪在那里，只向众人磕头。苗海其仔细听人家诉苦，每一句话都打在他的心上。众人说着就生了气，一窝蜂上去要打笑面虎，苗海其藏在墙圪角里，也跟上众人喊道："打打，打这没良心的。"虽说嘴里喊打，却并不上前动手。笑面虎在圪台上往下一看，苗海其的眼睛和他碰上了。笑面虎拿眼睛挖了他两眼，苗海其马上又想起前两天笑面虎告他的话。前两天笑面虎对他说："你要不报告农会，我就答应把租子减一减，如果你报告给农会，我就到你家大门口上吊。"苗海其想起这，还有点子后怕，会没开完，他就回家去了。

第二天，苗海其他老婆回来说，谁家谁家的租子也减了，还退了许多粮食。那婆姨说得真起劲："哎呀！笑面虎可把新政权八路军错看了，可叫众人斗了个灰。这种死顽固，就该好好斗一下，看他还敢欺压众人？"苗海其说："你悄悄的吧！白天斗得要回来，黑夜还是又叫人家逼得要回去。笑面虎可不好缠呢！"两人说着说着就说到自己的那十垧地上。那婆姨问："咱那地到底是怎啦！"苗海其说："怎也不怎，前年就要回来啦！"那婆姨又问："年时怎么才打几斗粮食？"海其说："年时天旱，成收不好嘛！"那婆姨嫌他不说实话，就吵开了："你才嘴巧，你一定又是给笑面虎送去了。那是自己的地，为甚又要给人家，还给人家交租？你是有儿有女的人了，怎么也不打算过光景呢？"

他两口子正吵，老马和福生子进来了。福生子说："两口子又吵架咧！"那婆姨不等海其说话，就抢过去说："福生哥！人家都租也减了，地也赎了。笑面虎霸去我家那十垧地，能要回来不能？”福生子说：“你们的地嘛，怎不能。”那婆姨对海其说：“这不是话啦！你听人家说甚，人家都能，为甚咱就不能？”苗海其在先还不承认那地没要回来，到后来，被福生子和老马说得承认了。可是他说：“人家势力大，咱那地要回来也不得安生，那家伙要跳房哩，上吊哩！咱可缠不过人家！过几年有了钱，再买上些吧！”老马问道：“过几年，你那钱从哪里来？天上又不会下元宝！”这一句话就把海其子问住了。老马又说：“庄稼人，甚都是从地里来，有了粮食甚都有了。可是你的地捉在人家手里，还得给人家交租，人家受用了，你可是苦下了。你说笑面虎势力大，要是众人三年不给他交租，看他狗日的哭爹叫妈也寻不上个门。昨儿黑夜还不是叫众人斗倒了，众人齐心甚也不怕，前年众人不齐心，又叫人家剥削了两年。海其子，我家以前比你还穷哩！比你受的害还大哩！我的脑筋一开，甚也不怕了。庄户人走遍天下都有理，我们又不是讹人家，有甚怕的？翻身不翻身全看穷人的心齐不齐。”老马和福生子又劝说了半天，海其子说：“道理是对着哩！人家可不讲理嘛！受人家剥削半辈子，疼也疼过啦！还说那做甚？结下仇人，以后也不好办。”

老马听了这话，用圪膝顶了福生子一下，他俩就走了。老马对福生子说：“这人受笑面虎的害太大了，又受了笑面虎的欺哄，以后要好好帮他开脑筋！”福生子说：“咱动员上些人帮他要过来就算了。”老马说：“不行，他的脑筋不开，谁帮他要过来，还不是又叫笑面虎逼问去。还是要多开导他，他家生活困难，把救济粮给他些，义仓粮也借给他些，这样的老实人还有呢，福生子你好好记住，多帮助他们。”

吃罢午饭以后，老马就走了。

夏收了。变工组帮了苗海其两个工，一前晌就把两垧麦子挽回来了。第二天，苗海其就去铺场。他正铺场哩，笑面虎打发他的三小子叫海其子来了。说是瓮里没水了，叫他去担水。这些时候，苗海其看见这小狗日的就不顺眼，不是叫掏茅厕，就是挑水推磨，前几天笑面虎还说要麦子。苗海其心想：福生子的话真对，人心没尽，这穷根子割不断，一辈子不得翻身。所以他下了决心，麦子不交；过几天还要把那十垧地的红契要回来哩！水也不担了，于是他对那小狗日的说：“回去对你老子说吧！我没那闲工夫挑水。”那小狗日的说：“我大大说的。”海其子说：“你妈妈说的也不顶事。”海其子说罢就到打麦场上去了。

吃罢午饭打场。婆姨汉两个，一人拿一个连枷对打。连枷乒拍乒拍响，麦子就在连枷下跳起来，有时麦颗子还打在脸上。他两个也真实受，谁也不说休息。一面打，一面说话，那婆姨问：“把麦子打下来就去找笑面虎吧！把那红契要回来，就甚都放心了。”海其子说：“哼，红契要回来还不算，这几十年的老账也要好好算算呢！”那婆姨说：“那更好嘛！福生子说还是早些去要好！”海其子说：“笑面虎还能飞上天去？我这账一天半天也算不清，要找个工夫好好算哩！”

打麦场上，乒拍乒拍地响，他两个一后晌就打完了。两个娃娃在那里从麦根里捡麦穗。大小子狗儿说饿，小女子巧儿也要妈妈回家做饭。妈妈说：“就会说个饿，好好捡！”一直到天黑，把麦子扬得差不多了，她才领上两个娃娃回家去做饭。

月亮明朗朗，四野静悄悄。有的人家点灯吃饭了，有的场上还在打簸麦子。苗海其的麦子多一半都扬出来了，还有一些准备明天再打簸。肚子也饿了。他一面簸麦子，一面等送饭来，他准备今天黑夜就在场上睡觉。正簸麦子，忽然听见背后有人悄悄地喊道：“苗海其！”苗海其回头一看，却是笑面虎赶着一条毛驴。他知道他是来干甚的。年时颗子还没闹回家，就叫他闹去了。今年他又来了。苗海其不说话，圪蹴在那里。笑面虎走到跟前，小声说：“没人没人！不要怕！”说罢，笑面虎就自己动手装麦子，苗海其两眼盯着他，眼看他满满装了一口袋，放到驴脊背上要走。苗海其忽然站起来，问道：“你往哪里驮？”笑面虎听苗海其这话问得怪，就笑着说：“海其子耍笑哩吧！”海其子拉住毛驴说：“老爷爷不会给你耍笑。走吧，到村公所去！”笑面虎真没防他这一手，脸也不笑了。他就问海其子：“你是种我的地，还是种村公所的地？”海其子说：“我是种我的地。走走走！”他拉着毛驴就走。笑面虎想起春天众人斗他的情形，心里就害怕。他说：“海其子，你不凭良心了？！”海其子说：“我不懂得良心是个甚！先问问你的良心吧！”笑面虎吓得两腿直发抖，拉住海其子说：“你要怎，我就怎，咱这租子也减上些。”海其子说：

“我不减租。我受了半辈子，减那点租子也不顶事。”笑面虎扑通跪倒说道：“你是叫我怎哩？你有甚咱俩说，千万不要告众人。”苗海其气愤愤地说：“咱两个一辈子也说不清，还是找大家评一评去！”笑面虎看看说不转海其子，爬起来说：“好，要怎么由你吧！”说罢拉上毛驴就要走。海其子一下把口袋从驴脊背上掀下来，拉住毛驴不放。笑面虎气得浑身发抖，捡起个连枷就要打，苗海其上前一把抱住笑面虎的腰，一吃劲，就把他放倒了，他骑在他的脊背上，一面打，一面大声吼叫起来。

霎时间，打麦场上挤满了人。众人只顾乱问：“出甚事了？”“出了人命没有？”农会干事福生子和主任马驹子也来了。福生叫海其子说说是甚情由，苗海其就把话前前后后说了一遍。真把众人气坏了，喊声打声嚷成一片：“把笑面虎嘴上的毛拔了。”“拉出来，敲他的牙！”“不行，磨他老狗日的！”“筛他的灰！”

笑面虎跪在那里直喊众人“爷爷”：“爷爷们，饶了我吧，错也是我的错。众人说甚就是甚，减租退地由众人算，算多算少，我卖房卖地也要给海其子。”众人一伙拉上笑面虎到了他家。笑面虎一头栽到炕上就哼哼起来，他叫他老婆从炕洞里把文书匣匣取出来，福生打开找出了苗海其那张红契。他又把所有的文书看了一遍，又发现三张已经赎过的文书，福生子吃了一惊。他把这三张契念了一下，马上就有三个人气愤愤地冲进里窑。笑面虎被拉出来，站也站不住了。这三个人讲了话，这三张红契都是在前年赎地以后，笑面虎又逼着要回的，今年春天查租的时候，笑面虎吓唬他们，不叫他们说出来。

当天黑夜就算账，苗海其的账最麻烦，那账要从他十岁上给笑面虎当长工算起。每一笔账都有一段苦痛的事情，都要说出来，一直算到第二天黑夜才算完。笑面虎说他可以给地，不给粮食。福生子自然高兴。笑面虎就把他的文书匣匣再拿出来，从不多的文书中，又找出一张十五垧的红契给了海其子，海其子把红契拿在手，说："我给你揽工十年，租种地十几年，才给我十五垧地。你笑面虎还是占了便宜！"

海其子拿到这二十五垧地的红契，心上乐得捉住福生子的胳膊说："福生哥！福生哥！为了我翻身，你成天找我说道理。这一下我真的明白了。我要请请你哩！你叫老马也来，老马可真是好人呀！"

海其子高兴极了，他高兴得流了泪。

货郎

/// 萧也牧

咱们村里有一个担货郎担的老汉，上了年纪的人，都叫他“言不二价”。青年们嘴顺，减去了一个“言”字，就叫他“不二价”。

这人脾气古怪，轻易不说话，一开口就和人抬杠，越着急越说不上来，一生气，就干脆不理了。

按说，吃这行饭的，全凭卖嘴。要有把黄铜说成纯金、把公鸡说成会下蛋的本事，才能跟那些闺女、媳妇、婆婆、妈妈打交道。不二价偏偏办不到，他在担子上写着八个大字：“货真价实，言不二价。”他要一百，你给九十九个九也不卖。

这方圆二十里，哪个村子里的妇道人家，也和他熟惯。不二价到了哪村，把拨浪鼓哗啷啷、哗啷啷一哗啷，妇女们就全出来了。人们知道他有这么个古怪的癖性，偏偏就要和他讲讲价钱。把他担子里的货色，一针一线……全看了一个过儿，最后，撩起一个针锤什么的，问他价钱。

“八百！”他早已显得不耐烦了。

青年妇女们好逗，就学嘴说：

“三百！”

不二价一言不语，劈手把针锤什么的夺过来，昂着头，只顾哗啷啷、哗啷啷摇他的拨浪鼓。

“你是哪个字号里学的买卖？”

“嗄！我的老天爷！看你胡子一翘一翘的，你是来做买卖的，还是来生气的？”

接着就引起一阵大笑。不二价还是一言不语，把担子往肩上一放，可就要走呵，人们就说：

“对对！言不二价，给你七百！”

人们偏偏爱和这个古怪人打交道，说实话，他的货确实不比旁人贵，只看半分利，从来没唬弄过人。人们背地里都这样说他：“人是实在。”

不二价心灵手巧，缝缝补补，浆浆洗洗……自己全会，穿的戴的都很干净利落。虽说不识字，算盘可是好，上千上万的账，他一眯眼，嘴唇皮微微动几下，就算个不差码。他日子过得细，每天摸黑起身，第一件大事是上大道拾满一筐驴马粪。平时不串门，也不端着只海碗到大街上去吃饭。歇着的时候，他摸到沟沟岔岔里，东一块西一块地找些零星荒地，种上瓜瓜菜菜。结出来的北瓜比谁家的也大也绵。这一切，全村老小没个不服的。

他只有一个毛病，好喝盅酒。一醉便变得和平时全不一样了：歪歪斜斜地跑到大街上，专找人多的地方，拍手拍脚、祖宗三代地骂起来；陈芝麻、烂谷子、鸡毛蒜皮……一肚子的窝囊气，一五一十，全得倒出来。人们知道他这毛病，也不和他计较。

一九四三年冬天，村里反恶霸，调剂土地。逢到开会他都去，老是蹲在暗角落里旁听，从没说过话。有一回散会的时候，有个问题，大伙意见不对头，直到会散，人还不散，挤成一疙瘩老嚷嚷。不二价插了句嘴，被农会主任安十月瞅见了，就逗他说：

"你也来了？"

"我就不能来？"

"你是农会会员？"

"我是地主？"

"你种着谁家的地？"

"你你你你……"不二价说着，脖子通红，扭头走了。他原想说：

"你打听打听，我种过人家的地没有？"

当天晚上，不二价喝了个大红脸，跑到大街上嚷起来，好像是在责问人家为什么农会名册上没有他的名字，为什么户口登记册上写他是"小商"。

过了一天，天没大亮，全村的人各自带上干粮，排成队伍，到大悲沟找马俊义清算。

不二价一听锣声响，急忙下炕，趿拉着鞋，跟上大队就走。

会开得真热闹，一下来了三十多个村子的人。原来这一片，都种着大悲沟天主堂里的地，原先的地主是个美国人，人们都叫他金神甫。后来，他回了国，这些地就转到马俊义的名下。

这个二妮子地主，在旧社会里，可真是这一片地面的“天主”，欺、压、敲、诈、骗，着实有几手。人们早憋足了劲，趁这机会，临近各村租种马俊义土地的佃户，联合开了个大会，和马俊义算账。上台发言的人，就有三四十个。从大清早一直开到黄昏，会才开了一小半。

区农会的老周，怕大家累了，就问大伙儿：

“明天接着开行不行？”

大伙儿吼起来：

“不行！”

“开到明天晚上也不吃劲！”

这样一直开下来。天黑了，台上亮着十八只大油碗。灯捻换了两三回，快到后半夜了。老周就宣布：

“要是还有人控诉，还可以上台来诉！没了——明天再开！”

这时候，人疙瘩里有人嚷出声来：

“我我我我我……”

老周就让他上台来。

大伙儿一看，上台的不是别人，原来是不二价。

他上了台，约莫有吸两锅烟的工夫，光见他张嘴，一句话也没说出口。十八只大油碗照着他，只见他满脸是汗珠。

不二价结结巴巴地说了半天，红着脸下来了。他说了些什么，人们一句话也没听清。老周问他：

“完了？”

不二价没言语，只点了点头。

老周把手一挥大声说：

“注意咯！刚才这位老汉说的，大伙儿没听清吧！现在我翻译一下，综合起来，他提出了三条意见：一，把马俊义吊起来，吊他一天一宿；二，一亩地也不要给马俊义留下；三，驱逐马俊义出境。要是他不走，就用棍子打。这就是他的意见，当然他说的不合政策，只是让大家知道他说什么就是了。现在散会吧！”

人们才知道不二价说了这么老半天，只说了三句话。

散了会，人们一面往回走，一面谈论着不二价。

“今天他又喝醉了？”

“他醉了说话可就不结结巴巴的了！”

“他提的意见可真是没板没眼的，真像是醉了呵！”

有一个老汉就说：

“不！你们年幼的不知道，他说的可有稿子哩！”接着就说了一段不二价的历史，人们才明白不二价为什么提出那么三条意见。

原来不二价从小就下地种庄稼，二十年前他也种着天主堂的二亩地，只是在农闲的时节，才担个货郎担补贴补贴生活。后来，地给夺了，才专门担起货郎担来。

想种天主堂的地，就得入教。也有不入的，不二价就是一个。

马俊义劝过他好几回：

“你生前受尽了苦，归了主，死后一样能入天堂！”

不二价总是推说：

“我是命苦人，天堂没有我的份！”

他不入教，他看不惯马俊义那样的人。他想，死后真的入了天堂，在天堂里边，那还不是照样受马俊义他们的气，不如入了地狱清静。

不二价说什么也不入教，马俊义也没办法。他见不二价是货郎，哪村也去，就叫他推销圣书，什么《马可福音》《万人归主》花样多得很，价钱很便宜，一个子儿一本。不二价收下了五十本，担来担去，没人买。他就一股堆卖给肉铺里了。那圣书两整页只能包四两肉，掌柜的嫌纸小，只出一半价钱。五十本书只卖了二十五个子儿，不二价贴了一半的钱，交了马俊义的账。

这件事给马俊义知道了，就把不二价传到天主堂里。

“圣书卖给谁了？”

不二价不好隐瞒，就直说了：

“卖卖卖卖给肉肉铺里了！”

“他买这么多干什么？”

“包包包肉！”

马俊义顺手举起文明棍，对准不二价的脑壳啪啪啪打了下来，不二价抱头逃走了。

不二价回家，喝了一大碗闷酒，跑到大街上，把马俊义大骂一顿。当村的几个舔舔溜溜的教徒，就到马俊义那里告了状，加油加醋把马俊义说得更不成个样子。当夜马俊义就派人把不二价架走了。

马俊义把不二价打了一顿闷棍以后就问：

“你骂谁？”

不二价酒醉没醒，糊糊涂涂地答道：

“骂咱的小子！”

马俊义二话没说，指挥着他的狗腿子们，把不二价结结实实地绑了个粽子，吊在礼拜堂后面那棵洋槐树上。

狗腿子们来劝不二价：

“……你吃着主的饭，你怎么还骂主？”

“不说你个不二价了，县衙门里的大老爷对咱的天主堂还得让三分呢。”

不二价不理，只是嗯嗯嗯地嚷着。

吊了半天，吊得不二价酒也醒了，觉得浑身又痛又麻，忍不住“呵唷……呵唷”大声嚷起来，声音有点发抖。

马俊义听了这声音，心里欢喜，知道不二价快熬不住了，对不二价说：

“你只要去邪归正，一心奉主，就放你！”

不二价听见又要他奉教，咬了咬牙，又不哼声了。

真的把不二价吊死了倒也麻烦，马俊义才放他下来。解开绳子，他已经不知人事了。马俊义叫人把他拖到大街上，在他的脸上喷了些冷水……又叫人把他背回去。

过了三天，不二价还起不了炕。马俊义又带了几个闲人找上门来了，提出两个条件：一，若要种地，就得入教；二，要不，马上离开这地方，再也不许回来。

不二价不入教，也不走。马俊义叫人把他从炕上拖下来，又打了一顿文明棍。

不二价眼看着耽不下去，一言不语，拾掇了行李和零碎物件，担着他的货郎担，一拐一扭地走了。

直到八路军来了，不二价才回来，只是显得苍老些，脾气一点也没改，反倒越来越古怪。

不二价再也没去过大悲沟，有事要路过，也得绕个大圈子……他一想起他那二亩地，骨头缝里都发酸。

斗倒了马俊义，村里实行调剂土地，给马俊义留下了十二亩好麦地。这工夫快过年了，不二价正好上洪子店去贩年货，没在家。

不几天，土地调剂定当，全村的人多少也分到了点土地。单把不二价漏了，没给他地。有人说："光他一个人好办！"有人说："他二十多年没务庄稼活，怕也不想受苦了！"也有人说："他那副货郎担也够他吃喝了！"

不二价贩年货回来，马上去找安十月，问道：

"我的地呢？"

十月没开口，先抓脑瓜皮，嘴巴好像也有点结巴了似的说：

“……你看！你偏在这时候出去了！谁也没经心，没计划着你的，这会儿地已经调剂好了，再变动也不合适，跟上边讨论讨论再说吧！”

不二价说：

“马俊义留下了几亩？”

“十二亩。”

“行！”

十月忙说：

“这是给他留的生活，再动不一定合适吧！”

不二价二话没说，扭过脸去腾腾腾地走了。

好几天人们没见不二价的面。有人说这几天他没出门，老是双手蒙住头，坐在炕沿上发愣，不知道在思谋什么事儿。那时候快到正月十五了，村里的工作顶多：优抗呵，劳军呵，文化娱乐呵，村干部们也就把不二价的事忘了。直到发动劳军的时候，人们才记起不二价来，有人说：

“这老汉劳军向来就很积极，这一次胜仗不小，他一定少出不了！”

有几个青年去找不二价，对他说：

“咱村劳军呵！你自愿出多少东西？”

不二价摆摆手：

“没没没……没有！”

“不掏不要紧！看你这样子，跟谁生气呵！”

“一个子儿也没有！”

“你不拥护八路军？”

“有你们拥护就行了！”

过了惊蛰，该是送粪的时候了。今年天气热得早，人们早已脱了棉的换上单的，头上裹着块白毛巾。田垄上，地头上，担担的，赶驮口的，来来往往，真热闹。骡颈上的铜铃叮当叮当响得脆。

安十月正担着粪往地里送，听得背后有人喊他：

“十月哥！十月哥！”

他回头一看，见有一个青年正向他奔来，满头大汗，脸蛋红喷喷的，一面用毛巾擦汗，一面喘气，急急忙忙地说：

“你们村里的不二价把我爹头上打了个大疙瘩！”

安十月仔细一看，原来是马俊义的小子马吉吉，忙问道：

“怎么一回事？”

“吃早饭的工夫我从地边过，不二价担了一担粪，送到我家的地里去了。我问他：‘怎么你把粪送到俺这里来了？’他说这地是他的。我爹赶了来，两个人吵了几句，不二价抽出扁担冲着我爹的脑壳就劈下来，……”

十月跟着吉吉来到大悲沟，果真不假，只见道边撒了一地的粪，旁边围着一大圈人。有劝架的，有看热闹的……人堆里忽然有人看见十月来了，就喊道：

“好了！好了！十月来了！”

这时候，不二价和马俊义各自坐在地的一头，喘着气。不二价满嘴白沫，鼓着眼睛，褂子给撕破了一块，露出身上那蜡黄的肉来。马俊义解开了扣子，露出又白又肥的肚子，一起一伏，活像是老母猪喘气。十月忙看了看马俊义的额角，油光贼亮的，吉吉说的给不二打出来的那个“大疙瘩”，不知上哪里去了。

人堆里一个老汉正在劝不二价说：

“你吵什么？先找找村干部，解决不了，再说也不迟！”

“不！咱村的干部，都没长眼珠子，不闹，就说不清！”

十月问：

“怎么回事？”

不二价没哼声。

马俊义站起来，慢条斯理地说：

“主任！土地的事情你全明白，是你们调剂的地，也是你们给我留的地。这会儿，他平白无故非要我的地不行。我说先找找主任再说，他说干部没个长眼珠子的，长的偏心眼儿，非上区里办不了事，好像咱们这地面上就没有一个能办事的人似的……”

十月对不二价说：

“什么事不好商量？有意见可按组织系统提，你那么折腾，就说你有理，也变成没理了。”

不二价嘣地跳起来嚷道：

“你才知道？我不跟你说！”他嚷着，把脚一跺，担起空担子走了。

马俊义嘻笑着对十月说：

“你看你那么个大主任，连个不二价也领导不了了。”

第二天后晌，区农会里的老周从县里开会回来，路过这村。人们正端着饭碗，集在大街上吃饭。老周想趁这机会，找人谈谈看有什么新的问题。走到丁字街口，看见拴马石上站着个老汉，光着上身，褂子搭在肩头上，拍手拍脚地在骂街：

“……照顾这，照顾那，就不照顾咱这穷老头子……”

“……好！好！你们真能呵！我没地，你们就说我不想吃苦了！我娶不起家口，你们就说我不爱见媳妇……”

“嗯？我问问你们！你们的心是长在这儿的呵？”不二价拍了拍胸口。“还是长在这儿的？”他又拍了拍屁股，逗得吃饭的人全笑了。

老周就近问一个正在吃饭的青年说：

“这是谁？”

“这就是那天在清算大会上发言的结巴嘴。”

老周唔了一声，向不二价走去。那青年忙拉老周一把，悄悄地说：

“别理他，在发酒疯呢！”

这句话，不知怎地给不二价听见了，就冲着那青年嚷起来：

“你才发酒疯呢！”

那青年赶忙端着饭碗走开了。

老周对不二价说：

“这位老汉！别骂了！来，来，来，咱们谈谈。”

不二价看了老周半天，噢了一声：

“你来了？”说着就跟老周来到小学校里。

老周把事情问明白了以后，十月正好来找老周，见不二价在，顺口对老周说：

“这老汉是个好人，就是喝醉了，说话没分寸！”

“不！他说得很有理！是咱们做错了！”老周摇摇头回头对不二价说：

“老汉！你放心好了！你的事马上就可以解决！”

不二价反倒有点不自在了，忙说：

“我的脾性不好！别见怪！”

晚上，老周正在屋里和人们闲谈，忽听得闹闹嚷嚷，院子里哄进一伙人来。老周掀开门帘一看，原来是不二价和马俊义，还有一伙看热闹的闲人。老周觉得奇怪，白天已经答应不二价解决他的土地问题，还没到天黑，他自己又去找马俊义了，怎么那样着急啊。

马俊义走进屋里，连连点头，对不二价说：

“好了！好了！周主任在这里呢。你不讲理，有的是讲理的地方呵！”

“怎么回事？”老周问。

“不二价硬要我的地，已经吵过好几回了，这事谁也知道底细。今天他又去找我了，跟他怎么说也说不清。我听说周主任在这里，就和他来了……唉！世界上竟有这样的人！”马俊义说着摇了一下脑壳。

“你打算怎么办？”老周问马俊义。

“我有什么办法！就听主任吩咐吧！”

“你呢？”老周又问不二价。

“我要他把二亩地吐出来！”

马俊义呵呵呵地干笑了几声，对老周说：

“主任！我说得不假吧——他就不明白！”

老周打断了他的话问道：

“不说这些！我先问问你，不二价种过你的地么？”

“那是二十年以前的事了！”

“后来你不是夺了他的么？”

“那，那，那是旧社会，八路军还没过来，兴这规矩！”

“那还用你说吗？按理说他的二亩地，你该全退出来！”老周笑着说。

“主任你说得对！按理说我的地该全部没收，那是上级看咱可怜，照顾咱，才留了这十二亩嘎咕地。再说咱的地也都清算出去了；都是主任领导着办的，当然比咱要明白……”

“你家几口人？”

“人口倒是不多，大小三四口子吧，都是些光吃不能干的。说实话，这会儿比起不二价来也强不到哪里去！”

不二价脸一红，对马俊义说：

“咱俩的光景，对换一下行不行？”

“怕你不换！”

“换！”

“也不能光凭咱们两个说，请周主任指示吧。周主任！只凭你一句话，哪怕把我的光景全给他，也没意见！”

“待几天咱们大伙儿开个会，让大伙儿提提意见，该怎办就怎办！”老周说。

马俊义一听说又要开大会，马上矮了半截，忙对不二价说：

“这二亩地，从今天起就在你的名下了，行不行？”

“就得开会办办你哩！”不二价把脚一跺，头也不回地走了出去。人们忍不住笑起来，有人说：

“不二价可真就是说一不二的呵！”

谷雨到了，各村的人们正在树凉里勒杨叶。有一个妇女忽然想起做鞋没夹纸了，也就想起不二价来，顺口说：

“快个把月了，怎么不见不二价来卖货了！”

一个当牙祭的老汉答道：

“他吗？嘿！有了地了，谁还干这吃不饱饿不死的货郎！”

“真的？”人们的脸上一齐露出欢喜。

雀！雀雀雀！一声叫，人们全抬起头来看，树上有只喜鹊，张开翅膀，箭一样地直向万里无云的天空飞去。

网和地和鱼

/// 李克异

在这个屯子里，种地的瞧不起打鱼的，打鱼的也不大瞧得起种地的。

可是年轻的渔夫谭元亭，和一个种地的女儿，两个偷偷地好起来了——这事人人都不知道。

这是分完地以后的事。

渔夫分到手两垧地，他有点犯愁。

这天晚上，他坐在湖岗上的灌木丛里，等他的女朋友，他心想：

——她不定撒个什么谎，从家里出来的……

——想起她家，就想起那个老头子。那个老头子有点讨人厌，他总是拿个斜眼睛，打量打鱼的，好像说：

“你就知道喝喝酒，拉胡琴，庄稼院的事，什么也不懂……”

老头子有点讨人厌，他分着那几垧苞米地时，他像个小孩子似的，抱着他那两片木板——那上头写着他名字，他哭泣起来了，好伤心！——不是伤心，也许，那个老家伙乐疯啦……又伤心又乐，都有点……

“你跟谁说话呢？”

“我跟你爹说话呢……”谭元亭轻声笑起来，他拉住她的手，有点凉。这是第一次，谭元亭拉他女朋友的手。他觉得心跳起来——好像打着一网鱼，满满的，活蹦乱跳……若不是黑夜，她就能看见，他脸多红。她脸也是红的，谭元亭想好好看看她的脸，她把头扭过去了……

蚊子在他们周围飞，嗡嗡，嗡嗡，也许是远处的大湖响，也许是蚊子。这时候，谭元亭简直分不清……暖热的身体，挨他坐下了……

“我跟我爹说，”女的声音有点颤，“我到妇女会开会去……他就叫我出来啦……”

“我要当兵去啦！”谭元亭忽然说。

“你吓我是怎的？”

有一点。谭元亭想试试她，因为——逛灯乃是假呀，试试妹妹的心——他这几天总是想这几句小曲子。可是不完全是，他真有心思去当兵，自从打死孙把头以后，他当兵的心思，一天比一天盛。

“我这时候，全身都是轻的——不像早先啦，打死孙贵林，我仇也报啦……如今，我说不出来怎股劲，我整天都高兴，又不怕出劳工，又不怕挑国兵，又不怕经济犯，又不怕警察队，哎呀，你说，就是……说不出来，若是长上翅膀，我就要飞啦……就是没有翅膀……"

"你真当兵去吗？"女的不放心。

"说着玩呢。"他安慰她，但又说，"可也说不定，也许，一下子，我就背上三八枪，他妈的，小三八枪，真漂亮！"

"我爹常说嗬——打鱼的都是三心二意，今儿个想这，明儿想那……"女的觉得心里委屈，低下头。

"我若托个媒人，你爹也不能答应呀！"

"不知道！"女的非常害羞起来，忽然想要哭。

"你当兵去罢！"两滴泪落在谭元亭手上，谭元亭手放在她膝盖上。

谭元亭不知道说什么好。看远处湖水，白亮亮的。黄色的、弯弯的月亮，好像也在随着湖水上下波动，真怪，月亮好像不在天上，而像在湖水上——也不像在湖水上，好像四无依靠，就在空气里。

"嗬——"谭元亭想不起话说了。

"像个牛似的！"女的忽然哧一声，笑了。

"哎，"谭元亭叹一口气，"若没有你呀，我早当兵去啦……"

"呸！"女的心打开一面窗，她偷偷地，无声地，自个儿笑了。

谭元亭可没瞧见。

“你分的那两垧地是谷子，是不是？”

“谷子。”谭元亭说，“我真犯愁，怎割法？”

“农会不说，大伙帮着割！”

“真不如分给我一面大网！”

“我看，还是种地吧，我爹说……”

“又你爹说！”

“我爹说，这回地是自个儿的啦，好好侍弄它两年，……你说，他这晚就核计，过年春天怎么种法！他说，祖辈也没见过地……孙把头那面网呢？”

“农会呢。留着生产。我跟农会商量商量，拿两垧地，换一面网，你说行不行？”

“你这两垧地，我爹说……”

“又是你爹说！”

“我爹说是顶肥的地——也是孙把头的地吧？”

“咧！”

“你吓我一跳！这么大声！”

“孙把头闺女，这两天总借引子找我，没话找话，你说怪不怪？”

“她看上你啦呀！”

孙把头女儿也许真看上他了，他从湖岗上回他自个儿小窝棚，钻进去，灯也不点，往炕上一倒。

“哎呀！”他叫了一声。

他倒在一个热热的软软的东西上。立刻，他知道这是个女的，因为有两条光滑的手臂，缠绕在他的脖子上——他想跳起来，但是，跳不起来。跳不起来，就不跳吧，但是心慌得真邪乎。他妈的，这是怎的啦？全身像火烧似的，平生第一次，二十二岁，女的……你还问什么？

“你还问什么？”——他问那女的：“你是谁？”女的这么回答。

“你还问什么？”——正是孙把头女儿。

一直到天明，他疲乏地躺在小炕上，睡不着。鸡叫，窗纸发白，一会儿，太阳进屋了——门还大敞着。他跳下来，看看自己全身上下，还是那样。——但是不一样，他心里说不出地难过。好像魏素英两只眼哭得红红的看着他——这还不算，全屯人的眼睛都看他，像箭似的，他抖索了一下，披上破褂子，这是怎的啦？不是梦，是真人真事！他再看看自己，两条铜色的胳臂，筋肉好像丘陵——铁打的汉子，谁都这么说。可是出了昨晚上那样的事，鬼迷住了！而且是——仇人的女儿。

“他妈的。”他把破褂子脱下来，摔在炕上，又穿上。

“见不得人，这是怎的啦？”他自己问自己。

他本来想今天到农会去，商量换网的事——谷子，眼看就得割了。可是——商量个屁！他什么心思都没有啦——甚至三八枪，甚至魏素英，甚至……反正，他觉得谁都对不起！那个农会主任康老七，那一对笑眯眯的小眼睛，你跟他怎么说话——你简直对不起他……

……孙把头当国境警察队警长的时候，把你哥哥抓进去了，说你哥哥“通苏”，为的是，孙警长想霸占你嫂子。“通苏犯”还活得成吗？活不成。孙警长把你嫂子糟蹋了，又送给山田警尉补。女人到他们禽兽手里还活得成吗？活不成。……日本鬼子吹灯啦，可是孙警长住上山田警尉补的小房子，喝起日本“米索”汤来了。这还不算，山田那面大网，那面大网他擎受下来了！你谭元亭，三四十个打鱼的，还得给孙警长打鱼！孙警长抽大烟，从凤凰德跑老客的给他带来好烟土——后来才知道，原来那些小子都是土匪——孙警长枕在女儿腰上，女儿给他烧大烟，一拨一拨的——就是这个女儿！而你呢，你就跟这个女的……你是人不是人？

——他坐在大湖边沙滩上，他心里不知想多少事，跟那湖水的波相似，一层又一层。盛夏太阳直射他身上，湖水闪动着金色的耀眼的光。往日他总想，这湖到底有多大？人家告诉他周围八百里，他不信，他想：至少有八千里。他真爱这个大湖，大湖看不见边！跟天接界的地方，一片烟云，你简直分不清哪儿是天哪儿是湖。谭元亭没见过海，可是他寻思，海也大不到哪去！可今天他没想这个，他想：管它湖水几百里，收容一个谭元亭，满收容得下！跳下去，完了。可是他自己知道他的水量只是赶不上鱼，跳下去，说不定一下子游上来了……他自己笑自己：这么一条铁打的汉子，犯不上死得寒啦吧碜的，有这个，当兵去，死得值个！自己宽慰自己，可是心里觉得一阵酸一阵痛。

……工作团刘同志，把一杆——正是他心爱的三八枪递到他手里，瞄准，只一下，孙把头的脑盖骨不知飞到什么地方去了……他想起这个，他觉得他浑身增加点气力……刘同志拍拍他肩膀，跟他说，走罢。刘同志半开玩笑：跟我们走，当兵去……我那时跟他去有多好呢？……大湖好像很快乐，翻来滚去，好像有个巨大金色鲤鱼精在水里，很快乐，它在游戏，而且，低声唱。白色浪花在阳光里，如金星；天空碧蓝，好像玻璃。水鸟掠着水面飞，箭似的疾。……他自己的船在远处扣着，坐船走吧，就算大湖八百里，赶上顺风，一夜，就跑老毛子国去了——也许用不了一夜。他小时候跟他爹到过海参崴，那年他十二，他爹到海参崴卖老伯呆。他妈的，那是个怪地方，那地方专门对老伯呆好，满街都是楼房，都是树，女人香喷喷的，衣服真好看，那帽子上头还有一棵白色的不知什么鸟的翎毛……我爹回来，天天想回去，病啦，死啦……他常说："咱们中国多咱跟老毛子似的，咱们就享福啦，小孩子也许有福气，也许……"我坐上船跑海参崴去吧，谁也不知道我昨晚上那回事！就算他们知道了，我在海参崴呢，我管它！可是，人人都叨咕谭元亭、谭元亭、谭元亭，在老毛子国也得天天打嚏喷！

"哎。"他叹口气，站起来。

——我是个混蛋！他肚里又骂一句。

湖边上没有人，好像打鱼的都不打鱼了，都去侍弄地去了。

分了两垧地。哎，打鱼我是行家，一只船一面网一片大湖……种地，可是个难事！大湖你不用上粪不用铲，你有天大本事打不净湖里鱼。可是，种地，魏素英见面就是她爹说的：种地……我有什么脸去见魏素英呢？——他们昨晚临别时，他说他今儿个去找她。

这时候，他觉得肚子饿得慌，看看太阳偏西了。他还一顿饭没吃，他无精打采往回走，在道上偏偏遇见魏老头子。老头子照旧斜着眼睛看看他，他觉得脸上一阵热。老头子忽然笑了：

“快割地啦，你帮我割地好不好？”

“我帮你割，谁帮我割？”

“我帮你割！”

谭元亭点点头，不说话。

老头子刚要走，又站住了：

“后儿个开大会，再斗孙把头……”

谭元亭忽然大笑起来：

“你斗孙把头的鬼魂呵？啊？”

“斗他家——你不知道吗？我也是个委员哩，大伙都说‘斗他！’我说‘该斗！’”他走到谭元亭跟前，“孙把头是个大封建——明白不明白？大恶霸！光分他的地，毙他的人不行。他还有兄弟、儿子呢。他有枪，不献！”他指着谭元亭，“他有枪，枪这玩意儿是要命的玩意儿！比方，你枪崩孙把头，孙把头兄弟手拿一杆枪，照样要你的命，明白不明白？”他回到窝棚里，把昨晚剩的干粮吃了，躺到炕上。一躺到炕上，他没法不想起昨晚的事，他对着自己坚厚的胸脯用力打一拳……

“我找你一天，”李福德跑进来叫，“你他妈跑哪个耗子窟窿里去啦？起来！”

“我，病啦！”

“病啦？基干队训练，你是个班长，你病啦？真病假病？训练哪，班长！”

“去你妈的，我病啦，你再嚷嚷，我把你踢出去！”

李福德莫名其妙，伸伸舌头，走了。

他坐到门槛上，远远地看那两垧谷地。谷穗是金黄色的，叶子碧绿，人人都说谷子长得好，他目不转睛看半天，又想起魏素英的话：

“这两垧地可是你自个儿的，你自个儿就是地东！不像早先，你租人两垧，人家愿抽就抽，你磕头也不行，作揖也不行……人家愿涨租就涨租……可是，这两垧是你自己的，大湖可不是你自己的，再说……”再说，她脸红了，“往后，比方，那个，你不娶媳妇，不生孩子呀？……”

她懂得的事情真不少，她真不错，我对不住她……他起身去看他那两垧谷地，地头分明插着牌子：

谭元亭两垧

地是我的！

他想起魏素英。

地是我的！——他第一次有这思想：他从来没有地，他第一次有地！他爹从来没有地，他爹常说，不知道他爹活着的时候，他哥活着的时候，说这话，说多少遍了：

“咱有两垧地，有多好呵……”

他爹他哥都不是打鱼的——给人家扛一辈子老伯呆。

“有地的都是王八蛋！”他爹他哥常这么说。他也这么说过——不知说过多少遍了：“有地的都是王八蛋，我，他妈的，不要地！”

为这个，他不知不觉，对土地，又是仇恨，又是稀罕。

但，这两垧地，是我的！我对不住魏素英……他流出泪来了，坐在他的地头上，抱着膝盖。土地，娶媳妇，生孩子，……金黄色的谷穗呀……

晚上，他刚刚睡下，有个人推门走进来了。

孙把头的女儿。

他想跳起来，狠狠揍她一顿，但是，他躺着，没有动。

他想：看你说什么。而且最了不得的是——她嚷叫起来。于是，人们来了……

“我说，”女的坐在他身边，“我这包东西，寄放你这，你可得……”女的声音柔媚，“给我好好藏着，不兴跟别人说……”

他拿过来包袱，重重的。

“谁也不跟谁说。”

女的在他脸上亲一下，解衣上炕。

“等会儿，基干队来开会，你先回去……”

“扯淡，”女的好像切齿说，“基干队在村政府开会呢，我知道……”

“你不信，就待在这儿，若叫他们碰见，你可酌量点……”

“那，你把包袱收好，该死的，人家疼你你都不知道……”

谭元亭把包袱扣在一口破缸底下。

“那不行，”女的说，“得埋起来……”

“快走吧，开完会就埋。”

女的走后，他提着包袱，往村政府走。走到半路，又折回来，他到魏素英家去了。

“组长，”他第一次叫老魏头，他想跟他开开玩笑，“报告组长！”

“咦？”组长觉得很奇怪。

“猜罢，”他看一眼魏素英，他自己知道他脸红了，也许一直红到脖子后头，“这里头是什么？”

“金首饰吧？”老头子也开个玩笑，“偷来的，抢来的？”

他解开包袱往炕上一倒：

两只长苗匣枪和一堆子弹。

老头子吓了一跳，张开嘴，半天闭不上。

“就是这么回事……”谭元亭什么也不顾，从头到尾说一遍，末了说：

“我对不住人……”他偷看一眼魏素英，低垂着头，她的浓厚的黑发，在油灯下，闪着暗暗的光。

“你真是正经八百的傻蛋，你懂不懂？”老头子眨着眼睛说，“这娘儿们心眼真毒呵，你若今晚不拿来……明儿个，她一句话，就要你的命啦……”

谭元亭的额上，泛出凉汗来。

割地的时候，魏素英在前头，他在后面，一边割着，魏素英低声问他：

“这回，你不想拿地换网了吧？”

“我真没想到你爹答应啦……”谭元亭答非所问。

“这话，你说多少回啦！”女的轻声笑起来。

“你倒是一面网，我是鱼，鱼打到网里啦。”

木鹤宴

/// 林蒲

薄暮。这十月小春天的气候，热，热得出髓。想来天是老了，忘了甲子了，一切都不按照往年的样子。早就该绝迹的苍蝇，还接续生出第二代，小小黑点子，跟着大牯牛在草场边转圈子，像是那大生命中迸出的小生命。大牯牛头一摇，尾巴子一甩，无数黑点子飞了出去又顺原路回转来。应该说是水草很丰富，大牯牛快乐的尾巴甩不停，小生命的黑点子永远丢不尽。高树上秋蝉子，不知道怎样，这时候，仍未生虫投水，对自己侥幸留下来的残余日子，特别觉得爱惜和留恋，整天“知知”地叫个透熟烂熟；临别这树枝飞到那树枝的时候，跟狗儿出门怕忘了旧路回转不了家一样，沿途撒着尿水。太阳未落土，仿佛跟谁生过气，绷着脸孔，把一个个山头点得像蘸过洋油的火棒，热烈地传染性一样燃烧着。天空中拖过一道蓝色，一道红色，和一些黄白相间的火带子。远处，山窝头的村子里，却冒着缕缕炊烟了。风儿停止吹刮。晚霞，一朵朵花儿似的，以各样不同华丽颜色开放着，倒插在蓝色的天边里。天也老实下来，不像日间和野云竞走，急急要离开大地，满足驰骋的遐思了。

这三四里内小平地结成的村庄，和所有南中国的村庄一样，虽说离海边不远，但依背后那一派连峰带脉、怒吼、搏斗、奔驰的山势看来，只是一小点不再腾沸而静止下来的山的微波，明亮而富敏感。少壮的桃树放绽在黄昏里，成就一幅颜色鲜明的图画。庄稼人秋季的收成已完毕，耙草，戽水，打谷子，一切田地上的劳作刚过去。人和地都如乡下人所说“闲到像虱母”的时候。村庄因为稻谷的收割，平空宽大下来。村道夹着野草，顺着地势的高低蜿蜒了去，合理和自然得像人身中的静脉。村中房屋建筑的样式，依古例占据的面积特别大，比较起来，高度便显得非常矮小了；恰比海滨的蚝壳，薄薄一片，专门为避风雨依附石头上，且在石头上生根落脉，成了家。在这种情形里，德聚楼的高大宽敞，几十里路外便可以看到的屋脊，无怪怀着多少惧怕和妒忌心理的乡下人说，建起它来像牧人，日日夜夜察看羊群似的来监督他们做工不做工，吃草不吃草；并且，天地生成也特别奇怪，德聚楼所对的面前山，手连手高耸入云地屏障着，那不是天设的牛栏吗？

德聚楼主人，是四十开外的中年人。靠着父兄在南洋群岛经商的福荫，他有了一份非常可观的财产。千租百产是这一带人们最羡慕，脑子中所能想象到的一个大数目字。根据一般人说法，主人的资产，应该有四五倍于千租百产的。由于不断地兴旺，就容易让人联想到那已被忘记将近百年的他的祖坟上的风水传说。据说，当他祖先们讨到那块地的时候，风水先生早就预言到将来子孙们的钱银，一发起来，会像黄牛身顶上的毛儿，任数数不清。真的，谁看到过没有毛儿的黄牛呢？银钱多而时代绵长延久，那是没有疑问的。而且，和所有财主们一样，因为无往而不顺利，百战百胜的结果，慢慢，他把土地上得来的利润，应用到商业上去。他做后台老板，和人合股做生理，靠了用人的得当，在小事情上又不吝啬金钱，这就应了俗语所说"富人找钱，神仙得道，平地飞界"了。钱越聚越多，他便像这地方的富户一样，为了显祖耀宗，同时说明他的魄力，他一面和官厅上的朋友交结，一面建筑这座雄霸一方的高大楼房，壮壮威风。起厝造桥派半料，工程比预定的延长了三四年才完工。楼房四周放水，收水，门口庭，后头，龙手各方面都听从风水先生的建议，并且，靠西边的房子门窗，宁可编竹帘子遮挡炎热的阳光，赌咒不种一棵树。这四十开外的中年人，处处有办法，样样拿得稳放得下。所以，单纯说他靠着父兄的福荫，甚是冤枉了他。他承接的是父兄给他的钱财，是死的，而他自己才是钱财的灵魂。人是活宝，没有再比有用的人，更可贵之了。他常常说。

他的本名是吴友松。因为人生得瘦，又不管天晴落雨，一根梓木手杖时刻随身，和人家说话或登台演讲，总是两手和上半身全部俯托在拐杖上头。有一次，外江相命佬，看他这样子，断他是木形生张；等他走起路来，又说兼粘了点鹤质。这样，人家在面前尊敬他，叫他作松佬。背后直叫他木鹤，但却不含褒贬的意思。他的本名，反而不常听人提起了。

木鹤喜欢打麻将，说麻将经。这却不能称为嗜好，恰当说来，只是他一生顺利应有的消遣。他在赌场上从来没有失意过。——至少旁人看来，他是这样。他不输钱的秘诀，是他的本钱雄厚。别人输上一万八千，早就把本钱输光而且要赖账挂账了，他却能用二万来钓回已输去的一万。赌徒们碰到他手里不倒霉的没有几位。他第二点的顺利结晶是跟着第一点来的。他认为不懂中国社会内幕的，才对赌博没有兴趣，对赌博引不起兴趣的，怎样会对女人有兴味？他自己对任何女人都要追逐。在他眼里，貌美的女人，固然最好，面貌差点的，反正裙子扯高点遮盖了面部就成了。他谈起时总是津津有味，像回忆一段光荣的过去，说："女人嘛，唉，女人样样都没有，就是妙！"他把南洋某富商一星期掉换一个处女的行为，来做自己行动的掩护，以"十个女人，十一个需要男人"这句成语来做他道德的根据，行为的根据。总之，如果个个男人都不要女子，那么这世界还是人统治的世界？为了训练自己尽了做人的责任，他两方面都玩，而且玩得很到家。他认为赌博可以得到数学方面的乐趣；和女子打堆，一方面可以学习放松一下自己，不致太紧张，太伤脑筋，好做大事，同样，运动得来的健康，常使某些学问改变了内容。最主要的，女人是水做的，脑子里充满了多少明澈澄清的智慧。她们且富于表现和表达，她们生就的一张和耗子一样尖的嘴巴子。……从坏处学来的智识，才是实用的智识，他这样想，这样做了，而且常常拿它来教导别人。

……这时，十月小春天的薄暮，黑压压的一堆人头，黑蛉子一样正成群打转在德聚楼上的大厅里。他们有的聚精会神在下象棋，有些嗑着南瓜子；一个昂起头大踏着步子来来往往像是思索什么的；厅角里，几个年纪高点的，在耳边嘁嘁喳喳地细声商量着大事。但不管他们坐立的姿势怎样不同，谈论的声音在彼此互相抵触，对消，他们的一举一动表现了一个共同点：他们今天共同打过一次胜仗。他们此刻心中隐隐地还保留着胜利后的微温；远远，从宽阔田野飘上来的走阴间巫女有规律的深沉的话语声，给他们兴奋的心情，以一种颜色鲜明的衬托。他们议论着，哄笑着，直到下照厅一只勇敢的大雄鸡站出来，伸长脖子："喔喔呜——噢！"宣布太阳已经下山，女仆人来请吃饭了，他们才开始鱼贯下楼来。

楼下，白布铺底的圆形餐桌，排在大厅的正中。大家很快就入席了。等到空下来的一个座位被发现后，主人脸向楼上诙谐地高声叫：

"喂，丙辰叔，我请客是数佛才蒸糕的，一尊佛一个香炉。"他指的空下来的位子是丙辰叔的，并且对大家暗示他请的客人是事先选择过了的。停了一会儿，他又说："你再不来，迟缓摸疏，吃不到香菇了。"他说的香菇是本地人请客时的第一道菜。他催促丙辰叔的话，大家都报以谄媚的笑声。

被叫为丙辰叔的，是主人的三代叔辈，有着惊人的记忆力和精细的头脑，长于计算，是智多星吴用之流。他的为人，大缺点是没有的。他在某一团体里，便成为那团体不可短少的人物。但有一点，关系到个人利害得失上，他爱占一点小便宜，处处用小心眼。他为自己这种行为找出的理论根据是："人各私其亲。"大家曾谜语式地，以这句话的字面内容代替它的真实命意，来挖苦他，意思是想劝劝他放弃那点小毛病。他总是我行我素，不理不睬，他说："人难得齐全，老天爷有时都偏心！"

主人虽然高声说笑，威胁，实际是等到丙辰叔入席后，大家才起筷子的。饭菜，在这乡间，算是数一数二的了，如乡下人所说，这够瞎子吃到闭起眼睛来的。大家肚子真是饿了，头几道菜，一律低着头，不大有人说话，更显著的，即或有人说了，也甚少有人答腔。

大厅里的陈设，厅头正中是公妈神位，靠边两旁排列着两张两丈多长，髹漆到红可照见人影的长凳。点得透亮的僧帽牌蜡烛，甚至连客人的性格，都很合主人的排场和脾胃。纵深的天井，更清晰地灌进隔壁巫女小心走着阴间道路的颤动声调。

主人像要摇落那飘来的不祥的女高音："丙辰叔，你说选举前，朱辉那小子是怎样对你说来的？"主人提到的朱辉是县 × 部派来监督此次县参议员选举的监选人，从前和丙辰叔曾在一家报馆里同过事。

“他说：‘老同年，你投郭守谦一票，……，喔，喔。甚至只不要投你老亲的票，其余，我自有把握。’这些话是快到乡公所门口，他才对我说的。我听了他的话，我觉得我们的计划应该改动一下。顾不到候补不候补，票数应该集中你身上。”丙辰叔一个字一个字带着思索地说，“最后，他还问今天晚上你要请几桌人吃饭。”

“狗 × 的，横顺轮不到请他。”平时云雀儿脚不着地的“散鸟”，这些时充当木鹤的私人秘书说。

“认真说来，各保保代表都是我们父子叔侄居多数，丙辰叔的顾虑太远了点。”主人的堂叔乡长说。他人胖胖的，十分有福气样。人很势利，没有读过多少书。他自己觉得做乡长虽然是木鹤在县长面前极力举荐，替他说过好话，而乡长的职务，能够对付过去，却是由于自己的聪明才力。

“他们的事，”丙辰叔提起县 × 部那一派推举出的候选人郭守谦他们，“我们还不是知道得辰戌丑未，一清二楚。但总要提防中途变卦。这叫作捉猫张虎势——有备无恐。”

“我们都上那小子的当。”越过了客人们琐碎的评论，主人跟着自己的思路带出话来，“按照今天一面倒的投票法，丙辰叔，连候补都应该归你拿的。”他那黄黄的泡在酒色里的长面孔，像一条酱瓜，面纹皱成一堆子，“郭守谦竟然还有人投他三票！到底是谁投的票，你设法查查！”他转向乡长说。

“可以。”乡长答应着，“选举票我已叫民政干事封存了。

将来缴县归档时……”

“是的。”主人记起县长对他说的话，“将来县长还要对笔迹，一张张票亲自察看。选举票还要寄厅的。”后头一句是轻轻改正了乡长就县归档的错误。他又重复着说了几趟的话：“本来，区域选举我不必参加。省府里的朋友，来信征求我，提名时是要做社会贤达还是归入财政界。不过，县长说，我们这一乡，既然有对方竞选，我不参加，风声传闻出去，面子上下不了台。”他的话不是像演戏故意引人注意他的次一句话语，而是他的权威和自信，使他一句坚决过一句，缓慢而合乎平仄，一切正听着或未听着的耳朵，都得像向日葵面对太阳，等做他的吩咐。他的每条柔和的面纹，都是可耕耘的丰富的土地。“为着壮各乡声势，县长表示要我露露面。”他安慰丙辰叔说，“你的出处，我一定和县长商量。”

“我们谁出马，都是一样。”丙辰叔回应着。他心里觉得木鹤的话里多少有点文章。说实话，这一次本乡的县参议员，真应该让他来。他老了，木鹤还算年轻。而且从社会地位说，木鹤也无需一个参议员的头衔。而他本人，又不能和木鹤双双比对，论钱财兼论外边的人色来说。

夜慢慢以繁星的增多来计量自己的厚度。德聚楼四周越静寂，越空无所有，天井专门等候捕捉一切声音似的。巫女阴间道路已走完，声音已全部停止。远处狗叫声，泛泛拉不成调子。里把外，乡道上过路人的脚步声，时断时续。偶然有几个大蝴蝶，在散满夜来香气味的天井中穿织浮泅着。

乡长心中计划怎样把今天选举时的复杂情形简单叙述一下，一面表示他在紧要关头还能应付裕如，一面他揣摩到这是使木鹤信任自己最有效的方法。他动动嘴，终于开口了。

“郭守谦那家伙，脸孔青到死里透白，跟押上刑场一样，写字时，手里硬是发颤，你们看到没有？”

“当然。”回答乡长的，是中心小学校长，为了推行工作便利，名义上他还兼着副乡长职务，“郭守谦，他没有三尺水，就要划龙船。当 × 部要他出来活动的时候，他的父亲就骂过他：‘我们得到松佬几多恩惠。你是什么人？敢去和他做对头？’郭守谦说是 × 部派他竞选的。他父亲说：‘他们叫你去吃屎，你吃不吃？鸡蛋碰石头？我不叫你双脚出去，一脚进来，就四脚做马让你骑！’听说，他父亲还哭过几场咧。”校长扁起嘴，学习老人仅拖季节挨命的声气。他这些话是从一位学生口中得来，再加上一点做味的葱蒜。

“让他做歪嘴婆娘照镜子——当面丢回丑，他才甘心情愿！”秘书说。

“今天专署的李科长，对我们特别帮忙。说是训话，实在全然坦向我们这一边。”乡长没有想到自己开辟的话头，让校长发挥到淋漓尽致，大做文章。他另转方向说：“李科长提早离会，在选前和友松握手，做得最得体。”他叫主人名字，表示着亲切。

“他想做荐任官，一时没有县长缺。他来当科长，是省里头一般朋友替他想办法的。”主人指明李科长和他私人的关系，介绍中掩不了几分矜持的成分。

“不是友松说有把握，我早就打算叫民政干事把山腰铺那三保的保代表，软禁在我家里，留他们吃茶，等到选举完毕，才放他们回家。”乡长说出未选举前部署内情。他从头就疑心山腰铺那些保代表靠不住，尽管个个人都曾赌过咒，要投，必投木鹤的票。

“我们既然有办法，当然不下那一着棋。”丙辰叔牙签拓着齿缝，语调和水一样平。

“你们注意到颜厚朴没有？瞧他那畏首畏尾的样子，真想送他几下耳光！”秘书说。

“他呀，他是个阴阳人！”丙辰叔依他心中的分类解释说。“他样样懂齐全，就是含珠不吐！他暂时依附我们，是羽翼未丰。”停一会儿，他富有深意地，“投我一票的，我疑心就是他。那小子这样一来，默到两方都不得罪了！”

“那你也未免疑心病太重了。”秘书提到颜厚朴时，警备中队长一直竖起耳朵听着的。他当警备中队长是经过木鹤的保荐。他带一中队警备联队驻扎边境预防土匪，颜厚朴那一保刚好是他管辖的地区，颜的一票，是他对木鹤拍胸保证过的。他听到丙辰叔的解释，顾不到叔侄名分，出口重重顶了一嘴。“叫他怎样写就怎样写，敢少一画，不捶扁他才叫怪！”

“你用不着这棺材头放枪——惊死人的政策！”丙辰叔微笑

着轻轻提了一下。

中队长觉得自己说话委实远离了尺寸，他没有直接提出反驳人家的笑声，只歪着头和旁边的乡长说一句粗话："要颜厚朴投票，易过叫开王九妋的 × 门。"

原来这中间有段秘密。像所有乡间一样，表面上男女界线的分明，并不能说明内里的关系便澄清得像发蓝的溪水。实情，偷鸡摸狗的小伙子，引蜂招蝶的娘儿们，是自然得像一个山头必有一只鹧鸪的。尤其是娘儿们，她们生来太闲暇了，农事最忙的时候，也仅仅处于辅助的地位。过分活跃的青春，与无法消遣的充裕岁月，她们对一切的感觉都痒痒的，行为上愿意让孩子们比方作连尾的母狗，编着歌儿唱：

……
四耳朝天，
八脚落地：
中间扯炉，
两头出气。
……

这些娘儿们，又是乡间一些负责治安，或自命为正人君子暗中追逐的对象。才刚中队长附乡长耳边所说的王九妋是个活寡妇，丈夫被拴去当壮丁，已近六年，一点消息都没有。她自己为了生活和习性，自规规矩矩的环境里解放出来，以自己的青春发散别人的青春。远在她还未明目张胆，在一种本地人所说“一妻二妾三嫖四偷”的最有风韵的偷偷摸摸的阶段里，这两位乡间首长就在她的家中相遇了。中队长先在她的房间里，乡长来叫门，且戏问说：“是先有人了吗？”碰到女人野声野调在中队长面前表示她的清白：“三更半夜跑来做小偷哇？有人？转去问你家婆娘！”这样，乡长生气了，立刻派人清查户口。摸到床头的时候，中队长棉被盖得圆圆的，轻声说：“是我。”“是你，不早说！”大家一哄散了去。同伙人，没有什么可说的，只当作一种笑话，闲来聊聊，在人们面前，私自笑来开开胃，就像他们此刻似的。

丙辰叔却把此次选举的结果看得严重得多。他认为郭守谦还有人投他三票，这证明木鹤二十年来，在本乡无形统治机构中，仍未达到完美的境地。按理，凡是治下的，都应该如郭守谦的父亲，事事不但没有人敢来掣肘，还得是心敬神服。做不到这一层，就是大家的努力不够。事实上，丙辰叔是木鹤这群人的智囊，是权衡他们轻重的秤锤，是过分与不及的节制。木鹤对外的成就，大半是他计划实现的同义字，他不能不打个底子，在心情上先有个准备。

“这些 × 棍们，迟早要收拾收拾他！”中队长不再想到颜厚朴、王九妣了，正正经经地提出对付郭守谦他们，他的职业上的看法。

“这些都是小事。”木鹤打破了沉默，轻轻结束这次已是属于他的胜利的冗长的谈话。他觉得“× 棍”两个字用来太离题。严格一点说，只是同一 × 里不同派系或 × 与政争取领导地位，表现在这次选举中一个小例子。梁守谦是 × 员，他自己也是 × 员。虽然选举前县 × 部曾来过密令，要他放弃竞选，尊重纪律，支持郭守谦，不然，将来情势的发展将对他不利。他认为这只是县级的甚至是私人的单行法，他自己没有接到上层的通知，专员、县长也是 × 员，也没有接到上层的命令。他在专员、县长鼓励下，参加竞选，而且获胜了；是个计划中小小的胜利，不足为奇。此时在他心中酝酿，盘桓，凝结着的是另外一些思想。他掸亮洋烛心，撩起思想的一角，开始问乡长：

“翠屏乡的选举情形怎样？”

乡长习惯地扫扫衣襟，像在回忆里扫落王九妩秀丽的影子。他听清楚了问话，伸出合成两片蚌壳的手掌，扶扶摇曳在风中的洋烛，半迟疑地涩涩回答着：“他们选是选出来了，不是县长批驳，认为手续不合法，要重新选举吗？”

“不错！那一天县长说过的？”木鹤说时，眼睛望望吴仲甫，要他证实。

吴仲甫和木鹤是同姓不同宗。确实说来，今天晚上他才老老实实是客人。他从县城返乡，顺路来拜候木鹤，给留下来参加这宴会。他到得晚，来不及参观今天的选举情形。他正在各人叙述里，分析内中的成果。他和木鹤，有一种分分合合的微妙关系。这一点，除木鹤本人，在场的，丙辰叔从他们十分客气的往还中，探悉到一点影子；其余的人，全被蒙在鼓里，要等到打时，才有回声的。

木鹤得到吴仲甫的证实，和从前问到他自己那一乡选举情形一样，一面爹一面娘模棱两可深有意味微笑着，点点头，一句话不说。木鹤只好自己接下去："县长说，选举进行中要估计对方的力量。选举法是随时可以改动的。每户限定户主，可以。全体公民投票，也成。哪种方法对我们有利，我们采取哪种方法。这叫权宜措置。上头有什么话，县长他要全权负责的。"

"翠屏乡先前选举用户主投票法，结果代表 × 部力量的许医生当选了。"秘书补充说。

"因为这样，那天乡长叫许刚毅去，问他用全体公民投票选举，有没有办法获胜。许刚毅说有。"木鹤一心一意沉在自己的思索里，说话像剥春笋，更里更深更精粹，更有戏剧性。

"许刚毅在他那一姓里，他算是小房头，人数少。"乡长声音压低了点秘密说着，"前天，因为许医生说他想做官，拍县长马屁，两个人就当街扯起来了。他问许医生是要单对单人比人，还是比枪尾？他说同是祖公出世，亲生正传，羊屎落土平平大，虽说他是小房头，他不怕大奶压小儿。他叫许医生有话明白说……"

"让泉佬伯出来怎样？"木鹤截断乡长的话，想到本宗搬到翠屏乡居住的一位叔辈老绅士，问丙辰叔，随又想想，自己说道："怕他老人家面面是佛，不肯得罪人。"

“这事情，我们耳朵太软了，相信他们的话，”校长指翠屏乡和自己有联络的一群人，“以为他们真有把握。哪个晓得是吹谷子的。这是请泉佬伯出来，他当然不肯。”校长不姓吴，也跟人叫泉佬伯。

“其实何必呢？放着现成的材料不用，倒是拨草寻亲满山栽种树木？”丙辰叔说。他认为抬许刚毅出场，是他们势力深入邻乡的唯一路线。许刚毅有手腕，有魄力；可惜也可好处于小房头地位。许刚毅得势了，许医生一定不愿意永远甘心雌伏。彼此争执中，许刚毅必须借助外力且无法背叛倒戈，走别人的路线。“这不正是我们的机会？我们何必买咸鱼放生——多此一举？”丙辰叔再四地着重这一点，除了深谋远虑，怀抱卓见外的私人原因是：他过去和泉佬伯争过族长地位，失败了。他因公及私委婉地说：“许刚毅，我们要扶植他，不要攻击他。”

“丙辰叔，”校长看出了丙辰叔的偏私，抗议反驳了，“我觉得你的做法是请魁星爷做平安醮，目的在引鬼入宅！”

“我反对你的说法。我们怕猪仔饲大不认猪哥做老子？”乡长凭他办乡政的实际经验，他站在丙辰叔一边，对非本姓的人说话，不知不觉中露出了几分霸气。

“不必这样，不必这样，”丙辰叔缓和地说，“大家有高明的意见尽管请！”他等了一下子，当中只秘书的嘴开了一下又自动合了来。全桌静寂，再没有人接腔。丙辰叔也不再说了。他埋头整理自己的思绪，指甲弹得“的的”地响。他虚虚往前望，厅边大房的门帘子微微摆动着，帘子内的热闹情形，他看不清；但他确确实实可以感觉到的。他熟识这一家的情形。那道贴近帘子内的黑影子，不是木鹤母亲便是木鹤太太的。木鹤母亲对儿子的感情，是一边热烈指挥仆役出菜，温酒；一边用快乐的口吻，詈骂孙子孙女们。她在人家赞称她儿子的字面上，选出最足满人心意的："松佬呀，老太太，那是风水出！"她温习了一遍又一遍。木鹤妻子，那位五月午时出生"双飞蝴蝶格"出名好命的吴太太呢？她对丈夫的崇拜是升华到宗教信仰的地位。在她心目中，只有丈夫,连自己存在都无关痛痒的。丈夫的一切行为,都是有意义，都是对的。丈夫对女婢的私染，照她自丈夫处得来的解释，向别人说,如果女婢清清白白地嫁出去,会把好风水带走的,所以要"破格"她一下，让她不再有灵气。这婆媳间对同一对象的不同关系，大家可以想象得到无法融洽相处的理由。婆婆认为媳妇是仗着丈夫富贵，才敢拿忤逆的话来挟制她。做婆婆的怎样能甘心呀！她常常问媳妇："饮水思源，你的宝贝丈夫是从哪儿来的？"媳妇只顺嘴尾，回声似的说："……哪儿来的？"她便气得死去活来。她对媳妇的懒惰，也十分看不顺眼，她常常在儿子面前，指着媳妇的鼻尖说："你一天坐着话都不多说一句，你没事想学打摆子？"儿子笑笑走开了。媳妇嘴上不敢顶什么，心里总是想，样样都是命，懒有懒命，劳碌有劳碌命。虽然，她对自己有一回打瞌睡烧坏了一只裤脚，当时没醒来，过后常对人说："想来又气人！又笑人！"而说劳碌命呢，她暗暗指的却真是婆婆娘家，和婆婆未嫁到吴家来的少女时期艰苦的生活。

木鹤以做丈夫和做儿子的身份，在家庭中，在婆媳相互矛盾间，他尽量利用机会。他接受旧社会的旧传统和旧手势：烟、嫖、赌、饮，样样在行。这些行为，还由食客和卫星们找到了好些漂亮的理论来掩护，来发展。

不过，这些惯常的习性也妨碍他在乡间势力的发展。他对乡里是爱护的，但有些措置说明着他非常无知。丙辰叔常说："我们这一族，我们这一村，不——能——无——松——佬！"拉长的语调明明是说更不应缺少的，是他丙辰叔自己。

但木鹤的优点是，凡事豪爽率真，时时让想作弄他的人，开始觉得他的幼稚，无知；再次，觉得自己对这样单纯的人都想打主意，简直是罪过，赶后，便死心塌地愿意做他的股肱，死生之交的朋友了。又有一点，他自开始顾问乡间事情以后，一开始便声明不受人情，不收贿赂。他百分之百做到了。虽然攻击他的人，说他能这样做是由于家里有钱有饭吃，但这使他在乡间的地位和丙辰叔大不相同。在两方面对比之下，他无宁说是代表进步的。这决定他像花木一样，吸饱了养分，没有内顾之忧，有向外发展的余裕。相反地，丙辰叔只能缩转回来，寄人篱下，退居于辅助地位，虽说论才学论见识，他是远架于木鹤之上的。

木鹤的向外发展，算来有些基础了，但也由于那些旧传统，旧手势，限制他——不能如丙辰叔的理想，他只能在 × 派间找体系，找关系，兜圈子：于 × 政不协调里捡到一点唾余。即如县参议员的选举，他也只是抄袭一下玩江湖人的戏法，更正确、更有将来的内容，他是不在行，看不清的。现在占有他全心灵的，是他不能从本家吴仲甫嘴中得到一句全称肯定或全称否定的话语。吴仲甫唯唯诺诺，对他像一朵孕雨的黑云，迟疑，而不即落下。他无法安心。

“我们这次参加竞选，目的是议长，副议长。”他像说给食客们听，其实是用来试探吴仲甫，“而且，不单是一县，各县都同样在进行。我的，是上头给专员县长来的密令——”他翻眼瞧瞧坐上席的瘦小的吴仲甫，看他仍然没有动静，他添着说，“密令说：‘友人 × ×，赋闲在家，望弟等代为关照。’”

一切停止着。天井中浮泅来往的大蝴蝶，声音细得像在梦中才能觉察得到一样。这时丙辰叔的思想交触到木鹤的思想。他替木鹤难受。木鹤所关心担忧的，正是丙辰叔的担忧疑惧。如行走在黑暗中，携起手来好壮壮胆似的，丙辰叔问木鹤：“秘书呢？参议会的秘书呢？”

“你呢？你有没有人？”木鹤探询吴仲甫。不知怎样，他觉得今晚上丙辰叔特别可亲近，他发现丙辰叔近来瘦了点。

“满街都是人，就没有合用的块头。”吴仲甫调侃般回答着。

“前次我们在省城，由几位朋友保送林如山，大概命令就快下来了。”他向吴仲甫示威的话，特别说得响亮，如像闪烁的星子，颗颗钉在碧色的天幕上，他的话贯串各人心中，明澈运行着。

“林如山在省城秘书当得好好的，要他回来，这不是回头马了吗？”校长率直说出内心话。

“你认为个个过河卒都可以当车用？”木鹤反问着。“招牌不老，提得出来吗？”木鹤转话头再问吴仲甫，“专员、县长他们答应，到时有把握固好。没有把握，要用个名义，把他们的参议员扣留几个。看样子，议长、副议长，我们势在必得！甫佬，你说是不是？”

“反正政治这东西，就没有情义！你叫他来，敲敲他的头，叫他怎样就怎样！不怎样，就敲了他。再亲也没有用。再疏也得投我的票。现在这时代，一方面要顺潮流，要他民意——可是，是我的民意！政治！这便是全民政治！你我政治！”吴仲甫还是模棱两可，发挥自己的议论当回答。

事实上，吴仲甫在上头，在省城的活动，木鹤已得到通知，且已谨慎提防着。本地势力，全县三十个乡镇中，木鹤力量来得大，来得切实，这，吴仲甫心内明白，公开承认。在木鹤心目中，专员，县长一向是袒着自己，只对自己一人说知心话：专员和县长，对吴仲甫说同样的话，泄漏同样的秘密，这一点，木鹤不知道，即或有人提起，他也无法相信。木鹤说起上头的密令，不对吴仲甫隐瞒地方上竞选内情，这些用意，吴仲甫十分了解：木鹤在省方指派议长、副议长的愿望上——事实是选举的最后决定因素，专员，县长都无力变更的——已和吴仲甫立于敌对的地位。木鹤在省方有人，吴仲甫也有人。而所谓 × 部也者，不过是一个幌子，一种陪衬，实际是不足为患的。这，木鹤心中明白，吴仲甫也明白。而地方情势，既然无从染指，他，吴仲甫，在木鹤看来，只有同自己合作的份儿了。不管心里所想的和木鹤所计量的是多么有距离，吴仲甫只无雨的干雷一样，手抚嘴唇边，白咳了几声。这几声，在丙辰叔的心中是明显极了的，那无异于像放冷箭地察看颤动着的弓弦，吴仲甫未说出口的话是："看罢！且看罢！我们用不同方法，不同手段，同样背景的不同路线，我们努力瞧罢！"

虽然这两个人当中，哪一个会失败下来，丙辰叔暂时还不敢断定，但他察看到的，比木鹤还清楚。其他，包括今晚出席和没有出席的僚幕们，便十分不足道了。他们都是木鹤囊袋中的人物，样样随木鹤走，谈不到见识上的事。他们有时因职务关系，可能略略使一件事情的发展和实施，依自己的路向，从木鹤手中，接受到一小点平衡，然这平衡却须有个先决条件——那就是不能妨碍到木鹤触须的伸缩，即使是无知的触须也罢。他们的存在，在某一点说，那是木鹤特地为自己搭就的一个社会关系的骨架。让他不必事事自己出马的骨架。但当然，这骨架的促成，有的依赖亲属关系——成分最小，有的是靠着金钱和他那不吝啬无条件帮助人的义气，最切要最根底的一点是权力，无形统治的权力。这种顺利的环境优容他，便限制了他，使他具有的某种优良性格，没有得到正常的发展，便夭折在高傲、疏忽的气氛里，让他对社会关系看法无距离，理解上缺乏丙辰叔的一分静，一分老到，事事以自己的偏见当真理。

现在，夜已深沉，天上繁星闪动得和桃花一样灿烂。宴会真已临到了尾梢。蜡烛也早已换上新的了。多量酸辣的绍兴酒，使大家迷迷糊糊，耳朵嗡嗡着，给牛尾巴子甩昏了的小苍蝇之样，自己认不清自己的路向。凳子三三两两被移开了，像脱枝的木叶，栖息大厅角隅里，孤寂又哀凄。

而主人呢，他在酩酊大醉的几分清醒里强自支持。他觉得自己只是一小点微醺，休息一会儿，只消一会儿，一切便可以像雨后的大地，精神加倍地清新与饱满，照例还可以搓上四圈八圈的，德聚楼的灯光一向是熄灭得最迟最晏——如像反常气候里残留的蝉声，肺病患者面颊上泛起的红晕；他把这回光返照解释成为象征自己性格与支配力量的东升的旭日。他仍有热闹的兴致。他不是把成功当果实吃的人。他有力量，能够接受任何挑衅呵。他有应战的勇气和必胜的决心。

虽然，他真是酩酊大醉了。伸握出去的杯中酒，因手的跳动溅泼着。脑子里尽是旋转着阴阴阳阳的无数乾坤。脚干浮动起来，将倒下来的大树一样，树根已在土地里幽幽暗泣了……丙辰叔搀着他。吴仲甫把一切吸收眼底，咳，且咳出了笑声和眼泪。他慢条斯理站起来，拱手向主人道谢。他那背灯的影子，肥壮而富机动，遮盖了厅头五代神龛，瘦小头颅，变化莫测的毒蛇似的，狡猾地爬上了天花板，直向丙辰叔袭拢过来。丙辰叔退后半步，接连打了三个寒噤，差点没把木鹤摔落地下。

“甫佬！来！干杯！干一杯！酒逢知己……我……我没有

醉！没有醉！……”

木鹤空疏的声，响在丙辰叔精神世界里，感觉到稀有的寂寞。人莫非真是老了？还是鞠躬尽瘁的诸葛孔明，扶错了真主，才没有建下巩固的江山啊？

天井中，饮着夜色的大蝴蝶，浅深浮泅着。

纠纷

/// 菡子

一　小来顺子的大大死了

楼港是一个蹬在几个小庄子当中的一簇齐的高庄子，住着一门楼。它正在两山相接、远望去呈现一个缺口的边上，打那庄子的左边山路进去，就通里港。这里港里面到底是怎么样的呢？一眼看总打不到底，往年闹土匪的时候，那里面可以时常听见枪声。人只要一走近通楼港的栗树林，再通过楼港左边的竹园，向里港的路上伸出脚去，心里就有点扑通扑通觉乎胆子也小了。

小来顺子家也是楼港一门楼家的一个户口，小来顺子三岁就死了他大大，是被土匪吓死的，可怜他家连小来顺子就一共有六个人穿了孝鞋。“死鬼”入土了，来顺妈就老捧着小来顺子，坑着头，眼睛上挂灯笼，动不动就嘘嘘地哭。来顺的四个姐姐也陪着躲在一边淌眼泪，一个好好的人家死了一个当家的男人，就好像用不着起锅灶，活着也没有什么意味了。

过了些时，小来顺子他妈才清醒些个，别人劝她说：“来顺子的妈妈，人死如灯灭，是活不转来的了，你尽哭管什么用？！来顺他大大还给你们留下几块地，能苦（劳动），日子总有得过的。小来顺子他们姊妹五个就靠你挑他们的担子了，你想想看，要是你也有个三长四短，叫这些娃子讨饭也没人带头，那你就对不起娃子，也对不起你那死鬼。”

来顺妈想想她的“死鬼”，想想留下的几块地，再看看三岁的小来顺子长得怪“排场”，眼睛活龙活龙的，总算是楼家的一条根，也想好好劳动，把小来顺子带到娶媳妇，几个姑娘料理出门，就对得住“死鬼”，也对得住娃子了。只是田里自己长不出粮食来，自己单身人也苦不了，心想搞个合适的伙计，又怕雇不起，也怕没有一个着着实实肯苦又精明能照顾家事的人，想来想去才想到刘二这个人。

二　雇来的主人

刘二从河南逃荒过来，有头十年了，过来的时候，还是一个廿大几的小伙子，正能苦，胳膊和小腿肚子上的筋肉鼓鼓的，浑身是力气，要雇伙计的人家都看中他，都说踏破了鞋子都找不到这样的好汉。他不说能苦，还有一副好脾气，手指头伸在他的嘴里都不敢咬的老实人，招呼做的生活，只有多做没有少做，在哪一家就把哪一家当作自己家里一样，只巴望那家多收粮食，多发财，自己起早摸黑忙得汗淋淋，从未说过半句不如意的话。本来他就不多讲话，只在高兴的时候，哼两句侉侉调。

小来顺子大大死后的午季，刘二就来他家上工了，那是楼汉清的奶奶去和他商议的，说："刘二，下季你上来顺家干吧，可怜他们寡妇幼子，一窝子的肉老鼠，正待着活命，就缺你这样一个好伙计。你要能照顾他们，留着那四五石种的田，把娃子领大了，人家不会忘记你的恩典的。"刘二也没讲工钱，点点头就答允了。小来顺子他也看见过的，一对活龙活龙的眼睛，叫人心里欢喜他。到哪里都是苦，要把这娃子领大真能不忘情，将来要做衰了，有点把小毛病也有个安身处，要茶要水也有人服侍，比那些只买你的力气，不讲什么情义的老板要强得多。

刘二一到楼家，就忙着把种田的家具拾掇拾掇，替耙上添上两个齿，重新安好两把镰刀柄，搓了几根牛绳，房子也打扫了一遍。他这几年一直在庄前庄后转，来顺家的田，没有上工的时候，就块块都看过了，早就叹着气说过："可怜这没有一点毛边的田，就让它躺着长荒草了。"

往后，刘二真变成楼家的自家人似的。忙也是他，苦也是他，千斤的重担，他挑了一大半，日子恁怎样难过，来顺家的田地房产，没有变卖一点，（那几年卖田的可多着呢！）自己工钱也懒得算了，心里想：自己总算是一个男子汉，又受了别人的托付，为人在世，能让别人也念着刘二的好处，这名誉就不错。

他忙着一家几口的糊口粮；另外又苦些钱，替小来顺子大大死下留的债也还清了；民国二十九年大灾荒的时候，差一点饿死人，刘二也真是屈心待来顺家，把腰里从前自己帮工积的钱也捞出来买了口粮，一家几口总算糊过去了。哪个不说："来顺家要不亏刘二，恐怕楼港也没有这户人家了。"

新政权建立后，土匪毛贼一扫光，年成也还可，靠着四五石种的底子，能苦能省，生活就望着过好了，把大姑娘二姑娘也料理出了门，每个姑娘都陪了两套新衣服，少不了还凑点箱子柜子，喜酒摆得也排场，吹鼓子咿咿啦啦地一吹，来吃酒的人可真热嘈，刘二也笑开了嘴。

不晓得的人，以为刘二就是楼家当家的。真的，他和当家的有什么不一样呢？苦生活是他，撑门户人情往来也是他，上街买卖东西也是他，楼家的事，大半由他做主，连赶集回来总少不了带两个烧饼给小来顺子的习惯，也活像是小来顺子大大的样子。大家的心上，也不把刘二看作是小来顺家的伙计了。楼汉清家老奶奶老是说："人家刘二可真是天底下难找的有良心的好人，能苦哪，年轻人要学习他，茶饭才不愁啊！"

自然，这个有良心的人也不是没有自己的算盘的。

三　暧昧

刘二跟小来顺子妈妈他们，自然是在一个大门里睡觉的，单身男女的事情，真能不料到几分么？慢慢地，庄子里就有人说他们的闲话了。他们自己呢，也就像比人家矮三尺般地总是坑着头走路。小来顺子他妈更是这样，过了几个月，就简直看不见她走出大门边了。

天哪，你知道她怎么样？她已经怀了身子了呀！她少不了要怨恨自己，怨恨刘二，每天担着一笔心事，三魂掉了二魄似的。

她只要一露面，总觉乎有人在指指戳戳地偷偷地说："肚子大了呀，作孽的！"或是说："快活在前头，吃苦在后头呀！"一听到这些，她就把那死重的腿拖得快些走开，又恨不得马上有个地洞让她钻下去。有一趟她坐在门背后趁着门缝的亮光在替小来顺子补裤子，忽然看见西头汉清妈对东头寡妇说："要养了，就是不要给二门里的志清家拿到证据，要不，人命官司总有得出的。"可怜小来顺子他妈听到这些，身上就是一阵发寒，肚子直往下垂，好像娃子就要落地似的难受。

她时常在盘算着娃子总是不能留的，虽然是自己的亲骨肉，可是想想不能叫"死鬼"和小来顺子丢脸，更害怕的，不要叫楼志清给撵出楼港去。"唉唉，天底下人多得很，可是哪个晓得我寡妇的苦处呢？"她想着想着，夜夜做梦也是做着把一个才落地的孩子捏死的事情，可是总有些舍不得，她也就次次哭着醒过来。

那些日子真是过一天比一百年还长。

肚子痛了，她慢慢地摇到房里去，把门关上。她又在淌眼泪，一头哼着，一头哭着诉着说："可怜我那娃子呀，你这时生，你这时也就要死了，一巴掌大的天你也看不到呀！"

“有事难瞒四邻”，她这边肚痛，那边早有人知道了。正是吃过晚饭一会儿，汉清他妈就跟几个人蹑手蹑脚地聚在来顺他妈的窗户外瞧看，大家压住气一声不响，就连来顺家那只糙猪也倚在墙拐上垂下了耳朵不动一动。听见娃子哭了，大家把眼睛睁得骨碌圆地透过窗户格子望到里面的地上去，只见来顺他妈双手卡住娃子的颈子一捏，娃子就再也不哭了。

大家都回过头来，你看看我，我看看你，咂咂嘴，又都蹑手蹑脚地走散了。大家边走边说：“来顺他妈可真狠心，下得下手的！”“下不下手又怎样，娃子总不能留着的。”“要不是怕二门里的，把娃子弄到半边点也就算了！”……

不一会儿，又听见来顺家后门“呀”地一响，刘二抱着死娃子提着大锹走了出来，他慢慢地走到后面山脚下去，把娃子埋在黄土里了。

过了一年，来顺他妈又生了第二个，娃子是照样地捏死，别人也还是照样地议论纷纷。两下见面的时候，来顺他妈总扎个头巾说不舒泰[①]。汉清妈她们虽说知道她的底细，可不好意思跟她说穿，只是劝她下劲的事少做，少受风寒。

四　楼港的“人王”

为什么来顺妈她们这样怕“二门里的”呢？这怕不是没有来

① 舒泰：舒服的意思。

由，楼志清欺侮孤寡的事情，历来不少。就拿隔壁汉清他妈讲，汉清他大大给他带出去送了冤枉命，他回来就迫着汉清妈离了汉清这块亲骨肉马上出嫁，他好从中捞笔钱用。后来还是汉清妈把家里几石种卖剩几斗种，求爹爹拜奶奶说情，才保全母子能团圆，没有给卖出去。刘二跟来顺妈的事情，楼志清自然也知道，幸亏新政权成立了，他才不敢多管闲事，但就是这样，也早已在话缝里说过来顺妈不该姓楼了。民国卅年的时候，还把跟来顺家管牛腿的一条牛一个做主卖掉了，没有分给来顺家一个小钱，就算是给了颜色看，来顺妈因为跟刘二的事情，自认为有错落在他眼里，也就没敢跟他争长短。

楼志清打他爷爷起，就是一门的“票把子”，旧政府里是世代连任的“老甲长”，地方上又是地主李国甫的第一把好帮手。在那土匪世界的时期，他家父子爷孙都是红半边天的好佬。在那些时候，楼港这一窝子也活像一个土匪窝，随便哪个庄上的人家，总没有一家把牛拴在门口的，人也都恨不得打了地洞不露头，连看门狗都不敢龇牙。只有楼志清家把掳来的牛马大摇大摆地拴在门口树上，有时，真热嘈得像骡马市一样的，一天到晚，人来客往，总是头号锅煮饭，“抖毛子”[①]一烀半锅，好一副大排场！楼志清真是出窝就闹的翻毛鸡子，他十六岁就“干”上了，民国廿七八年土匪闹得最狠的时候，他不过廿二、廿三岁光景，就公

① 抖毛子：鸡。

开当了“抗日队”的大排长，认了山那边土匪头谢小五子为师父，跟这一路的小头目更是师兄师弟的亲昵得了不得。只见他进出总骑个高头大马，马鞭子一晃一晃，盒子枪摔摔的，老远看见他就要让在半边点赔着笑脸，他还直楞着眼睛只当没看见。这几个庄上年轻人的花名册子都揣在他怀里，就像抽壮丁一样的，今天把这个捞去迫着要“干”，明天把那个捞去迫着扛枪，出得起的还要“自动”带枪，“人到矮檐下，不得不低头”，只好乖乖地跟着他，要不忍心干下去，先得把枪摆下，然后要能跑得妙藏得好，才能保得住脑袋不搬家。

民国廿八年这边到了新四军，廿九年上半年就建立了民主政权，楼港这一带就属张桥区凤山乡。政府听了地方的报告，缴了楼志清的枪，“老甲长”也卸掉了，大家才算松了一口气。楼志清心里明白，不出来弄点差事干干，他这威风就树不起来了，可是他能干什么呢？农抗工抗，他一门不算，不用说是“豆腐渣子贴门对，粘不上”。还不多久，正巧乡里动员上模范队，一时肯出头的人少，就让他“模范”一家伙，投了个机上上了，还当了分队长。他这下子可又狠狠的了，开口“模范队”，闭口“分队长”，这里起粮食，那里起子弹，乡里老百姓就连干部在内向来是给他压服了的，开头脑子也不十分清楚，大家只好捏着鼻子不响。本乡干部中只有个把外地人单身汉子不服他，高兴把他的“情况”到区里去反映。区里也知道他靠不住，一支枪放在他手里不放心，就把他的分队长卸掉了；可是也想弄点事给他做，因为知道他“社会关系复杂”，就叫他做“情报工作”，算是让他也有条路走。哪知他得了这支令箭，自认为更有糊倒人的本钱了，回到家忙把几个堂房兄弟喊到面前，哼哼地讲：“你们听着，你们老大现在是区里的‘情报主任’，是‘区级干部’了，你们要混到你们老大这样就可了。……”弄得他们摸不到他现在到底有多粗多大，乡里人听到，也更弄不清楚他跟民主政府到底是哪个大？！

可是到底因为这乡里有几个得力的干部，都住过训练班，上头了解这乡工作开辟最早，经过了几次减租借粮等等的斗争，所有工作就常拿这乡作样子。这样，大家“觉悟”高了，过了一两年，是能做事的人也都出了头，在群众当中，新的人物已慢慢地改换了楼志清的地位。他的“情报主任”早就冷了气，尤其是一些从前不得不拍他马屁的人，现在都有了进步，几次在乡民大会上掀了他阴谋活动造谣破坏的老底子。他更露出了狐狸尾巴，见不得人。

你别看楼志清就这么“熊”掉了，他的鬼点子可多呢！方的不来来圆的，硬的不来来软的；他只要碰到干部，不论在家门口还是在集上，总是一把捶住，能捶下你的袖口头子，非要请你喝几杯，想空心思找新鲜的菜弄给你吃，了不得的阔气。好在他家有七八石种的底子，够使的。他想，“吃人的嘴软，拿人的手软”，你还能不承情么？再说他也知道你只要在他大门里多跑了两趟，跟他在集上喝酒回数多了，老百姓就对他打不到底了。也真是的，干部一粘上他，下面就“反映”死了，都说：“还说干部没有私人感情，干什么要跟楼志清一路呢？”以后干部也就离他多远地不睬他。他看见军队政府有“长”字号或当什么“主任”的住他庄上，总少不了要请到家里吃饭。一回生，两回熟，下趟随便在哪里碰到他就一定一把捶住，请他上饭馆，上澡堂，他又生一张灵巧嘴，专迎人家的好，你要说新四军管劲，他能说新四军又能生产又能打仗；你要说民主政府不错，他能说那里头的人，又能吃苦又能耐劳，总之他能说得比那好的还要好，因此乍来弄不清楚他的人，还认为他是“实心粑粑”“开明士绅”呢！跟他交情好了，他就又有了本钱，四处乱吹：“我们现在不也是干部吗？我楼志清哪一行不如人家，上头还不是有眼睛的。嗨，我现在就是某某主任放下来的，做的是里头的工作。”有些干部上头消息灵通，知道没有这回事，一下就拆穿了，大家也就知道他：“裤裆里插扁担——自抬自。”

五　纠纷

（一）祸根

到了民国三十三年，来顺妈跟刘二又怀了第三个了。这几年来，乡里风气变了不少，来顺妈也觉乎胆子大了一些，快临盆七八个月的身子，还敢出来做庄稼，看光景这娃子是想留着了。庄前庄后的人也就都议论起娃子该不该留的问题。这风声传到干部耳朵里，大家也在一起参议过，只是因为大家懒得管这奶奶们的事，没有多讨论，只晓得捏死小娃子“不够人权”，就草草招呼村长李宏发，叫他打刘二的招呼，把娃子留着养。

刘二听到这话，心里正对劲，他眼看四十岁的人了，也想留后，老来有个依靠；来顺妈呢，人心总是肉做的，哪个愿意把亲生的娃子捏死，自然也想留着喂。

八月初四晚上，来顺妈到了要养的时候，汉清妈她们本想到她房里去照顾照顾，可是总有些不好意思，还是聚在窗户外头瞧看，打肚子痛一直看到她把娃子留下，大家才放心，边走边散地说：“这以后就看刘二跟他们怎么过了。”有些胆小的人，心里也还想着留下这娃子恐怕要惹事，疑疑惑惑不知到底怎么收场。

（二）夜会

“好事多磨”，就在这时候，楼志清他已想好了对付刘二跟来顺妈的鬼点子。他对来顺家的田地房产早就伸着脖子看中了，看来顺家这几年来向着富裕的样子，口粮年猪一行不缺，要是在以前，只要他楼志清“哼”的一声，包叫刘二、来顺妈丢下这些给撵出楼港去了。这些田地房产，除了他楼志清还有哪个敢占！？现在落了这个把柄在他手里，他还不敲他一敲，“真是拿自己当肉头玩了”。过了一天，他晚上跑到汉清家后头墙拐上叫：“汉清，你赶快开开后门出来，我有话跟你说！”汉清就披了衣服出去。走到楼志清跟前一看，楼小牛、楼宝银他们也坐在旁边棉花田里，楼志清就说要谈谈“家务事”。一坐下来，楼志清劈头就问他们三个：“你们也姓楼？”大家一时给问愣住了，说：“怎么不姓楼呢？”楼志清就拍着大腿接下去说：“这就对了，可是我们姓楼的为什么就让我们楼家的女人跟姓刘的养娃子呢？我们姓楼的就这么孬法子，人都死绝了，不能站出来说几句话，就看着他活活丢我们祖宗八代的脸！”

几个年轻人给他这几句话一激，一时也想不到许多，就觉乎真丢脸，忙着问他该怎么弄。

这一下楼志清可对劲了，他说第一步要把刘二跟来顺妈带着小娃子撵出楼港，把来顺家祖宗牌子掳过来，以后就把留下的三个娃子一家领一个，四五石种总够他们吃的，两个女娃子大了就是别人家的人，养养就不烦神了。小牛肚里有自己的心思，宝银糊里糊涂不知好歹，就都应着他。汉清在乡里干了几年的模范队分队长，头脑到底清楚些。他一头抓着地里的土块，一头在想：这明明是楼志清想得来顺家财产的诡计，可是想到来顺妈丢楼家的脸，也该治一治，一时决不下该怎么办。楼志清等不住跟他个细细商量，趁热打铁，马上就说：“不用多想，明天一早我们一块儿到秦岗找乡长去！”

汉清听说先找乡长，觉乎“不合手续”，就对楼志清说：“不先找村长么？”楼志清一提起李宏发的村长，一头恼火，他顶看不起这穷户口，赶忙吐了一口口水，恨恨地说：“呸！找他，如今世道真是变了，‘红中’‘发财’，不中用，‘一条’‘一万’

能成‘辣子’了，找他，他是什么东西？！”

（三）告状

第二天一清早，楼志清就邀小牛、宝银、汉清他们一阵奔秦岗来。到了殷超家，恰巧他弟兄俩都跑出去忙固定公粮的事情去了，没碰上，楼志清就有些不耐烦，心里也想乐得不找他们，说：“上街找区长去，再跑里把二里路就照了！”汉清心里没有把握，他总想着什么该先通过指导员的，就有意打岔说：“哪怕不照吧，他区长哪容易这么清楚我们乡里的事情，有事不通过乡长，还是要往回跑。”楼志清听了不高兴，就眼睛一斜嘴一撇装一个看不起人的脸孔，拉着汉清的袖子说：“咦！老弟，我们长两片嘴唇皮干什么的？不能讲给他听，在这里等到什么时候？这是新官司，他们怕断不了，还要往上头讨‘指示’呢！”汉清还是不同意，又想不出什么话跟他对辩，就讲：“那就派你做代表好了，我不去！”说着就一屁股坐在殷超家锅门口不动。楼志清知道再拨不动他，回头看小牛、宝银两个正愣住不知怎么好，就忙着走上一步一手拖一个往外就跑，一边还回头对汉清冷冷地笑着说：“你们新时派的人不要面子，我们要面子，我们找区长去！”走出大门，又想想不把汉清揪住，在“公家”面前怕难讨到信任，就又走回来，拍着汉清的肩膀说：“我们总是一姓，我看你也不会就看着我们姓楼的丢脸，乡长、指导员他们回来，你就在这里做我们姓楼的代表，我们两下进行不好么？”

（四）品商

殷超、殷杰弟兄俩，他们一个是这乡的指导员，一个是这乡的乡长，他们这几天忙固定公粮，到家家登记田亩，对来顺妈和刘二的事情，个个庄子都有人议论，有的说："娃子留着是好，就怕楼家顾面子不给下台。"有的说："楼志清第一个不会饶他们，靠得住有花样出。"有的说："听说楼志清要撵他们两把手带小孩子出楼港，叫小来顺子跟他妈两下分离，这总有些不忍心。"有的说："刘二那行亏来顺家，坐山招夫的事也不是她来顺妈开的头，我看没有什么犯法！"这些话多少总有点站在刘二和来顺妈这边的，也大都是普通群众当面对他们反映得多，可是从侧面楼家他们牙缝漏出来的话锋就不一样了。他们有的说："来顺妈死了变成灰也总是楼家的人，就能看着她开着大门养私娃子？那除非她不姓楼，除非我们楼家人死绝了。"有的说："倒看新政权怎么弄，总不能新出一个道理，说她来顺妈养私娃子没有罪名。"有的自家有几石种自认为大门大户的人家还说："我们楼家在这一方也算一个周正[1]人家，怎么就让她来顺妈来败坏门风，再说她又跟的自家伙计，这倒成什么话？"说这些话的人当中，自然总有些靠近楼志清的，说不定就是信他嗾的，也有一些姓楼的是跟着人家怎样讲他就怎样讲。这些话，不用说他们弟兄俩句句都

---

① 周正：规矩的意思。

听在心上，盘算着这桩“纠纷”该好好解决。这天，他们一早打金竹园到了李港子，听人说楼志清他们一路奔秦岗来找他们有事，就已猜中几分，离不了总与这件事有关，也到了吃早饭的时候了，他们俩就忙着赶回家来瞧看瞧看。

再说楼汉清坐在殷超家锅门口，就跟殷超家老奶奶诉着这件事的来龙去脉。老奶奶是一个心直口快的人，一听完就说：“那不行，要照楼志清那样办，来顺妈就没有路走了！”这时，她两个儿子已经一齐跨进门楼子对厨房门走来了，楼汉清一眼看见就站了起来，迎他们走了进去，一齐在小桌子旁边坐下，汉清又把刚才对老奶奶说的话说了一遍，问乡长、指导员该怎么弄。两个人听了，一齐咂咂嘴，乡长殷杰在想：“这倒是哪年碰到的纠纷案子，怎弄呢，上头也没讲过……”指导员殷超在想：“这事要是楼志清一个提的，他高低是想霸古人家的财产，就不理他了。现在楼汉清和楼家也都有意见，就不能不顾楼家的面子，这一路姓楼的也不少，要不好好处理一下，他们一定‘反映’死了。”大家你看看我，我看看你，愣了半天没说话，过了一会儿，还是指导员先讲：“我看看这样好了，我们高低不能让刘二吃亏，照讲刘二就算是来顺家当家的，也没有什么了不起。不过现在姓楼的都有‘反映’，正在浪口上，他和来顺妈的事，也没到政府表明过，总要避一避，暂时到半边点去过过再说。……”

汉清听这话，倒还同意，乡长也没多话好讲，可是殷超家老奶奶正在烧锅，听他们这样解决就拍拍衣灰站出来说：“‘寡妇头上一个髻，天不管，地不收。’我说高低不能让来顺妈住旁边点去。人家坐月子见红的人，哪能蹚这个风浪，受这个委屈！再说，这不明摆着叫她跟小来顺子母子俩拆散么？你们都是年轻男人家，哪晓得做妈妈的对自家一泡尿一泡屎带大的娃子就当个宝。你要把他们拆散，人家就肯了么？招夫养子不是他楼家开的头，有什么丢脸不丢脸？！这点脑筋都打不开。我看只要把刘二对人家的好处数数给他们听听，问他们这几年替来顺家苦衣食是哪个？那几年闹土匪大灾荒的时候，楼家没有给她一颗粮食一寸布，如今倒出来有话讲了，这倒不怕丢脸！”

大家听她这老人家一讲，想想句句是情理，一时提醒了他们，解决了他们在心里盘算的矛盾。尤其是指导员殷超，听他妈说到“招夫养子”和“数数刘二好处”的话头，引起了他对这个问题处理的新的把握。正在这当中，区妇抗理事长李大姐也来凤山乡有事，一头跑到殷超家来了，老奶奶急忙拉住她的手，把刚才的事对她诉了一遍，末了就问：“妇抗理事长看怎么弄？”

李大姐不用想，随口就答：“我不用说是站在老奶奶这一边。你们想想看，人家妇女倒有多可怜，叫人母子分散，真比割肉还痛；再说刘二跟来顺妈的事情也没有什么不正经，我们要判人家不正经，我说句胆子大的话，只怪我们自己脑筋不清楚。……”接着又谈起她在杜龙乡也处理过一件婚姻纠纷，说到政府允许寡妇再嫁的事，给处理刘二和来顺妈的事更添了一个根据。指导员、乡长就都同意她们的意见，楼汉清也说不出话来。乡长是个细心人，他又提议："最好来个民主办法，开个村民大会讨论。"大家说："就这么办！"指导员还补充说要大家事先弄清楚情况，群众什么意见多，楼家有什么意见，个别多谈谈解释解释，会上讲话就有个正路，并提醒大家说第一楼家辈分大的福顺老爹爹和楼志清的"小尾巴"楼小牛要抓紧，得个别打通思想，免得中了楼志清的诡计。话到这里就有了一个结论，大家就坐下吃饭，饭后因为各人还忙着别的事，不能接下去就开会，各自走散了。殷超弟兄俩把李大姐送到门口，指她上李抗属家的路。临分手的时候，指导员对她说："明天开会你也要来参加，有你们妇抗在场说话要周到些。哈哈，李大姐嗳！我看你妇女的立场拿得真稳！"李大姐听了他末后那句开玩笑的话，就回话说："指导员，你这话怎么说的？！你说妇女的立场还能跑得了不是劳动人民的立场，不是大家的立场么？！"

（五）叫街

楼志清他们一头跑到区署，见到宋区长，小牛、宝银高低没有说话，就让楼志清噼里啪啦爆芝麻似的讲了一大片，说刘二如何如何下作，来顺妈如何如何败坏楼家门风，开着大门养私娃子，还大路架子留着喂，活活把楼家人气死。他再三说这是前后几个庄上姓楼的都有的"反映"，连"乡级干部"楼汉清都有意见，所以请他出来代表，千万要请区长做主，给一句话给他们，叫刘二跟来顺妈不要再住在楼港，平平大家的气。区长皱着眉头想了又想，才说：“你们乡里情况，我们一时摸不清，你们这事最好回到乡里去解决。”楼志清早料到区长要说这话，马上赔着笑脸嘻嘻地说：“区长嗳，大家推我的代表，我总不假报‘情况’，可是呢，再说我们乡里几个干部你总清楚的，他们断不了还是要找你区长麻烦，你高低给个话算了，省得我们来回跑，耽误生产！”区长一时拿他没法，就随便说了句两可的话：“要真是这样，我们政府自然会考虑处理的办法。”楼志清还要要“话”，区长就没有理他了。他和小牛、宝银跨出大门，就计上心来，他对他们两人望了一眼就讲：“我看区长说这话就有些赞成我们，你们两人有事就先去吧！人要问到你们，就说区长有话给楼志清了。你们高低要跟我们姓楼的争口气，我们一口同心，不要落了话让人家笑话我们一辈子！”

楼志清走进街心，就上馆子吃早饭，四两酒下肚，主意早就拿定了。那天正是初六逢集，乡下人四处对街上来，热嘈哄哄。楼志清一想，凡事“先下手为强”！趁这人多耳朵多嘴巴多的当口，放他一阵空气，就说区里也有命令要限刘二和来顺妈明天出楼港，这话要传到刘二和来顺妈耳朵里，一唬一诈，他们这胆子小的人，包他就识相点走掉了。

他吃罢饭就有意在街心穿来穿去，碰到熟人谈不了两句话就有意把话扯到这上面来，他摆着一副正经脸孔说：“真气死人哪，就看我们楼家人死绝了，拿我们当肉头玩。现在好了，区长有话下来了，限他们两把手明天一早出楼港！”对自己的本家，更加上几句："这种事情没有我楼志清拔拔鞋子走出来，还有哪个？！哦，区里还不是要讲道理的，他们真能不照顾我们楼家的面子吗？！"只是碰到乡里干部还是不敢多讲，两眼望望，一闪就过去了。

没有一下子是知道刘二跟来顺妈事情的人，也都知道区里判定他们明天要出楼港了，心里疑疑惑惑，回家的路上，七扯八拉都在谈这个事情。楼志清也夹在里头，得意得了不得，就像六七年前骑在高头大马上那副神气架子。

楼志清回到家，就站在自家的院子里对住来顺家的二门叫唤："做丢脸事的人听着！区里说过限你们两把手带着私娃子明天出楼港！不要赖着不走，要不走，明天我楼志清摸根棍子撵他走，就对不起他了！"讲完就跑到汉清家来对汉清说："你可知道？区里有话呢，叫他们明天一早出楼港，要不走还是照我们商量好的法子办，先把他家的祖宗牌子掳过来，再把娃子领过来。你也去给他一个话，叫他们走！"

汉清还没有捞到对他问个清楚，他就转屁股走掉了。到底年轻人猜不透他搞的什么鬼，心里愣住了。倒是汉清他妈和老奶奶看在眼里不同意。伤病员老蔡正住在楼汉清家里生产，对楼志清心里的算盘摸得透透的，也瞪着眼睛看着楼志清走了，倒抽一口冷气。汉清妈说："汉清你不要去掳人家的祖宗牌子，要掳让他楼志清掳去，他的一肚心思，不明摆着么，还不是要来顺妈的好看。他欺侮我们孤寡的事也不是这一趟了，'每天'你大大死下来的时候，我要是让他逼走了，我们还有个什么‘家’，也不是个母子分离。我们如今有点场面混混，不要作这个孽！”他奶奶也说：“我们不领他家娃子，不讨这个便宜。‘树叶落在树底下’，该是他来顺子享福还是他来顺子享福，再说我们也不能保住娃子没灾没难，有个三长四短，人家也有舅舅，哪能就不找我们说话？”

老蔡又把汉清拉到自己住的磨房里床铺上给他解释：“汉清，我们都是进步分子，脑筋总要开通一些，如今的婚姻，只要双方自愿，寡妇再嫁也不是什么丑事。他楼志清凭哪个‘条件’要掳人家祖宗牌子要撵人家出楼港？这还不是他从前那压迫人的官僚架子又在吓人！你想刘二是什么人，他楼志清是什么人，我们心该朝哪边放，这不明摆着么？你怎么就糊涂起来？刘二他犯什么法？哪个不知道来顺家一家是他养活的，他刘二一个帮工汉，外乡人，光棍条子，我们不出来跟他说话，还有哪个跟他说话。他楼志清说是区里的意见要他们走，我看靠得住又是他造的谣，恐怕他楼志清掳人家祖宗牌子容易，以后要他乖乖地送回去就不知他的脸对哪里放了！”

这些话，都把楼汉清说得“下定了决心”了，他和他妈也是受过压迫的人，他决不能帮助压迫人的楼志清做那压迫人的事！

（六）忧愁

刘二、来顺妈他们，早就听隔壁传过话来，叫他们不要再去打树林子里的栗子卖，说：“来顺妈姓不姓楼还不晓得呢，还来打什么栗子！”他们就知道事情不好，以后又听得外面风风雨雨，说楼志清已到区里告他们去了，眉头打上结子，愁得要命，心里颠颠倒倒，不知该怎么弄。刘二捧着个脸坐在矮凳上发呆。来顺妈一手捧着小娃子，一手搂住小来顺子尽淌眼泪，听到楼志清一叫唤，更忍不住大哭起来。她摸摸小来顺子又摸摸小娃子，想想手心是肉手背也是肉，小娃子和小来顺子不知丢哪个好，要把小娃子再捏死吧，已经再也下不了这个毒手；离了小来顺子他们吧，要断头都可以，这个万万不能。再说这趟真给楼志清坑死了，告到区里去，还有哪个不知道？真丢人死了。想到后来，她心一横，索性下了决心：这趟是死定了，我眼不见为净，死了算了。主意一定，她更捏住小娃子和小来顺子的手不放，呜呜地哭。可怜九岁的小来顺子活龙活龙的眼睛上，也挂着两颗黄豆般的泪珠子，呆呆地望着他的妈妈。

幸亏汉清妈他们晚上过来劝她。“说话说给知人，送饭送给饥人”，在这时光，给了她几句宽心话，她才打消了半夜三更寻短见的念头。你想要丢下几个活泼新鲜的娃子去死，要不是到了绝路，真有哪一个妈妈能忍心？

（七）私访

第二天吃过早饭之后，楼志清又跑过汉清家来，两手挥着问：“怎么弄的？隔壁还不走，现在我们说话不算话了！”汉清想想昨天老蔡同志对自己的批评，一时不想有好声气对他，讲道：“他们走不走，自有乡长来开村民会解决。”楼志清一听，知道出了岔子，对他不妙，忙讲：“这干什么，我们家务事犯得着开什么村民会？”汉清也答得聪明：“要真是家务事，就让他来顺妈和刘二自己做主算了，就是有人说不是家务事才开村民会哪！”楼志清一头不高兴，他顶怕开村民会，怕的要斗到自己头上来，心里下定决心溜了算，边走边说：“你们到底干部花样多，动不动开会，芝麻绿豆大的事也是开会，我就不开你们这个狗猫会！”

汉清拐根枪就对秦岗跑，见到乡长、指导员，把楼志清的“情况”一说，要他们最好在晚茶时候就去开村民会，把这件事了结了结。乡长、指导员都同意了，叫他顺路就通知李村长，并且仔细在姓楼的人家“了解情况”，多加解释，他们自己也自然要忙着参议并和群众打通思想。

听汉清说要以开会来解决这个“纠纷”，楼志清虽说知道“大事不成”，但还是心不死，他就想到去活动他的“小尾巴”楼小牛，好在会上做他的替身，算是替楼家出头反对，再拉一些人跟着他哄，说不定还有指望。他摸到小牛家穷和贪小利的脾气，抓住他这个“弱点”，拿话打动他。

他想着想着已走到小牛家的茅棚门口，低着个头进去。小牛家房子偏窄，一面抵住锅灶，一面就抵住床铺了。他进去对床上一坐，正看见小牛坐在锅门口咕吱咕吱地吸黄烟，顺手就递过一支洋烟去。小牛赶忙把烟筒递过去斗火，楼志清手里正夹着两支洋烟，小牛也就知道有一支是给他的，用眼睛对楼志清笑笑，接了过来，忙说："小爷，是什么风把你吹到我这茅棚里来的？"楼志清一时没有回答他，用眼睛横来直去就对住屋子里放的东西望，看看地上躺着的破瓶破罐，梁上挂的乌黑的破被胎，又看看床上当枕头用的破棉袄头子。小牛的眼睛也跟着他的眼睛在转，心想：他光在看我的那些穷酸东西干什么？楼志清慢慢地开口："小牛，我多时没有来你这块，哪晓得你这破窝里还是这副穷样子，连扫帚总没有多一把！"又顺手摸摸棉袄头子，指着说："这还是我前年冬天送你的吧，今年你家棉花怎样？可能捞到新棉袄头子上身？"他明明知道小牛家没有闲田让他种棉花，有意触他的痛处，小牛像给他引起了心事般地朝他呆笑。楼志清又接下去说："你自从跟你老大分开来过，就有点晦气了，也难怪，田地少，能长多少粮食，再说你也不很会忙，又欢喜点小赌玩玩，这年轻人总免不了的！嗨，他们乡里干部说你'半二流子'，我就不服气，'各人头上一片瓦'，过日子的事情也用得着他们管？我说好歹有福享没福享是个'命'，是有没有运气，你要是命里注定你再有两三石种，就是自己不下田，雇个伙计忙忙，也够你家糊的了，你不马上也就是个排排场场的小老板？！没有这个运气，苦死了也是假的。"

小牛给他这一番话一讲，正对心头上，他也想："我小牛苦的不就少两三石种么？"忽然又灵机一动想到刘二、来顺妈的事，知道楼志清提这话不是没来由，他心里痒痒的，抬起头来问："来顺妈的事怎么搞啦？"楼志清知道小牛上了他的钩，忙说："怎么搞啦？倒看我们楼家人怎么弄呢！”他说到这里就从铺上移坐到靠近锅门口的小凳上来，凑上小牛说：“我告诉你吧，来顺妈这一状，我早想到是为你告的，你想要是真把刘二和来顺妈撵走了，落下五石种，我在当中出个主意就说让你领来顺子，归你三石种，余下就让领女娃子的一家一石种。来顺子一个孤娃子落在你手里，还不好摆布。九岁的娃子，放牛总有用场，大了就一辈子当你家老伙计，工钱都用不着算。你生前死后他还得乖乖地把你当上人待，你看这连人带田不是活活给你送来好运气了么？”他为了找小牛替他出头，暂时把他对自己打好的如意算盘献了出来，想糊到手再说，说着说着声音又放低了些：“现在怕的就是撵不了。我才听汉清那龟孙子说要开村民会解决，怕的就不能尽让我们姓楼的称心如意地说话，那就要看我们到底有没有人肯出头。像我这样人现在说话也不吃香了，我看你要能出来说话，把这个会拗过去就好了。”

小牛一心念着楼志清给他打好的如意算盘，想：说两句话有什么了不起。就答允下来，只是他不晓得该怎么说，楼志清就教他高低说楼家面子要紧，楼家向来就没有这个规矩；抓住刘二来顺妈的事情也没对政府表明，更说他们是不合法。还有最要紧的，他知道小牛一个人说不中用，要有人应，他叫小牛马上就去活动说话随大势风吹两面倒的人，要他们相信他这半边理。再把胆小的叫到一边对他说：“村民会上你们高低不能举刘二、来顺妈的手，跟你讲，新四军不能在这里保住你们一辈子，以后要是世道又变过来了，我们这一方总是楼志清当家。你举刘二他们的手，楼志清看在眼里会记得的，到那时，你举的左手他就会斩你的左手，你举的右手他就会斩你的右手！”这样包他们要放在心里颠倒，不敢举手。他又叫小牛到人多的地方可有意无意地“反映”几句：“这趟来顺妈的事情要断不好，让刘二讨便宜，政府就是偏心，我看我们根据地就等于是个共产共妻，婚姻不正派！”

小牛听到说什么“共产共妻”“斩左手斩右手”的，心里知道是“破坏话”，不能说着玩的，一来怕以后被拆穿蹲禁闭，二来怕乡里干部精灵，不会让他的如意算盘打得成。譬如以后分田产，可能真给他三石种呢，要不，拼着惹纰漏出这趟头，可太不上算。他想了好久，才吞吞吐吐地说：“那些熊干部就能让我们放手干了么？”楼志清摸到小牛胆子不大怕干部，又怕田地没有保证，就想迎住他的心理，给他两句大话，好让他放胆去干，就说：“要是会上能拗过去了，过后还管他们干部屌事，我们弄几个姓楼的在一起商议，有哪个说闲话，办他几桌酒席，大家吃个痛快，嘴给油水糊住了，包他就不好意思多讲了。这以后都归我负责，你可放心！”

指导员刚跨进福顺老爹爹家的门口，正与那里面出来的楼志清对面碰，他让指导员先走进去，自己一闪就溜掉了。福顺老爹爹迎住指导员坐下，他是有一点事情就摆在脸孔上的正直人，现在一看上去，就知道他对指导员有点不如意，眼睛一翻一翻的。

指导员看在眼里，料想楼志清又在这里捣了鬼。他心里思量，不能马上就跟他谈这件事的大道理。老爹爹家是穷底子，苦了一辈子的人，新政权建立，三七分租，借粮减息的好处他总得过的，把别的道理提话引话地一谈，再转过弯来就容易了。主意打定，他就先跟他从当年年成谈起，说到过去生活和现在生活的对比，上租上利，平常吃用，人情往来，过年过节，四季穿着，差不多行行都把从前和现在的对比，跟他算好一笔细账，算得老爹爹抹着胡子笑起来了，心里的气平了一半。他说："要说翻身，这几年才算翻身呢！"指导员忙问他："好处哪来的？"老爹爹把牙一龇："指导员嗳，你考我这老头子做什么？我们不是吃草长大的，我还能不晓得是得的民主政府的好处？"指导员跟上去就说："亏得民主政府章程好这原是不假，还要亏自己能苦，像你老爹爹家，从上到下哪个不能苦？！在民主政府手里，哪家能苦，哪家田里就出金子出银子。从前苦了一大半是地主的，现在苦了一大半是自己的嗳！"老爹很同意，他说："这不假。"指导员就进一步说："现在能苦的人，总有人高看他。你看楼港刘二，真是一手好生活，半夜里听见唱得清脆一条声的，就可猜到靠得住又是他扶犁下田了。从前欺他是个帮工汉，没人理他，现在人前人后，总有人提他的好处，来顺家要不亏他，就家败了。现在就是他跟来顺妈的事情，我看说闲话的人也少，也总看他一面，问到你老爹爹，对这件事情，你们楼家到底有什么意见啥？"老爹爹见他提到这个问题，马上想起刚才楼志清的话，脸一冷说：

"指导员啦，你不问这话我也要提了。依我看，像她来顺妈和刘二就这样算数，我们楼家面孔倒朝哪里放呢？你晓得的，我们楼家可没有这个规矩啥！"说着头摇摇的表示不同意。指导员就剖给他听："老爹嗳，我剖给你听听你就明白了，不问新道理旧道理，刘二这事总能说得过去。说新道理婚姻自愿，寡妇再嫁也不是不可以；说旧道理呢，招夫养子也不是没有例子，你楼家没有，人家李家就有，李港子李金才家就是的，人家不也是在一块堆过，你楼家有什么规矩改不了？像从前对半分租倒四六分租，现在都能改成三七分，还有别的什么拗不过来。规矩总是人定的，在新民主手里，什么规矩对老百姓过日子有好处，什么规矩就能成立，这原没有什么要死揪住的。刘二跟来顺妈就这么算数，我看不能算你们姓楼的就丢脸啥！再说你老爹也是喝够了苦水的人，刘二的苦处你哪能摸不到的，你能心里不可怜他么？"

老爹爹听了，把指导员前后的话一想，点点头慢慢地讲："刘二我知道，他也快四十岁的人了，忙来忙去也该有个着落……"他到底是能体贴穷人的，又细细地想了一下说："嗳，要说我们楼家不丢脸，我们还管他干什么！"指导员知道老爹这话出于本心，心想：自己的话已打动他了，打动了他一个还不能算，他在姓楼的里头讲话能算数，他要能出来讲两句公道话，刘二就有救了。他就要求老爹说："老爹嗳，你能跟刘二圆个场就好了，今天吃晚茶时候开村民会，你好歹说句公道话，你家楼家人说一句能抵上旁人说一千句一万句，你看哪？"老爹想了一下答允了，他说："'吃的是盐和米，讲的是情和理'，只要在理上，要我老头讲一句话有什么了不起！"

他把指导员送出大门，回头自己对自己说："我说志清这龟孙子'无事不上三宝殿'来找我干什么，差点让他的旧脑筋把我糊住了，要信了他的话到村民会上去讲我们楼家的半边理，不要给人家笑话我道理浅么？"

金竹园楼宝银家一窝子人正谈得嘈嘈的，忽地静了下来，原来那门口已走进乡长来了，夹在人心里谈得起劲的楼小牛，一时脸上也变了气色，愣住眼睛望着乡长，乡长料到他们该是谈刘二的事情，他先堆上笑脸问："你们咕哝甚哩，可是在准备今天村民会发表意见？"大家认为他猜得正对，就抢着问他乡长有什么意见。有的还说："人随王法草随风，我们高低看政府的意见！"乡长就说："政府对婚姻问题自然不是没有章程，可是现在办事，总先要查看'情况'，你们看刘二跟来顺妈的事该怎么办？"一时没有人说话，小牛抓抓头皮，一想起可以得三石种田的事，他的嘴也就发痒了，他说："我们姓的是楼，任你政府有什么章程，总不能叫我们楼家丢脸。乡长你看哪，叫我们姓楼的睁着眼睛看着姓楼的女人跟人家养私娃子，这总说不过去。"乡长知道他话里有意思，心想跟这种人要说两句官面话，才能引到道理上来。他想了想讲："照民主章程，一不是搞人家抗属，二不是搞人家有夫之妇，他刘二跟来顺妈的事倒不算犯法，婚姻自愿，寡妇再嫁都可以的。不能说有你楼家人反对，就废掉这条章程。再看'情况’，刘二是来顺家的恩人，娃子是他领大的，这也不亏你们楼家，也不亏来顺他大大，不能算你楼家丢脸。现在看法跟从前不同了，这种不为丢脸，像你们楼家出了楼志清这样的人，说破坏话，压迫人才为丢脸呢！”小牛一听乡长提楼志清，做贼心虚，以为乡长正戳穿他的心事了，也怕提到他跟楼志清的联系，斗楼志清的时候，也斗不过他楼志清的“小尾巴”的，脸上一阵红，忙说：“提他干什么，我们起上趟开过他的斗争会，就跟他没有来往……”别的人在乡长说话中探到“政府的态度”，又回想回想刘二跟来顺妈的“情况”，也没多话好讲。

小牛先往外溜，乡长就跟着他走出来，看他上哪条路，自己也上哪条路，路上就跟他攀谈。小牛舍不得三石种的田没有指望，还想探探乡长的口气，问乡长：“要大家都赞成来顺妈和刘二跟楼家分开来过又怎么弄？”乡长就回头对他说：“一来不会有这样事，二来要真是这样，田地房产怕的旁人瞎争瞎吵，政府自然要秉公处理，保证他家娃子得，旁人可别想发横财！”乡长这话本来是要这楼志清的“小尾巴”去说给楼志清听的，哪知也正打中小牛的痛处，他知道三石种横竖没有指望，也不想再信楼志清的话去活动了，心里还想：好亏还没有在人面前说什么“共产共妻”“斩左手斩右手”的话，要不，会上给抵出来，可下不了场！

这一天干部忙得真不轻，群众当中也纷纷你传我我传你论长评短，正反道理都有，说到后来，赞成刘二和来顺妈的很多。

（八）公议

虽说是忙时，这天村民会到的人可不少，小来顺家稻场上坐得满满的，就是楼志清没有到场，只有他女人拿个凳子坐在门口望着。

大家正瞪着个眼睛听桌子旁边的人说话。

村长李宏发当主席，他把刘二和来顺妈的事，以及楼志清告状的事，怎么来怎么去说了一遍。乡长一上来说了政府对婚姻纠纷的态度，着重说明两点：第一，婚姻自愿，寡妇可以再嫁；第二，不能捏死娃子，政府要保障人权。再提到本村这件事，楼志清虽说告到区里，区里还是要乡里解决，现在就请大家发表意见，尤其请楼家人多讲话。民主办法，大家看怎么好就怎么好。下面的人听到这里，心里都明白了楼志清昨天是放空气吓人，都三三两两咬着耳朵说："好咧，入他妈楼志清就是一张臭嘴！"上面一讲完，沈糟坊马宏文家大师傅就站起来说："报告主席，依我看刘二做的事也是在理路上，没有什么不可以。他刘二有心待来顺家也不是一朝了，大家有眼珠子的都看到的，'每天'那么大灾荒都能带他们一家糊过来，换了旁人真不易得的，帮工五六年没有算过一回工钱，反而倒捞自己腰包，这笔工钱算算也吓人，人心换人心，不能叫刘二'出了灯油钱，站在黑地里'；再说婚姻双方自愿，我看要问来顺妈，也不是不愿意，人家两把手既是愿意，我们管得了什么闲事，娃子留不留自然也就看他们自己高兴。”他一说完，就有好几个应：“这话不假，不能把苦药叫刘二喝。”“刘二这人也难得。”“那个照老谱子看人，就是旧脑筋！”一个“妇抗”也站起来表明两句：“现如今婚姻事，妇女也有权，他来顺大大死了几年了，像他家那样情况，跟刘二这样，也没有什么了不起。可怜来顺妈这几天给那些坏人嗾的，也真愁够了，人家妇女痛苦很大的，我们以后见到她不要笑话她。”别的人也都说同意，有个老奶奶还说：“我说来顺妈也可算个周正人，没有什么坏处。”这时大家心里都想楼家的人出来说话，眼睛直对楼家一路人扫。楼家人心里也有数，只是三请四请不出来。这时，楼志清女人也用眼睛死命盯住楼家人看，嘴嗾嗾的想有人出来说反面话，她不见人起来，等急了只好亲自出马。她把右手手背放在左手手心里一拍一拍地说：“要说养汉子不犯法，以后就叫大家养汉子就是了，我看今天就叫大家开的养汉子的会！”大家知道她话里有话，模范队队员王世有撑不住气，站起来就说：“你这奶奶们说话倒有多刻毒，你长了耳朵听听看，政府可是包庇人家养汉子呢？”别的人也接上去说：“他刘二一不是搞人家抗属，二不是搞人家有丈夫的，有什么要紧！”另一个人有意触到她，还说：“养汉子也要有“条件”，像你和你家老姑娘有丈夫定了亲的，就不能乱偷！”说得楼志清女人脸一红，坑了头不敢多讲话。

过了一会儿，主席又征求其余姓楼的说话，姓楼辈分大的福顺老爹爹站起来说：“乡长、指导员都在这块，这事要在从前，不错，要算我们楼家丢脸，现如今我说句凭良心的话。从前分租倒四六倒三七，现在都能改成三七分，大地主都能依我们穷人办事。从前是土匪造反，没有哪家牛敢拴在门口。现在大家大门口肥猪养得晃晃的，过太平日子，我长这么大年纪也没看过这样大变。这些都能转变过来，我们楼家这点脑筋就能变不过来么？我们家没有意见，凡事有他来顺妈自己做主算了。”他这一说把全场人都说得笑将起来。

这时，农抗理事长老魏，就爬起来说楼家人真开通，能站在公道上说话，不包庇自己；并说明楼家这样不为丢脸，新道理旧道理都能谈得通，说得是姓楼人的心里都很舒泰。后来这个说那个说也都同意刘二、来顺妈没有什么罪名，该怎么过就怎么过，只有一些人提出：“刘二要说有‘缺点’就缺点公开，没有事前把事情撑明了来！”不过有的人又出来跟他辩：“叫刘二这种老实人对哪里去公开，要大家不给刘二说话，他自己一辈子也不知道自己是方的呢还是圆的呢！”于是就有人提议要刘二和来顺妈办几桌团圆酒，撑撑明算了。

对楼志清的“假传圣旨”“说破坏话”，大家都看清楚了他的心肠狠毒，有的说：“他过一时没有斗，就活得不耐烦了。”有的说至少乡长要训他一训。接着还有人议论：“楼志清明明想得来顺家财产，他是占便宜占惯了的。”“要说丢人，只有他妹子偷人才丢人，楼家的脸早就给他丢尽了。”楼志清女人在家门口听到这些，一扭屁股就进屋子里去了。

这趟村民会，殷指导员、区妇抗理事长李大姐也在场，他们听见群众讲的话很多，就拿定主意不多讲，只是撇着嘴眯眯笑，觉乎“群众有认识”，更多一次地了解到布置工作处理纠纷的“群众路线”。

大家忙着赶回家吃晚饭，会到这里就散了，这里一路那里一路地还在议论，都说：“好啊，我说民主政府就能让楼志清当家了么！”楼志清正从集上回来，听在肚里，知道村民会已判定了：一定让刘二称心如意，心里实在不高兴。走过栗树林，看看来顺家栗子结多大的，想想自己要霸占来顺家财产的计策又落了空，更是一刻不能忍。刚走进庄子，恰巧乡长、指导员他们从对面来，他本想扭过一边朝小路走，只当没看见，但还是忍不住心里一句话，只顾走上前，捶住乡长指导员袖口头子，连说：“走，走，走！上我家吃了晚饭再走！我问你们，二十四条大路，难道都让刘二走绝了么？我们楼家一条路都不让走？”指导员回过头来冷冷地说：“这庄门口哪条不是大路，你自己要不朝小路上拐，有哪个不让你走大路？”随着想到接受大家的意见，要治一治他，就严格地给他下道命令：“明天你到乡公所里去一趟！”楼志清知道来头不对，只好没趣地一个人走回家去。

刘二和来顺妈听到大家的意见，虽说一块石头落了地，可是两个却都在黑地里吱咕吱咕地哭起来了，你知道他们为什么哭？来顺妈在想：来顺大大死下来，为了领大娃子和刘二的事总算罪受完了，小来顺子和小娃子又都是她的了，她一头伤心一头欢喜就这么哭了起来。刘二在想：穷人翻身的事，这趟总算在自己的身上清清楚楚地看到了，民主政府到底有心待自己，他想起自己老是怕开会耽误工夫，出夫心里也不大乐意的事，觉乎对不起大家，也对不起政府，他一头懊悔一头欢喜，也就这么哭了起来。吃晚饭后，他还忙着把油灯剔剔亮，提进来顺妈房里，去照那新生的娃子，好好地看他一眼。他心里说："没想到这娃子就真是自己的了。"来顺妈看着他不好意思，就推说娃子怕灯亮，要他赶快走出去。

六　团圆酒

过了几天，来顺家请吃团圆酒，邀了乡里的干部、亲戚、四邻，楼家的不用说都邀在内的，坐上几大桌子，只缺了一个楼志清。

大家吃着谈着，有说有笑，有的还猜拳行令，怪热嘈的，娃子们伏在板凳上吃饭，你给我一筷肉我给你一筷鱼地玩着。刘二走出走进一张龇不拢牙的笑脸，来顺妈扎个头巾坐在大门口，脸一阵红一阵红地喂娃子吃奶，小来顺子盯住她滴溜转，不住地叫"妈妈"。

吃过酒趁亲戚都在这里，又议定几件事。第一是来顺妈姓楼还是姓刘的问题，大家说由她自己做主，来顺妈说"要姓楼"，大家说："这没有什么了不起，姓楼就姓楼。"有个"妇抗"说该配来顺妈娘家姓什么她就姓什么，她也笑着答允了。第二是刘二怎么过的问题，大家议定看他高兴，他既在楼家住惯了，就在楼家过也好，没有那个有“条件”撵他走，就是刘二在小来顺子手里老死了，楼家也要把他当个自家人待，棺木寿衣照办。第三财产分配刘二有没有份，大家议定：“一根筷，两半截。”刘二也可算是楼家的起家人。不问以后增加多少，刘二总有一份。第四娃子姓什么的问题，议定跟刘二生的娃子，自然都姓刘。

接着许多到场的人，都替刘二高兴，忙着恭喜他。刘二急着回礼，也不知鞠躬好，也不知作揖好。末了，福顺老爹爹还提醒大家说：“我们今天吃到刘二和来顺妈的团圆酒，也是吃我们穷人的团圆酒。从前像刘二、来顺妈这样的人，哪个想到他们会团圆！没钱没势的穷人，就是自己屁大的事也不由得你自己做主。现在到了新民主政府，世道变了，道理也变了，像志清这个恶霸就再也当不了家，也轮到我们来吃刘二和来顺妈的团圆酒了！你们看我多喝了几杯酒讲这欢喜话可对？”

这时，刘二忙笑着抢着回答他说：“托你老人家金口，一点不假！”随着大家热热嘈嘈地就把话扯到穷人翻身团圆的事情上去了。

一九四五年十二月写于淮南黄花塘

长篇存目

袁静、孔厥《新儿女英雄传》

后　记

《百年乡愁：中国乡土小说经典大系》是张丽军教授作为首席专家的2021年度国家社科基金重大项目“百年中国乡土文学与农村建设运动关系研究”的资料选编成果。项目团队核心成员田振华、李君君等参与了全过程选编工作，张娟、沈萍、彭嘉凝、陈嘉慧、姚若凡、胡跃、林雪柔、徐晓文、宣庭祯等参与了编校工作，在此对他们的辛勤劳动表示感谢！

在具体编撰过程中，本套“大系”还得到了张炜、韩少功、周燕芬、王春林、何平、孔会侠、苏北、育邦、刘玉栋、刘青、乔叶、朱山坡、项静等作家与学者的大力支持与帮助，在此深深致谢！

需要特别说明的是，因为选入本套“大系”的作品跨越百年之久，在文字、标点等方面，我们在充分尊重作家初版本的基础上，依据现代语言文字规范统一做了修订。

编　者

2023年7月4日